2023 · 145

合订本

上海故事会文化传媒有限公司

上海文化出版社

图书在版编目（CIP）数据

2023年《故事会》合订本.145期/《故事会》编辑部编.--上海：上海文化出版社，2023.1
ISBN 978-7-5535-2669-0

Ⅰ.①2… Ⅱ.①故… Ⅲ.①故事-作品集-中国-当代 Ⅳ.①I247.81

中国版本图书馆CIP数据核字(2022)第255726号

书　　名：2023年《故事会》合订本145期

主　　编：夏一鸣
副 主 编：吕　佳　朱　虹
责任编辑：曹晴雯　孟文玉
发稿编辑：吕　佳　朱　虹　姚自豪　丁娴瑶　陶云韫
　　　　　王　琦　曹晴雯　赵嫒佳　田　芳　孟文玉
装帧设计：王怡斐
责任督印：张　凯

出　　版：上海文化出版社
出　　品：上海故事会文化传媒有限公司
（201101　上海市闵行区号景路159弄A座3楼　www.storychina.cn）
发　　行：上海文艺出版社发行中心
（上海市闵行区号景路159弄A座2楼206室）
印　　刷：浙江广育爱多印务有限公司
开　　本：787×1092毫米　1/32
印　　张：9
版　　次：2023年1月第1版
印　　次：2023年1月第1次印刷
书　　号：ISBN 978-7-5535-2669-0/I·1028
定　　价：25.00元

上海故事会文化传媒有限公司　出品(01103)

想看更多故事？
扫码下载故事会App

上海故事会文化传媒有限公司所有图书可办理邮购，免收邮费（挂号除外）
汇款地址：上海市闵行区号景路159弄A座2楼206室（201101）
收 款 人：上海故事会文化传媒有限公司出版发行部
联系电话：021-53204159
如发现本书有质量问题，请与印刷厂质量科联系　Tel:0571-22805820

760 2022 SEMIMONTHLY 故事会®

CONTENTS 10月上半月刊 —STORIES—

故事云，可以听的《故事会》，精彩尽在 P95。

红版·上半月刊

社 长、主 编 夏一鸣

副社长 张 凯

副主编 吕 佳 朱 虹

本期责任编辑 陶云韫

电子邮箱 taoyunyun1101@163.com

发稿编辑

吕 佳 丁娴瑶 曹晴雯 孟文玉

美术编辑 王怡斐 郭瑾玮

红版编辑部电话 021-5320 4060

绿版编辑部电话 021-5320 4050

地址 上海市闵行区号景路159弄A座3楼

邮编 201101

主管、主办 上海文艺出版总社

出版单位 《故事会》编辑部

发行范围 公开

·出版发行部·

发行业务 021-5320 4165

发行经理 钮 颖

媒介合作 021-5320 4090

广告业务 021-5320 4161

新媒体广告 021-5320 4191

·融媒体中心·

《故事会》微博 @故事会

《故事会》微信 story63

故事中国网 www.storychina.cn

《故事会》网店

shop36332989.taobao.com

故事会公众号

故事会小程序

国外发行 中国图书贸易总公司

印刷 上海四维数字图文有限公司

发行：中国邮政集团公司报刊发行局总发行

国内代号 4–225 定价 6.00元

（本栏插图：包丰一）

省了1美元

妻子回到家，开心地说：“亲爱的，今天我买了一个面包，省了1美元！”

丈夫问：“怎么省的？”

妻子说：“我买了一袋鸟食。”

丈夫疑惑地说：“鸟食？咱们家没养鸟啊！”

妻子点头：“我知道，但买鸟食送50美分的狗粮优惠券，我买狗粮的时候用上了。”

丈夫更加诧异了：“你买狗粮干吗？咱们家也没养狗啊！”

妻子解释：“我知道，但买狗粮附赠1美元的面包优惠券。”

（火箭熊）

文武双修

期末考试结束了，女孩问同桌：“考试结束后，马上要放假了，你有什么打算吗？”

同桌说：“我要练短跑和口才。”

女孩说：“文武双修，计划听上去不错啊！”

同桌解释道：“没办法，等成绩出来，我必须得跑得赢我爸，讲得过我妈。”（月月鸟）

如此缘分

一个男人在街上偶遇高中时的女同学。寒暄没几句，他关心地问道：“这么多年，你一直单身吗？”

女人害羞地点点头。

男人眼睛一亮：“缘分！咱们真有缘分！”

女人脸红了，却听男人话锋一转：“我儿子最近老生病，问了大师，让我找一个单身30年以上的女人拜干娘，我正愁找不到合适的人，没想到遇见了你，缘分呐！”

（七　七）

说点吉利的

老总出差，刚子开车送他去机场。到了机场，刚子文绉绉地说："老总，您放心西去吧。"

老总脸一沉："说点吉利的！"

刚子说道："您钱带够了没？不够我给您捎点。"

"你给我烧钱？"老总脸更黑了。眼看登机时间到了，刚子急忙道："老总，该上路了！"（社恐小妹）

都是认真的

丽丽是一个微商，有一天，她对男友说："我对咱们这段感情是很认真的。你看，我认识你那么久，都没向你推销过我卖的产品。"

男友想了想，说："亲爱的，我对你也是认真的！我做股票分析这么多年，从没给你推荐过股票！"

（腾咕噜）

山上有猴子

周末到了，瘦子和胖子相约去爬山。

胖子准备了很多零食、水果。

瘦子见了，提醒道："不要拿这么多吃的，山上有猴子。"

胖子脱口而出："可我不喜欢吃猴子啊！"

（小栗子）

留一半

妈妈给五岁的儿子剥橘子吃。

剥完皮，她下楼丢垃圾，对儿子说："好吃的东西要学会分享，记得给妈妈留一半！"

不一会儿，妈妈回家了，儿子兴冲冲地跑过来，说："妈妈，给你吃橘子！"

妈妈激动地接过橘子，愣了一下，发现儿子只给她留了"一瓣"。

（刘 振）

谜底是啥

小张愁眉不展，同事关切地问他怎么了。小张说："昨天晚上，老婆给我比画一个动作——她站起来，伸了一个懒腰，然后让我根据动作猜一个中药名。我猜了，结果她生了一晚上的气，到早上还没哄好。"

同事问："谜底是啥？"

小张说："人参（人伸）。"

同事又问："你猜的什么？"

小张叹了一口气，说："枸杞（狗起）。"

（任万杰）

赶快跑

有一个男人在打牌，玩在兴头上，他儿子急急忙忙跑过来，说："爸，赶快跑，妈妈知道你在这儿打牌了，马上就过来。"

男人说："我不是告诉你妈，给咱家狗打预防针去了吗？"他转身一看，大叫道："咦，狗呢？"

儿子说："别找了，赶快跑，咱家的狗自己回家了。"

（路　平）

没毛病

阿花带男友回家见父母。男友说："一紧张，手就不知道怎么放！"

阿花说："简单，插口袋嘛！"

见完父母，爸爸把阿花拉到一边，问："你男朋友的手没毛病吧？"

阿花惊讶地说："没病啊！"

爸爸问："那为什么他一只手插上衣口袋，一只手插裤子口袋？"

（离萧天）

孔子遇段誉

孔子在路上遇见段誉，孔子说："你好，我是孔子。"

段誉说："你好，我是段子。"

孔子说："不好笑。"

（冷小华）

炫 富

几个好哥们儿相约爬山，怕负重，没多带水，不一会儿，大家就又累又渴。

总算爬到山顶，一个人焦躁地问："哪里能尿尿？我憋了一路！"

另一个哥们儿听了，怒道："我们渴成这样，你还尿尿，炫富啊？"

（落花雨）

数羊没意思

老婆半夜醒来，发现老公正看着自己，嘴里念念有词。老婆惊讶地问："你在干吗？"

老公说："睡不着。"

老婆说："睡不着的话，你可以数羊，看我干吗？"

老公又说："数羊没意思！我正数你脸上的雀斑呢！"（赵泽浦）

哪个级别

大学班主任给学生成绩排名的方式很有特色，是根据职业离地面高度划分的。考得好是"宇航员"级别，往下是"飞行员""建筑工人"，等等。

一次，阿明问班主任："这次考试，我是哪个级别啊？"

班主任查看分数后，说："盗墓贼级别。"（田晓丽）

一无所缺

玛丽在商场里为表哥挑选生日礼物，转了大半天，不知该买啥。这时，一位迷人的导购小姐走过来询问："小姐，需要帮忙吗？"

玛丽问："我要送礼物给一个一无所缺的男人，你有什么建议？"

"一无所缺的男人是谁呢？"

"是我表哥，他实在太有钱了，什么都不缺。"

导购小姐笑着说："是吗？把我的电话号码送给他，怎么样？"

（苏格兰没有底）

魔山寻夫

□卢金聪

从前，在一座大山脚下有一个村庄，每天清早，村里的男人们便上山砍柴狩猎，女人们则留在村里洗衣做饭，等待她们的丈夫归来。

这天，男人们像往常一样上了山，可直到傍晚也没回来。女人们在村口等了一夜，还是没等到人。于是，她们决定上山寻找丈夫。

女人们来到山脚下时，遇见了一只乌鸦，那乌鸦先是怪笑三声，然后竟说起了人话。众人哪见过这种事，纷纷吓得要逃跑。所幸人群中有一位瘸腿独眼的女人，名叫阿秋，阿秋镇定地对大家说："先别急着跑，不妨听听它说什么。"

众人这才壮着胆子留了下来，只听那乌鸦说："这座山上住着一个魔鬼，你们的男人在山上无休止地砍伐狩猎，激怒了它，魔鬼便把他们都囚禁在山顶。如果想救回你们的男人，就跟着我去山顶吧！"

没办法，大家只好跟着那乌鸦向山顶走去。当一行人走到半山腰时，路中间出现了一座金色的小亭子，亭柱上镶满金片，闪着耀眼的金光。尽管这景观令人称奇，但由于救夫心切，大多数女人没心情驻足，她们绕过亭子，继续往前走。可有几个女人走进了亭子，贪婪地把亭柱上的金片剥下来，装进袋子里。路过的阿秋问那几个女人："你们不去救自己的丈夫吗？"

其中一个女人回道："不着急，先把这些金片装起来再说。"

话音刚落，亭子轰然倒塌，压死了那几个剥金片的女人。这时乌鸦幸灾乐祸地说："这黄金亭是魔鬼的嘴巴，专门引诱贪婪的人，将他咬死。你们小心一点，这座山上到处都是魔鬼设下的陷阱。"

尽管大家心里害怕，但为了救自己的丈夫，还是跟着乌鸦继续前进。不知走了多久，就在大家筋疲力尽、口干舌燥时，她们发现了一条小溪。众人扑过去，捧起溪水就喝。喝下溪水后，神奇的事发生了，每个人都看见了自己的丈夫，他们出现在森林的各个角落里。

众人欢呼着奔向自己的丈夫，只有阿秋原地不动，她看了一眼"丈夫"，说："他不是我丈夫。"

与此同时，有人发现自己的丈夫眉毛形状不对，有人发现自己的丈夫鼻子塌了一点。大家意识到这是魔鬼制造的幻象，可仍有不少女人被迷惑了，幻象把她们引诱到沼泽地或悬崖下。很快，惨叫声就回荡在山谷中。

乌鸦又开口了："刚才的溪水是魔鬼的眼泪，你们喝下去后会看到自己丈夫的幻象。可幻象和真人还是有差别的，没有注意到这一点的女人，说明平日里连丈夫的面孔都没记下，这样的女人又怎能去拯救她的丈夫呢？"说罢，乌鸦继续引着剩下的人往山顶去。

傍晚，众人来到一片碎石地，到处都是尖锐的碎石头，走在上面脚硌得生疼。大家艰难地往山顶爬，不知爬了多久，来到一个巨大的山洞前，里面传出了阵阵响声，让人听了心里直发毛。乌鸦说："这个山洞被称为魔鬼的鼻孔，穿过去就到山顶了，现在跟我来吧！"说完，它径直飞进了山洞里。

众人只好跟着向山洞爬去，谁知刚爬到洞口，一股强大的气流就从洞里喷出，将所有人吹出去老远，重重地摔在碎石地上。

显然这又是魔鬼的把戏。为了救回自己的丈夫，女人们咬紧牙关再次向洞口爬去。可那洞口像是在故意戏耍她们一样，每当她们靠近一点，从山洞里喷出的气流又无情地将她们吹了回去。她们一遍遍地尝试，又一遍遍地被摔在碎石地上，添了一道道新的伤口。

越来越多的人受不了啦，在无

尽的折磨下只好放弃，她们哭着下山了。

最终那里只剩下三个女人，其中就有阿秋。在一次次的失败后，阿秋发现这山洞像人的鼻孔一样在有规律地呼吸着。当它吸气时，四周的气流就会涌入洞里，这时阿秋便全力爬向洞口，等算准它要往外呼气时，阿秋便趴下身子，抓住拐杖，把它插进碎石缝里，防止自己被气流吹走。

见阿秋这么做，另外两人也赶紧效仿，她们就靠着这个方法最终挪进了山洞里。

乌鸦见三人来了，说："恭喜你们进入山洞！可要穿过这漆黑的山洞，靠眼睛是行不通的，只能靠耳朵去听。现在我将模仿你们丈夫的声音来引导你们穿过这山洞，你们只要跟着我的声音走就行了。"

说罢，乌鸦落在地上化成了三条蛇，每条蛇都能模仿其中一个丈夫的声音。

三条蛇一边叫喊着，一边以极快的速度向山洞里爬去。三人赶忙跟过去，瘸腿的阿秋因行动不便，逐渐落在了后面。另外两人也顾不上等她，飞快地向洞里跑，生怕自己跟丢了那声音。

渐渐地，阿秋变成了孤身一人。她一边摸索，一边在漆黑的山洞里穿行。当她跟着声音来到洞穴深处时，头顶上方突然飞出许多蝙蝠，它们还说起了人话！有的在模仿婆媳之间的争吵，有的在大谈邻里之间的趣闻，还有的在不停絮叨生活中的各种琐事。它们的吵闹声越来越大，渐渐盖过了阿秋丈夫的声音。

阿秋明白，这又是魔鬼的考验。这些蝙蝠就是来让她分心的，只要她一分心，就听不到丈夫的声音了。于是阿秋闭上眼，用心聆听丈夫的声音，任凭那些蝙蝠怎么吵闹，她都忍着不去胡思乱想。就这样，她跟着丈夫的声音走了好久，忽然嘈杂声消失了，她睁开眼，看见前方有一道光，那里就是出口。

阿秋从山洞里钻了出来，此时天色已晚，一轮明月高悬。只见那三条蛇已经在山顶等着她了，其中一条对她说："只有你走出了山洞，另外两人早就跟丢了她们丈夫的声音，永远迷失在山洞里。"

阿秋回头看看，发现山洞不见了，原来这也是魔鬼变出来的幻象！她转过头问："我丈夫在哪里？"

三条蛇并未回答，而是缠绕在一起，越变越大，最终变成一个身高五米、羊头人身的怪物，这便是

魔鬼的真面目了。

魔鬼龇着牙，说："你是唯一登上山顶的女人，为了拯救丈夫，你经受了各种考验。老实说，你对丈夫的爱让我有些感动。"

阿秋又问了一遍："我丈夫在哪里？"

魔鬼张开嘴，吐出一个小石像，说："这就是你的丈夫，带回去吧。不光你丈夫，我把你们村里所有的男人都变成了石像。"

阿秋捧着石像，用颤抖的声音问："我的丈夫还会变回来吗？"

魔鬼发出一阵怪笑声，说："他永远也变不回来了！我可是魔鬼，我最喜欢做的事就是带给人们绝望。你为了拯救丈夫一路坚持到现在，没想到是这种结局吧？"

谁知阿秋放声大笑起来，她将那石像摔了个粉碎，说："你以为我是出于对丈夫的爱才坚持到现在吗？恰恰相反，支撑着我一路走来的，正是我对丈夫的恨意！"

接着，阿秋脱掉上衣，露出大大小小的伤疤，她说："看到这些伤疤了吗？自从我嫁给他，他每天都在折磨我。因为我看了一眼其他男人，他就打瞎了我一只眼；因为我试图逃离，他就打瘸了我一条腿！他让我每天都生活在恐惧中，我对他的长相、声音甚至一切都异常敏感，牢记在心。当我听到他被你关在山顶时，我的内心一阵窃喜，可我仍要上山确认他是否真的被关起来了，不然不安心。现在好了，你把他变成了石头，这下我终于摆脱他的魔爪了，我要谢谢你啊！"说罢，阿秋大笑着转身离去。

看着阿秋的背影，魔鬼叹道："我原以为爱的力量无比强大，可我忘了，恨的力量更不可思议！"

（**发稿编辑**：曹晴雯）

（**题图、插图**：孙小片）

一指神力

□ 刘建平

早年间，褡裢镇有一个穷苦的年轻人，名字叫段宝。他手不能提，肩不能扛，没法干苦力挣钱糊口，常常为吃饱肚子发愁。

这天，段宝一边在街上溜达，一边琢磨蹭饭的法子，突然看见有个小孩，手里举着一串槐花玩。他顿时想起镇子外有一片槐树林，现在正是槐花盛开的时候，吃点槐花垫垫肚子也不错。

段宝很快到了槐树林，爬到一棵树上，摘下一串槐花，撸下花瓣，塞进嘴里慢悠悠地嚼着。这时，段宝听到林子里传来一阵“哇啦哇啦”的说话声，他下了树，悄悄靠近一看，是几个洋人，正在蜂箱前割蜜。

段宝知道这些洋人，他们每到槐花盛开时就会将蜂箱运到这里，赶走中国的养蜂人，霸占林子采蜜，直到槐花凋落才离开。没办法，谁让洋人在这里一手遮天呢！

不过段宝心里挺高兴，今天晚上可以换换口味了。后半夜，段宝摸进洋人的帐篷，掀开蜜桶，饱饱地吃了一顿，吃罢一抹嘴，悄悄地往林子外走。不想林子里黑漆漆，

找不到路，他转了一圈，来到一座庙前。

庙门开着，庙里无人供奉，空空荡荡。段宝知道，这是槐树林旁的关帝庙。他心里踏实了，就躺在供桌上睡起觉来。

刚睡着，段宝就听见有人在耳朵边上说：“年轻人，快起来，帮我掏掏耳朵！”段宝吃了一惊，爬了起来，却看不到人影，他便问了一句：“谁让我掏耳朵？”

没人回答。

段宝躺倒继续睡觉，谁知刚睡着，同样的声音又在耳边响起。

这下段宝睡不着了。天快亮了，段宝看着庙里的塑像，摸着下巴想：“不会是……神像让我给他掏耳朵吧？”他爬到神像肩膀上，先看关公，再看关公左手边的关平，最后看关公右手边的周仓。你猜怎么着，他真在周仓塑像的右耳里找到一个蜜蜂窝，几只小蜜蜂正在周仓耳朵眼里，围着蜂窝“嗡嗡嗡”地飞舞。

段宝心说，原来是周仓托梦！他捡起一根木棍，把蜜蜂窝给捅掉，扔到庙外面去了。

天亮了，段宝回家补觉。

梦里周仓走了进来，对着段宝一抱拳，说：“承蒙救助！我没财物给你，就给你一小指的神力，聊作回报！”说罢，周仓用右手小指拉了一下段宝的右手小指。

段宝睡醒后，觉得刚才的梦很奇怪。他晃晃右手小指，感觉力道十足，用力一戳旁边的桌子，“咔嚓”一声，桌子塌了。

“哎呀！”段宝惊叫道，“我这小指头真有周仓的神力了！”

段宝有了这一根小指的神力，可以卖苦力挣口饭吃了。只要把右手小指顶在扁担中间，他就能轻松地挑起担子；只要往石碾子上系根绳，他就能把石碾子吊起来……总之，只要一根小指头能套住、穿过、顶住的东西，段宝都比别人拿得多。这样，很多老板抢着雇段宝干活儿，段宝再也不会饿肚子啦！

只有一样缺点，小指头力气太大，段宝不能用它挖耳朵，也不能跟小孩拉钩逗着玩。吃饭时，也要跷着小指头，否则筷子容易折断。

一天中午，段宝正坐在饭店里吃饭，看见槐树林采蜜的几个洋人咋咋呼呼地进来了。段宝知道，槐花谢了，这群洋人采够了蜜，要来饭店吃一顿大餐，之后就要离开这里，再来就是明年。

洋人们在段宝旁边坐下，一边用蹩脚的中国话点菜，一边高声谈笑。一个洋人看到段宝吃饭时跷起的小指头，大笑起来，招呼另外的洋人，说："快看，兰花指，男人的兰花指！老大，这个中国人长得白白净净，说不定你会喜欢呀！"

洋人们"哈哈"大笑。洋人老大站起身，走到段宝跟前，伸出食指将段宝的下巴一抬，在段宝脸上扫了两回，点头说："不错，不错！比姑娘还俊秀！"

段宝用手一拨洋人老大的手，生气地说："你们这帮洋人，在中国净干坏事。警告你们，离我远点儿，惹恼了我，小心吃苦头！"

洋人老大一拉脸，用指头点着段宝的额头，说："就你这小身板？信不信我一个指头戳死你！你要识相，就喊声爷，乖乖跟我走……"

段宝瞪着眼，说："你动我一根指头试试！"说着，段宝晃了晃右手小指头。

洋人老大受到侮辱，发怒了，一挥手："给我上，揍这个不识相的浑小子！"

几个洋人扑过来，拳头砸向段宝。段宝挥动小指头，打在他们的胳膊上。洋人们个个"哎哟，哎哟"，叫着滚到地上去了。

洋人老大气急败坏，亲自扑了过来。段宝一挡他的右胳膊，随后用小指头一下子戳进了洋人老大的右耳朵。洋人老大的耳朵顿时血流如注，"嗷嗷"叫起来："我聋了，我听不见声音了！"

洋人们吓得屁滚尿流，准备逃跑，段宝又用小指头钩住了洋人老大的裤腰带。洋人老大走不了，他们都跪地求饶："放我们走吧，我们再也不敢造次了！"

段宝问："你们是不是还不如我一个小指头厉害？"

洋人们点头好似鸡啄米："是是是，我们还不如您一个小指头厉害啊！"

段宝问："明年还来采蜜吗？"

洋人们头摇得如同拨浪鼓。洋人老大说："再也不来了！"

这天夜里，段宝又梦到了周仓。周仓说："感谢你赶走了洋人，我的耳朵以后总算能清静了！"

段宝明白了，原来，周仓右耳朵里的蜜蜂，就是从洋人蜂箱里逃出去的。周仓借给段宝一小指头力气，戳破了洋人老大的右耳朵，赶跑了洋人，出了一口恶气！

这些洋人跑出了褡裢镇，再也没有回来过。

（**发稿编辑**：陶云韫）

（**题图**：孙小片）

伶牙俐齿的我

◆ 那天我跟你打招呼，你却对我翻白眼。真没想到你是这种人：翻白眼也那么好看。

◆ 人的想法是会变的。以前我也是想致富的，现在只想脱贫。

◆ 最烦逛商场的时候导购追着问：“您好，请问我有什么可以帮您的吗？”说实话，我只想他帮我付钱！

◆ 你是金子我是煤，你会发光我会发热。别把我惹火了，小心我把你熔化了。

◆ 我也想结婚，父母不同意还是次要的，主要是我想结婚的人也不太同意。

◆ 写东西前想，如果写得不错，就用本名；如果写得不忍看，就取笔名。截至今天晚上，我已经给自己取了不下三百个笔名。

◆ 阎王让我三更死，我二更就去。我命由我不由天。

◆ 两性关系，总以“我可以认识你吗”开始,以“我算是认识你了”结束。

（**推荐者**：社恐小妹）

狗狗那些事

◆ 养一只猫，可以体验婚姻；养一只狗，可以体验为人父母。

◆“你的良心呢？”“被狗吃了。”从此，狗成了世界上最有良心的动物。

◆ 狗是人类最好的朋友，如果你不相信的话，可以试试这样做：将你的狗和妻子一起关进汽车的后备厢里。一小时后你再打开后备厢，哪一个会因为见到了你而真心地高兴呢？

（**推荐者**：哈喽 Kitty）

二货日记

◆ 我的身体是铁打的，我的床是磁铁打的。

◆ 今天朋友发信息说想跟我借点钱，我给他回：十万以下千万别跟我开口，十万以上我也没有。

◆ 刚刚去小店买水，见老板在摇椅上睡着了，老板娘还给他捶腿，瞬间感到好恩爱，我不忍心打扰他们，拿了两瓶红茶就走了。

◆ 就这样过了十二点还没有一个人祝我生日快乐，可能因为今天不是我生日吧！

◆ 我怀疑我来公司上班的目的就是偷电：每次下班离开公司，手机电满，充电宝电满，耳机电满，运动手环电满。谢谢你，公司。

◆ 为什么躺在沙发上比躺在床上爽多了？既然如此，床有什么用？

◆ 我非常擅长骗女人开心，每次都在电话里对她说："妈，别担心，我过得挺好。"

（**推荐者**：饿霍霍）

（**本栏插图**：孙小片）

爱情笑话

◆ 如果有个人喜欢你素颜不化妆，你瘦了就心疼，胖了却高兴，永远不嫌弃你丑，也不嫌弃你满脸痘痘，这个人是你老公？男朋友？父亲？错了，大错特错，这个人绝对是你情敌。

◆ 所谓表白，无非就是你兜里揣着一个苹果，去问对方喜不喜欢苹果，而对方有喜欢橘子、猕猴桃、菠萝、草莓等N种可能，这种情况得看运气。而有的人不一样，他们兜里揣的是金条。

◆ 每一个男人都要感谢口红这个发明。品牌高端但价格较低，三百五百不算少，六百八百不算贵，而且女孩子绝对不会嫌弃。关键是色号众多，一辈子都送不完哟！

◆ 分手时说"不想耽误你"，其实是怕你耽误了他自己。

◆ 十年前上学的时候，我每天的零花钱差不多有五块吧，我就给自己特别喜欢的一个女生买四块钱的零食，自己留着一块钱买包子吃。没想到十年后，这个女生被我追到了手，成了我的老婆，可是我的零花钱依然还是五块。

（**推荐者**：资深单身狗）

军营打赌

□剑　锋

许文辉是侦察连的班长。他这人啥都好，就是爱争强好胜，总想显得比别人高明。

这天，侦察连和通信连都在训练场上挥汗如雨。休息间隙，许文辉又向战友们吹上了。他说自己小时候在农村，上天入地、掏鸟揭瓦，无所不能。要说这爬房上树的本事，不说天下第一，起码在师直属队里数老大，尤其是和城市兵相比，那就不是一个量级的。

此言一出，倒也有不少战友甘拜下风，因为城市兵大多数还真不会这些。但许文辉这一吹，惹怒了一个人。谁啊？就是通信连女兵毕晓茹！

毕晓茹早就看不惯许文辉爱逞能的德行，这会儿她走上前去，大声道："许班长，话别说太满了，你敢不敢和我这个城市兵比试比试？"

许文辉哪能丢了面子，一口答应。毕晓茹女汉子似的一撸袖子，说："许班长，咱事先说好，你要是输了，这月拿津贴给我们班女兵买防晒油。"

许文辉嘴一撇："我输，这可能吗？那你要是输了咋办？"

毕晓茹一撩头发，轻蔑地一笑，道："我输？那更是不可能的。不

过为了公平，我要是输了，给你买条烟，让弟兄们都尝尝！”

“好！”一时间，训练场上掌声雷动。

既然比试，得有个科目吧？比啥啊，怎么比？战友们都围过来静悄悄地等。

毕晓茹收起笑容，对许文辉说：“既然比试，咱也不坑你。你不是说小时候上树掏鸟窝在行吗？咱就比爬电线杆，你敢不敢？”

许文辉眼睛一亮，说：“怎么不敢，太敢了！你绝对是我的手下败将！”

毕晓茹“哼”了一声，说：“那可不一定！”

许文辉也不在意，兴奋地摩拳擦掌：“那咱们开始吧？”

毕晓茹一摆手：“慢着！既然比的是我们通信连的技能，那就得按我们通信连的规矩来。”

许文辉一愣：“好，你说。”

毕晓茹扳着指头，说：“野战部队的训练科目，有负重五公里越野。而我们通信外线兵，还要加上接线机、工具包和线拐子的重量。接线机三斤半，工具包和多功能铁锹五斤，线拐子十二到十五斤。”

许文辉一副看穿别人小心思的样儿，说：“得了得了，不就是负重三十斤爬电线杆吗？算个什么事嘛！来，给我背上！”

毕晓茹使一个眼色，两个女兵拿过来两个包和一个线拐子，“啪啪”就给许文辉挎在了肩膀上。

在远处看热闹的通信连连长对身旁一个战士说：“小许输了！”

战士笑道：“是啊！那几个背包，没训练过的人带着它们爬电线杆，左一甩右一甩的，影响重心。许班长中计了！”

连长点头道：“正好杀杀他的骄气！对练兵有好处。”

果不其然。许文辉从来没背过这样的背包，那铁疙瘩接线机和工具包铁锹都背在右肩下，十几斤的线拐子也背得靠右，结果爬电线杆时，他整个人的重心不由得就往右边偏去。大多数人的左手都弱于右手，爬杆子时，重心向右，左手很快就会没劲了。

没一会儿，许文辉就毫无悬念地落在了后面，毕晓茹轻轻松松摸顶成功。

许文辉一下到地面，就气喘吁吁地说：“毕晓茹你使诈！你的背包一边一个挺匀称，怎么偏给我把俩包背到一边？你是故意的。”

毕晓茹一副惊奇的样子：“哎

呀，许班长，给你挂上，你不会自己调整啊？哪能让我们女兵帮你整理背包，我们可得避嫌啊！”

许文辉心里憋屈，连声道：“不能算，再比，再比！”

毕晓茹微微一笑，说：“怎么，许班长，输不起啊？输不起就算了，训练了一上午，我饿得前胸贴后背，一会儿还得多吃点饭，不吃五六个馒头压不住这点心慌。”

周围的人一通哄堂大笑。许文辉看看大家，尴尬地说：“也不是不认，男子汉大丈夫，愿赌服输，说话算话！”说着，他眼珠一转，“不过，看你这身高也就一米六出头，瘦了吧唧，一顿能吃五六个馒头？我可不信。你要是真能吃这么多，你们女兵班下个月的防晒油我也给你们买！”

“当真？”

“当真！”

“好，那咱们再打个赌吧！”

“慢着。”许文辉一伸手，“打赌有条件，你不许硬吃，到时候要是撑坏了送医院，算你双倍输！”

大家都看着毕晓茹，毕晓茹一脸轻松，说：“这赌约我接了。待会儿吃饭，就去你们侦察连食堂！”

午饭时间，侦察连食堂里，专门给毕晓茹腾出一张桌子，周围挤满了看热闹的战友。大家都好奇，这回毕晓茹又会想出什么招儿？

不少人饭盒里打上了饭，端在手里却不去吃，就眼巴巴地等着看毕晓茹开吃。

再看毕晓茹，她甩开腮帮子，旁若无人，丝毫没有顾及一丁点淑女形象。先是就着炊事班班长亲自下厨烹制的小炒肉，一口气吃了五个馒头，然后让一旁看热闹的侦察连男兵去打了一份炸酱面。吃完炸酱面，她又来了一碗蛋炒饭，最后喝了碗面汤，才打了个饱嗝，说：“我吃饱了！”

大伙儿都看呆了。许文辉觉得脑袋都快炸了，他强撑着说：“晓茹，为了打赌咱不值得这样吧？你可别撑出毛病来，要不咱去趟医院得了……”

毕晓茹又打了个饱嗝，才满意地站起来，说道：“你可拉倒吧！我昨天肚子不舒服，从昨天中午开始，连着三顿都只喝了点粥，这一顿才算是补回来了！”

人群中爆发出一阵响亮的笑声。自此以后，许文辉再也不敢吹牛了。

（发稿编辑：吕　佳）

（题图：陆小弟）

·传闻轶事·

早些年，豫西山区付家庙有个卖豆腐的年轻人，叫付铁柱。快三十岁了，家里穷得只有一副豆腐担子和两扇豆腐磨，连个拉磨的毛驴都没有。天天磨豆腐，都是靠他自个儿推。

付铁柱做梦也想不到，他这样的穷汉，竟然也有走桃花运的时候——有人来给他说媳妇了。人家不但是个漂亮的黄花大闺女，而且一分钱的彩礼都不要。

来提亲的，是村口开车马店的涂大妈。涂大妈对付铁柱说，他们的车马店里住着一个叫小巧的姑娘。她老家成了敌占区，父亲也被仇家追杀丧了命，她陪着母亲从关外来豫西投亲。没想到时局动荡，亲戚家早已搬迁。娘俩走投无路，虽有些家底，但也不能老在店里住着。思来想去，小巧娘便想在当地给小巧找个可靠的男人成家。

说来也巧，娘俩正说这事的时候，只听得门口传来“豆腐哟，换豆腐喽”的叫卖声，是付铁柱从门口经过。涂大妈一想，这不是天意吗？于是，她就喊小巧母女隔着窗棂去看付铁柱。付铁柱生得肩宽背厚，十分健壮，脸庞虽然有些黑，但是说话时露出的一口白牙格外亮眼，让人心

□ 司健安

生好感，一眼望去，应该是个实在人。小巧娘问："这付铁柱的为人怎么样？"

涂大妈实话实说："这孩子勤快、老实，娘活着的时候，对娘也孝顺。要说吃亏的地方，就是为人太过憨直。遇上客人想赊账，不管认不认识，他都答应。对那些欠账不还的，他又拉不下脸去要。一个卖豆腐的小本生意，照他这做法，要是能赚钱就怪了。"

小巧娘听后直皱眉头，小巧却低头一笑，对涂大妈说："我觉得这样挺好，比一肚子坏心眼的人强多了。"涂大妈一听有戏，就问小巧："闺女，你要是想好了，我就去帮你问！"小巧红着脸点了头。

天上掉下来一个漂亮媳妇，付铁柱又不傻，咋会不同意呢？婚礼办得很简单，甚至连个仪式都没有——付铁柱推着借来的独轮车，把小巧母女俩接去了自己家。

小巧临出门前，涂大妈对她说："闺女，憨人都有个犟脾气。铁柱这孩子啥都好，就是脾气犟，你得想办法降住他，要不然，由着他的脾气来，处处跟你拧巴，日子就不好过了。大妈教你个法子，新婚第一夜，睡觉时，你把你的衣服压在他的衣服上面。天亮以后，他这一辈子，都听你的。那样，你们就有好日子过了。"

小巧知道涂大妈是一片好心，笑着点了点头。

当晚临睡前，小巧想起涂大妈的话，特意把自己的衣服压在了付铁柱的衣服上面。哪知道，睡到半夜，付铁柱偷偷爬起来，用自己的衣服把小巧的衣服盖了个严严实实。小巧有一点随父亲，平时睡得不沉，一有动静就会醒。这会儿，付铁柱的举动，全让她看在了眼里。她心想，看来老实人也不是没心眼呢！

第二天一早，吃过早饭，小巧拿出一沓钱，对付铁柱说："当家的，我这里还有点积蓄，你拿去买头毛驴吧，帮你磨豆腐。"付铁柱一开始坚决不要，可小巧说："当家的，既然我嫁给你了，我们就是一家人。这些钱，就当是我的嫁妆吧！买了毛驴，你干活能省点力气，也好帮我照顾咱娘。"付铁柱想了想，觉得小巧说得在理，答应了。

小巧亲手把钱装进了付铁柱的口袋，在他出门前，还特意帮他抻了抻衣服上的褶子。

娶了漂亮媳妇，媳妇还给自己钱去买驴，付铁柱一路上乐得不行，见了熟人就打招呼，显摆着说要去

买驴。说者无意，听者有心，付铁柱要去买驴的事情，被旁边的一个小贼听见了。这小贼知道付铁柱是卖豆腐的，就以买过他的豆腐为借口，一边跟他套近乎，一边把他浑身上下摸了好几遍，却没找到钱。咦，不是说要去买驴吗，钱呢？

小贼不甘心，苦等到中午，趁着付铁柱午休小憩的时候，他又挨过去，把付铁柱身上里里外外扒了一遍。除了一点零钱，啥都没有！

付铁柱醒后，发现口袋被扒了，一摸，果然空空如也，他顿时懊悔得不行。到家以后，他耷拉着脑袋把弄丢钱的经过一五一十地告诉了小巧。小巧听后，只是笑了笑，连一个字都没有埋怨他。

第二天吃过早饭，小巧又拿出一沓钱，用手绢包好，递给付铁柱，说："我这里还有些钱，你拿去买驴吧，这次要记得小心些。"付铁柱答应后，一路捏着口袋走了。他吸取了上回的教训，给谁都不说自己去买驴。可是到了牲口市，看好毛驴，要付钱时，付铁柱又傻眼了：他口袋里的手绢还在，也裹得好好的，可里面的钱却变成了一沓废纸。这是啥时候被人调包了呀！付铁柱急得眼泪都掉了出来。

付铁柱垂头丧气地回到家，没想到和昨天一样，小巧依然没有埋怨他。

第三天，吃过早饭，小巧又对付铁柱说："当家的，我这里还有一些首饰，我今天陪你一起去把首饰变卖了，买驴肯定还够。"付铁柱本来不想再去了，可是接连丢了两次钱，他心里发虚啊，说起话来舌头根子就有些软了。他看小巧态度那么坚决，只好答应。

这次很顺利，夫妻俩转遍了整个牲口市，挑了一头最好的毛驴。那头毛驴膘肥体壮，油光发亮，四只小白蹄，着实好看，到了村里，谁见了都夸。那驴听得人夸，竟然还得意地张开大嘴“嗯啊嗯啊”地叫起来。付铁柱听了，心里那真叫一个得劲儿。

丢了两头毛驴的钱，那可不是一笔小数目。从此以后，付铁柱总觉得亏欠小巧，干活便格外卖力，对小巧的话也是言听计从。小巧也是个勤快人，每天把家里收拾得干干净净。付铁柱卖豆腐回来，无论多晚，都能吃上热乎可口的饭菜，一家人的日子过得很是滋润。

小巧没有告诉付铁柱，其实她们母女根本不是来投亲的。小巧爹是外地有名的贼头，前些年，因为误盗了一位国民党要员的宝物，被满城缉捕。小巧爹知道女儿从小跟着自己学了一身偷盗的本事，怕这事再连累她们母女，临死前，托人转告小巧，让她金盆洗手，逃得越远越好，再找一个老实人嫁了，平平淡淡过一生。付铁柱性格憨直，社会关系简单，是她们娘俩早已物色好的，即便那天付铁柱没有恰巧路过，她们也会请涂大妈上门提亲。

付铁柱那两次丢钱，都是小巧做的手脚。小巧是见过世面的，她知道付铁柱这样的男人一旦觉得亏欠了女人，再拗的脾气，在女人面前也拗不起来。

小巧讲究惯了，别看付铁柱是个卖豆腐的庄稼汉，他身上穿的衣服，小巧每天都给他洗得干干净净的。不过，有一点小巧弄不明白，都结婚这么多天了，每天晚上睡觉，付铁柱还是把小巧给他准备好的干净衣服，盖在她的衣服上面，盖得严严实实，甚至一点都不露。

那天早上穿衣服时，小巧实在忍不住，就问付铁柱盖衣服的事了。付铁柱听了，“嘿嘿”地笑，说：“咱家房子太破，四面漏风，你那么爱干净，我怕落下来的灰把你的衣服弄腌臜喽！等回头我攒下钱，抓紧把屋子翻修一下，你和咱娘就再也不用受这份委屈了。”

从小到大，小巧一直过的是担惊受怕的日子，还从来没有被一个男人这么细心地呵护过。她抓过付铁柱的衣服，捂在脸上，任由眼泪“滴滴答答”地流了出来。那泪水中，有幸福，也有懊悔。她在想，她用那些手段，对付这样的男人，或许是做错了呢……

（**发稿编辑**：丁娴瑶）

（**题图、插图**：陆小弟）

·新传说·

一片冰心

□ 王福军

陈涛这人普通、木讷，收入也不高。可平凡的人也不缺瑰丽的梦，比如他就喜欢上了章婷，一个有着长长脖子的美丽女孩。陈涛不会表白，他只敢偶尔幻想一下。谁知这天，章婷竟拦住陈涛，问："你是不是喜欢我？"

陈涛慌了，说话都不利索了："我我我……这个，你误会了。"

章婷说："咳，我以为你喜欢我，觉得自己遇上了真命天子，想不到是自作多情！"说完，她转身就走。可刚走两步，身后响起一个声音："站住！"章婷转过身来，只见陈涛面红耳赤，眼里闪着狂热的光，问她："你说的是真的？"

"我会拿爱情开玩笑吗？"

陈涛说："可是，我这么普通，你为什么会看上我？"

"我需要的是能跟我踏踏实实过日子的人。陈涛，你就是！"

就这样，陈涛和章婷在一起了。和自己的女神谈恋爱，陈涛觉得日子如梦如幻，简直像在飞。

两天后，正好是章婷的生日，两人约好看电影，肩并肩走在街上。是的，肩并肩，不是手拉手，因为章婷说，她不喜欢一恋爱就太亲热。

走在喧闹的街头，章婷忽然浑身一颤，疾步飞奔，全然不顾身边的行人车辆。陈涛连忙大声叫她，可哪里叫得住？陈涛要追上去，却又不得不停住脚，因为绿灯正好转为红灯。等绿灯再亮起，章婷已经消失不见了。陈涛打她电话，她先是不接，后来索性关机了。

事后，章婷解释，那天她一瞥之间看到一位阿姨，酷似她死去的妈妈，顿时掉了魂，一定要追上去看个究竟，转了两个街角才发现看错了。后来她想自己待一会儿，嫌陈涛的电话烦人，所以关机了。陈涛听了很心疼，更加疼爱章婷了。

这天晚上，陈涛正无聊，章婷发来了视频邀请，两人便聊了起来。视频里，章婷待在自家阳台上，那场景陈涛很熟悉：阳台的装饰，米色的椅子，章婷身边那唯一的一盆绿萝……这绿萝是陈涛送的，当初挑选时，他特地留心了花盆上的字，上面写着：一片冰心。

两人聊了很久，直到章婷打了一个长长的哈欠，说："我累了，涛，明天再聊。"

章婷打哈欠时，往上伸展双臂，腰身舒展开来，神情分外慵懒，这一切在陈涛眼里十分美丽，他灵机一动，飞快地截了几张图。

睡前，陈涛看着这些照片，带着笑意进入了梦乡。

可是美梦终有醒的时候，而且这醒不是自然醒，是被残酷地唤醒。第二天，是警察的敲门声叫醒了陈涛。

警察对陈涛说："我们找你核实一件事，昨晚有个女孩死了。"陈涛一惊，立马想到章婷。警察看出了陈涛的心思，说："死的不是章婷，是另一个女孩，但章婷有杀人嫌疑。章婷和那女孩是情敌关系，两人不久前曾当街大闹过一场。"

陈涛的脑子立时短路了，一句话也说不出来：章婷和死者是情敌关系？这么说，还有一个女孩喜欢自己，自己怎么不知道？

这时，警察继续说："章婷和死者同时喜欢上一个姓余的男人，我们叫他大余吧。我们发现死者后，立即调查了她的社会关系，得知她的男友是大余，可以确定的是，大余没有作案时间，也没有作案动机。不过大余提供了一个线索，他说章婷有可能是凶手，因为章婷跟死者积怨很深。"

陈涛终于明白过来，他跳起来，喊道："不可能，章婷是我女朋友，她怎么会爱上那个大余？"

警察用冷静的口吻说："据我们调查，章婷和大余确实是恋人关系。大余和死者及章婷是多角恋，

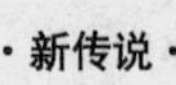

这家伙确实帅，也会讨女孩子喜欢。”

陈涛脑袋“嗡嗡”的，他想：章婷不会骗自己的，她那么柔情，怎么会呢？

警察注视着陈涛，说：“我们找过章婷了，她当然不会承认杀了人，她说昨晚一直在家里。经法医鉴定，死者的死亡时间为昨晚9点左右，是被钝器砸中，当场身亡。章婷说昨晚9点10分开始在家里跟你视频，一直聊到10点30分，所以她没有作案时间。确实，死者死在家中，没有移尸痕迹，如果是章婷去死者家杀了她，从章婷家到死者家即使驱车也要50分钟，章婷是不可能在9点10分跟你视频的，这会排除她的作案可能。陈涛，章婷昨晚跟你视频了吗？”

陈涛一句话也听不进去，头痛欲裂，心碎不已。警察给他递了一杯水喝下，他这才清醒过来，问：“警察同志，你刚才说什么？”

警察把刚才的话复述一遍，陈涛努力镇定心神，说：“是的，章婷没说谎，昨晚从9点10分开始我们一直在聊天，看——”说着，他打开微信，给警察看聊天记录。

微信上清楚地记录着两人视频开始、结束的时间，突然，警察想到了什么，问：“章婷确实是在她家里跟你视频的吗？”

陈涛点点头，说：“虽然她骗了我，但我不能做伪证。昨晚章婷确实在她家跟我视频，我对她家很熟悉，去过好几次。”陈涛又想起什么，“看，视频时我还截了图。”

警察看了截图，点头说：“我也去过章婷家，这确实是在她家阳台上……”警察谢过陈涛，准备回去从别处再着手调查。离开前，他握了握陈涛的手，说：“看得出你受伤不浅，保重，兄弟！”

一句“兄弟”差点让陈涛落泪，此刻的他感到分外孤独。

接下来，陈涛跟单位请了假，闭门不出。他和章婷恋爱时间虽然不长，但以往的点滴一遍遍地在心头回放，章婷真的是在欺骗自己吗？这里面会不会有误会？他又拿起手机反复看里面的照片，尤其是最新的那几张截图，章婷那么美，这样的人真的会杀人吗？

两天后，陈涛终于走出家门，他形销骨立，但眼神坚定而执着。他决定去找章婷，当面问清楚。

在章婷家，两人见面时都愣了愣，同时说道：“你瘦了。”接着他俩又沉默下来。陈涛在章婷家阳台上踱了一圈，走回客厅，说：“警

只感觉那个男人很帅，而且那时陈涛还急着找章婷呢。后来，大余跟警察说前几天章婷跟死者当街闹过一场，时间正是她生日那天，一切严丝合缝地对上了。

章婷惊得张大了嘴，但很快又反应过来，冷漠地说："是又怎样？你今天是来责备我的吗？"

"不是，我来只想问你一句，你说喜欢我，是不是真心的？"

章婷一脸冰冷，不吱声。

察找过我了，你为什么要骗我？"

章婷浑身一颤，硬着嘴道："我骗你什么？你别听警察胡说。"

"警察没有胡说。"陈涛抽动了一下嘴角，说，"我见过大余了。"章婷的身体又一颤，陈涛继续说："刚才来你家的路上，我找警察要了大余的照片，我不得不承认他很帅，你也确实是他的情人。"

接下来，陈涛说，章婷生日那天，他们走在路上，章婷忽然掉了魂似的狂奔，并不是看到像她妈妈的人，而是看到了大余，大余正和一个女孩亲热地手拉手走着。陈涛也瞥见了，但当时他并不认识大余，

陈涛自嘲说："你瞧我，到现在都不肯面对现实，不肯死心。实际上我连备胎都不是，不然你为什么连牵手都不肯？但我还是想听你亲口说出真相。"

"好吧，我承认只想要耍你而已，这下你死心了吧？"

陈涛冷笑一声，神色刚毅地说："不，你根本不屑于耍我，你是在利用我。"说完，陈涛叫章婷一起来到阳台上，他指着那盆绿萝，说："这是我送你的，但你不知道，这不是一般的绿萝，是有特殊意义的，花盆上'一片冰心'这四个字，是我精心挑选的。"

章婷不以为意："所以呢？"

"我真喜欢你啊，甚至有点痴了，痴情人总爱做些奇奇怪怪、自认为深情的事，所以我在'一片冰心'的'心'字正上方那几片叶子上动了手脚，用剪刀把它们修剪得更接近于标准的爱心形状，象征我的爱心与你同在。瞧，因为时间不长，这些叶子来不及生长，爱心形状都还保持着呢。"章婷的脸色变了。陈涛继续说："我实在不想面对你的欺骗，反复看手机里你的照片，包括那晚视频时我截的图，后来我发现一个细节，那晚视频时你身旁的绿萝，'心'字正上方的那些叶子并没有做过修剪。"

章婷面如死灰，刚要开口，陈涛又说了："为什么一样的阳台，只有绿萝换了？因为你不是在家跟我视频的，你在另一个地方临时租了房子，把阳台装饰得跟你家阳台一样，你也买了一盆绿萝，花盆上甚至还有同样的字。你好聪明，但还是大意了，或许你认为世上的绿萝都一样，但你不知道这是一盆看似普通、实则特别的绿萝。"

陈涛继续整理思绪："在死者家，你趁她不注意，迅速用钝器砸死了她，然后擦去一切痕迹，急速逃离。你租的房子就在死者家附近，你一到那儿就赶紧跟我视频，好让我为你做不在场证明。"

章婷瘫倒在地，大哭道："我爱大余，可他被狐狸精迷住了，提出分手，我实在受不了，不得已才下了手……陈涛，我一开始确实只想利用你，是我不对，你放过我吧，以后我一定真心爱你……"

"放过你，那个可怜的女孩会永不瞑目的！"陈涛话音刚落，门外响起了警笛声……

（发稿编辑：曹晴雯）

（题图、插图：豆　薇）

一句话破案

□ 叶敬之

清乾隆年间，广西兴安县有一个人叫谢世音，二十多岁来到此地经商，至今已有十多年。

兴安县还有一个人叫肖川，祖上做过官，到他祖父这辈没落，只剩下几十亩薄田，聊以糊口罢了。

谢世音结识肖川后，两个人走得很近，还结为异姓兄弟。谢世音为兄，肖川为弟。

谢世音乐善好施，但凡有人遇到困难，有求于他，他从没让人空手离开的。对肖川，谢世音更是有求必应。夫人看不过去，有一回忍不住劝道：“我听说这个肖川做人不厚道。你给他的钱财，他从没拿回去补贴家用，而是大吃大喝败光了。他还去赌场呢！”

无风不起浪，谢世音听了夫人的话，陷入了沉思。他叫来一个小伙计，让他到城里的赌场、酒楼打探一下，并叮嘱道：“不要直接问，你就说，你是替肖川还赌债、结饭账的。”接着，谢世音又叫来一个老伙计，让他去肖川家看看。

小伙计去了一个多时辰，回来后，他悄悄对谢世音说：“城内几家像样的赌场、酒楼，我都去过了。肖川常去的酒楼是清和园，常去的赌场是宝善局。”

老伙计去了大半天，回来以后对谢世音说：“肖川老婆说，他从未补贴过家里……”

谢世音挥挥手，让伙计离开，心里燃起了一股无名火。

过了几天，肖川又来找谢世音借钱。谢世音不动声色，皱着眉头说：“不巧，眼下我手头有点紧。前些日子去广东进了一批货，至今没脱手。等手头活络一点，我亲自给你送去。”

肖川到谢世音这求助，从没遭到过拒绝。回去的路上，肖川左思右想，觉得另有隐情。他心里一动，就到他常去的清和园、宝善局问了一下，知道前几天有人来过，说是替他还债，可最后也没还。他一下子全明白了，不由得怒从心头起。

肖川家有个门客，叫田敬才，祖上做过雍正朝的吏部尚书。虎死余威在，当地大小官员，对田敬才都客客气气。肖川找到田敬才，说请他吃饭。酒过三巡，肖川借着酒气，把他对谢世音的怨气发泄了一番。他谎称谢世音看中了自己老家的风水，勾结府里官员，妄图霸占他老家的宅子，他忍不下这口气。

肖川说：“要治治他不难，我主意想好了，但要你来配合。”接着，肖川把计划和盘托出。

田敬才一听，不由得踌躇起来：这分明是诬陷！

肖川仿佛猜到了田敬才的心思，他从身上掏出一把刀，往桌子上一放，眼里透出凶光，说：“如你今天不答应，我就杀了你，还要杀你全家。”

田敬才沉默了一会儿，无可奈何地答应了。

三个月后，兴安县县衙收到肖川呈上的一份诉状。诉状称，谢世音系湖南清泉县人，其祖父名叫谢升，三十年前做过田敬才曾祖父田尚书的贴身仆人。田尚书去世后某天，谢升忽然失踪，踪迹全无。同时丢失的，还有一些金银珠宝，价值万两。因为不知谢升去向，当年此事不了了之。最近，田敬才偶然得知，谢升已偷偷回到老家，正在老家安享晚年。他请求官府将谢升押回兴安审问，追回当年被他窃取的金银珠宝，并追究谢世音知情不报之罪。

知县收到诉状，传肖川到堂询问，问："你为何替田家申冤？口说无凭，你有什么证据来证明？"

肖川呈上厚厚一沓簿册，说："田敬才乃我家门客，听他说了祖上的事，我愤愤不平，愿为他家出头，这些簿册即是凭证。"

那些是田敬才家当年的簿册，上面有田尚书全家姓名、仆人姓名、佃户姓名，家人月钱几何……其中一册上，赫然写着谢升的名字，还有谢世音父亲和叔叔的姓名。此外，有几页纸张，是当年田家仆人、佃户的证言和指印。

知县看完，说道："谢升所犯之事确凿无疑。你先回去，我这就草拟公文，转呈上司，发公文到湖南抚台，羁押人犯。"

状告的是谢升，衙门没有传唤谢世音，他对发生的事儿毫不知情。但是前头说过，谢世音扶困济贫，人脉通达，很快，就有热心人把其祖父被状告的事告诉了他。

谢世音忧心忡忡，急忙把兴安县的生意交代一下，带上两个伙计，急匆匆地赶回湖南老家。

此时，家中已收到案卷的抄件。谢世音带上抄件，去拜访几个本地有名的讼师。大家看后个个摇头，劝他说："诉状铁证如山，无论如何推翻不得。现在，最要紧的是想办法准备罚金。罚金一付，取得田家人谅解，尊祖父才能免去牢狱之灾。"

奔波一番，毫无结果。谢世音回到家，陪家人以泪洗面。

一家人正伤心，忽然听到敲门声，开门一看，是一位陌生老者。

谢世音礼貌地说道："老先生请进，不知有何见教？"

老者进门，坐下后含笑说道："我是本县西乡人，叫吴讷斋。尊祖父蒙冤一事，全县都传开了。可否将案卷抄件给我看看？"

谢世音看了老者一眼，从卧室

里把案卷拿出来，放在面前的桌子上。老者随即翻看起来，看着抄件，老者忽然拍了一下桌子，说道："这个案卷看上去证据确凿，实则有一处破绽。如果指出，你们必将反败为胜。"

谢世音大喜过望，说："请老先生明示。"

老者说道："一句话的事，说出来，就一文不值了。请你们先拿一百两银子来。"

谢世音呆住了，他想，莫不是遇到骗子了？其他人也你看我，我看你，不知道该如何处置。

老者又说："如果说得不对，你们赢不了官司，我原数奉还。"

谢世音立马取出百两银子，放在老者面前。老者指出破绽，谢世音恍然大悟，跪下就给老者磕头。

第二天，谢世音修改了自己的诉状，呈给清泉县衙，高声说道："肖川说，我祖父是雍正年间卖身的，卖身契所书祖父的籍贯是衡州府清泉县。可雍正年间并没有清泉县，直到乾隆二十二年，才有清泉县。难道清泉县之名，提前三十多年就用上了？其他簿册所书县名，也都如此。造假诬陷，由此可知！"

知县大惊，把所有案卷翻了一遍，果真不假。

后来，肖川以诬陷罪被判杖刑，流放千里之外。

原来，田敬才不愿参与陷害，又怕肖川报复，不敢拒绝，便在假造材料时，有意把"清泉县"的县名提前三十年用上了，他希冀官府发现漏洞，予以驳回，可惜官府并未察觉。

后来，田敬才远赴三百多里外的清泉县，找到世交吴讷斋老人，请他出面，去谢世音家指出破绽。

至于吴讷斋老人所要的一百两银子嘛，是对谢世音误交损友的警示，后来，如数还给了谢世音。

（**发稿编辑**：陶云韫）

（**题图、插图**：刘为民）

致命的表演

□文 竹

恐怖传说

一年一度的葡萄节即将来临，边境小镇萨尔坎变得热闹起来。镇长约瑟夫更是忙得不亦乐乎，因为他接到一个好消息：著名歌剧演员斯泽尔将要荣归故里，并在节日当天为家乡的人们献上精彩节目。

为了这次演出，约瑟夫特意把镇会议大厅改为临时剧场，上上下下粉刷一新。谁知斯泽尔带领着他的剧团来到小镇，参观了临时剧场后，竟眉头一皱，说这里不适合大型歌剧的演出。约瑟夫无奈地说，小镇上只有这么一处场所。

斯泽尔不以为然地摇摇头："我记得郊外不是有一座皇后剧院吗？那里才是最理想的演出地点。"

约瑟夫听后，身子猛地一颤，不安地说："那是一座邪恶的剧院，已经废弃二十多年了，万万不可把演出地点定在皇后剧院！"

听了约瑟夫的话，斯泽尔反而来了兴趣，好奇地问："那座剧院到底发生过什么不好的事情，能给我讲一讲吗？"

约瑟夫稳了稳心绪，点上一支烟，缓缓讲起了往事。

约瑟夫说，事情发生在二十多年前。那时，他是镇上杂技团的一名演员，葡萄节那天，他去皇后剧

院看歌剧。那是一出吸血鬼与人类少女的爱情悲剧：吸血鬼与少女相爱了，族长认为少女伤风败俗，决定对她施以火刑。熊熊烈火燃起之际，浑身缠满铁链的少女仰天悲呼，请求吸血鬼用尖锐的利齿在她颈部刺出两个血洞，带她的鲜血和灵魂一道赶往地狱……

那天演出时，为了更逼真的艺术效果，剧团动用了真火。没想到，火焰引着了不知何人堆放在舞台两侧的易燃品，整个舞台顿时变成了一片火海。观众纷纷夺路而逃，发生了踩踏事故……

约瑟夫顿了顿，继续说："后来消防队员赶到，扑灭大火，才保住了剧院。我记得，扮演吸血鬼的男演员名叫保罗，他是土生土长的本地人，他和扮演少女的女演员都死于那场浩劫……"

讲到这里，约瑟夫的声音似乎有些哽咽。接着，他告诉斯泽尔，虽然发生了这样一桩惨剧，但人们并没有接受教训。

第二年葡萄节，皇后剧院又上演了这出经典剧目。歌剧团的两个年轻演员自告奋勇，分别扮演男女主人公。这次剧团非常谨慎，用红色的灯光和烟雾代替真火，没想到，令人瞠目结舌的一幕还是发生了！

歌剧演到最后一幕，少女临死前让吸血鬼在自己颈部刺两个血洞，戴着假獠牙的吸血鬼答应了请求。可是，舞台上的烟雾消散后，观众发现，少女仍一动不动地耷拉着脑袋。有眼尖的人不禁失声惊叫起来，因为他们看到，汩汩鲜血正从女演员脖子上的两个血洞里向外喷涌。医生赶来抢救时，女演员已经气绝身亡了。警察怀疑是扮演吸血鬼的男演员下的毒手，但最终因为没有证据，案件不了了之。

此后，小镇上传出流言，说是保罗的灵魂化为了吸血鬼，他不能容忍其他演员登台，要霸占这个舞

台。人们都不敢进入剧院，镇上官员为了公众安全，干脆封闭了剧院。

悲惨之夜

听完约瑟夫的讲述，斯泽尔并没有退缩，仍然坚持要把演出地点定在皇后剧院。他坚信，世界上根本不存在什么鬼魂或吸血鬼。

约瑟夫见苦劝无望，便问："那您的剧团这次想上演什么剧目呢？希望是一出让人放松的喜剧。"

斯泽尔微笑道："不，听了您的话，我有了一个主意。我们要上演当年那出吸血鬼的戏，只有如此，才能吊起观众的胃口。"

约瑟夫几乎要跳起来："天哪，难道您疯了吗？"

斯泽尔拍了拍约瑟夫的肩头，认真地说："镇长先生，请放心，我们会设计好每一个细节，绝对不会出任何问题！"

在斯泽尔的坚持下，葡萄节开幕的前一天晚上，歌剧终于在皇后剧院如期上演了。媒体把这件事炒作得沸沸扬扬，不仅大批外地游客涌入小镇，就连本地的年轻人也不顾长辈的再三劝告，纷纷买票入场。

演出正式开始，随着舞台上红绒幕布缓缓拉起，身披黑色礼服和血红色斗篷的吸血鬼扮演者斯泽尔登场了，他雄浑的男高音征服了在场所有观众。

歌剧演到最后一幕，少女被绑在柱子上准备施以火刑，观众的心都提到了嗓子眼，大气也不敢出一下，因为二十多年前，血光之灾就发生在这个节骨眼上。

剧院里的气氛达到了紧张的顶点，就在这时，恐怖的一幕发生了：只听见一阵翅膀的扑棱声，从天花板上飞下来许多怪物，向观众席和舞台上冲去！

"天哪，是黑蝙蝠，吸血鬼的化身！"观众席里有人惊叫起来。

在当地的民间传说中，蝙蝠是吸血鬼的小舅子。剧场里顿时大乱，人们不顾一切地向外奔逃，不少年老体弱者摔倒在地，二十多年前的噩梦重演了！

约瑟夫见此情景，一边指挥人们撤离，一边惊惧地喊道："上帝啊，难道这真的是保罗的灵魂在向我们报复吗？"

镇警察局的探长带人匆匆赶到，可是，除了捕获几只尚未飞走的黑蝙蝠外，没有发现任何有用的线索。约瑟夫愤怒地指责斯泽尔："我已经告诫过你，皇后剧院充斥着邪恶的东西，保罗的幽魂就在这里出没。你偏偏执迷不悟，你要对

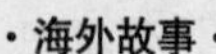

那些受伤的观众负责！”

斯泽尔愧疚地说：“我之所以选择在这里演出，是想证明我父亲保罗是清白的，他的灵魂并没有化成吸血鬼出来作祟……”

约瑟夫和探长听了这话，两人齐声问：“保罗是你父亲？”

斯泽尔点点头，说：“是的，我的母亲当年深深爱着保罗，在几次幽会后怀上了我，但没等到两人结婚，保罗就在那次演出中被烧死了。未婚先孕的母亲只好匆匆嫁给了另一个男人。直到母亲因病临终前，才向我吐露了这个秘密，我是保罗的遗腹子。我根本不相信父亲的魂魄会变成吸血鬼，就想借这次回家乡的机会，为父亲洗刷恶名，没想到，反而造成了新的不幸……”

斯泽尔难过得说不下去了，探长好言宽慰了他一番。

惊人真相

众人散去后，约瑟夫回到家里，正要上床休息，忽然接到一个电话。对方自称是记者，说他在皇后剧院看戏时拍下了一组照片，连夜把它们冲洗出来，准备通过约瑟夫之手转交给警方，或许能为破案提供线索。约瑟夫听了，顿时睡意全消，催促对方赶快把照片送来。两人相约在皇后剧院见面，以便当场比对那些照片。

约瑟夫赶到皇后剧院时，一个陌生的年轻人已经等候在那里，他手里还拿着一叠照片。约瑟夫迫不及待地迎上去，接过那些照片，用手电一照，照片上拍摄的都是黑蝙蝠出现时的情景。

年轻人说：“您看，这张照片上显示，黑蝙蝠是从天花板上的暗室中飞出来的。有些剧目，需要从空中放下道具或演员，就会打开剧院天花板上的暗室，但今晚的剧目并没有这个需要。我推测，一定是有人事先把蝙蝠关进了暗室，然后再选准时机，遥控打开暗室门，放出了蝙蝠。这说明，一切都是人为的，而不是什么鬼魂作祟……”

约瑟夫一直低头看着照片，此时，他突然抬头盯着年轻人，目光中透出几分凶狠，说：“记者先生，你知道得太多了，如果这些东西落入警方手里，后果会相当不妙。”约瑟夫说着，从怀里掏出一种凶器，顶端是异常尖锐的两根粗钢针，用长长的透明鱼线连着。

年轻人见到约瑟夫的这番举动，惊得连连后退了几步。约瑟夫将针尖瞄准年轻人的颈部，正准备

发射，就在这千钧一发之际，突然从暗处冲出几个人，用明晃晃的手电光照射着约瑟夫。约瑟夫定睛一看，不禁惊得目瞪口呆："你们……怎么会出现在这里？"

"镇长先生，我们在这里静候多时了！"探长冷冷一笑，用手铐迅速铐住了约瑟夫。约瑟夫知道纸再也包不住火，在众人愤怒的目光中，交代了一切罪行。

原来，当年约瑟夫和歌剧团的女主演是一对尚未公开恋情的恋人。女主演死于火灾后，悲愤的约瑟夫怀疑这一切不是意外，便暗中展开调查。他发现，纵火者是剧团的一名年轻女演员，她为了取代女主演，蓄意制造了火灾。第二年葡萄节，年轻女演员果然如愿成为主演，出演了少女的角色。约瑟夫为了给恋人报仇，利用自己在杂技团苦练的飞刀绝技，把凶器做成类似于吸血鬼牙齿的利器，借舞台上的烟雾做掩护，杀死了年轻女演员。

约瑟夫怕罪行暴露，就散布保罗化成吸血鬼的流言。后来，他离开杂技团从政，当选镇长后，趁势关闭了剧院。这次，斯泽尔坚持在皇后剧院演出，约瑟夫担心，如果演出一切顺利，保罗鬼魂作祟的传说就会不攻自破，到那时，人们或许会重新审视多年前的案件。于是他从森林里抓了许多黑蝙蝠，藏进剧院天花板上的暗室……约瑟夫没想到的是，演出那天，斯泽尔叮嘱一个记者朋友多拍一些现场照片，结果凑巧拍到了暗室门开启、黑蝙蝠从里面飞出的瞬间。朋友第一时间就把照片给斯泽尔看了。斯泽尔想起，除了自己，只有镇长能接触到暗室机关的遥控器，于是，他和探长安排了一出引蛇出洞的好戏。

悬案终于告破，凶手得到了惩罚。人们知道真相后，不禁感慨：人心真是比吸血鬼还要可怕啊！

（发稿编辑：吕　佳）

（题图、插图：佐　夫）

三小时局长

□刘贵赓

四十多年前，我在内蒙古的八道湾火车站当巡道工。

那年，八道湾地区降了一场罕见的大雪，附近车站停满了客货列车，站台上货物堆积如山。因为天气太冷，从附近找来除雪的民工寥寥无几。铁路局的吴局长打来电话，下了死命令："不惜任何代价，晚上六点以前火车必须开通！"

工务段长急得直搓手，时间紧，任务重，咋办？

几个去附近村子找老百姓帮忙的办事员回来了，段长一看他们的表情，就知道没戏。风还在刮，雪还在下，段长紧锁着眉头，看看这个，又看看那个，突然，他的目光停留在我身上："小刘，你去试试！你小子平时不是能说会道吗？你去，准行。记住吴局长的话，不惜任何代价！"

嘿，段长这是死马当活马医呢！得了段长大人的令箭，我穿好大衣，系好羊毛围脖，和本工区的职工小杨一起向附近的八道湾大队奔去。

大队干部只有一个会计在家守摊。我俩进了屋，小杨瞅了我一眼，说："刘局，你说吧。"

"刘局"是我的外号，

那时我虽然才二十几岁，长得却很富态，大家都说我有风度、带派，像个领导，我也很为自己有这样一个好块头而自鸣得意。

会计本来斜靠在长椅上，听了小杨的话，他动作麻利地站了起来，问我："您是局长？"

我刚要否认，小杨却冲我眨眨眼，一脸正经地说："这是铁路局的刘局长。"

会计一听，立刻满面憨笑地和我握手，说："你们铁路上刚才来了几个领导，可是说话都不算数。一个人才给一块七毛七，这么冷的天，谁干啊！局长您来了，我们信得过您。"

我心里把小杨骂了十八遍，可这会儿也只好顺坡下驴，摆起局长的派头来。我严肃地说："路社联防，这是早有约定的。你要知道，这条铁路是我国进关的第二条大干线，停车一小时就要给国家造成几百万、上千万的损失。你敢说你没有责任？"我目光严峻地逼视着会计，专挑大话说。

会计避开我的目光，连连说："好，好，不过您得给大家交个底，一块七毛七说啥也不行，这么冷的天，我的人连棉鞋都没有。"会计说得还挺可怜。

我想了想，说："两块。"那时两块还真算个钱。

会计没说话。望着他那还嫌少的样子，我想起出门前段长的嘱咐，"不惜任何代价"，一咬牙，说："这样吧，两块五！除雪要紧，现在不是讨价还价的时候。"

"当真？"会计兴奋了，伸出大拇指称赞道，"不愧是局长，说话痛快，好，我给您喊人！"说着，他拿起麦克风开始喊人："各家各户听着，所有的青壮年劳动力拿着铁锹到大队部集合，铁路局的局长有话对大家说。"

不到一顿饭工夫，院里便挤满了三四百人。男男女女，老老少少，都拿着铁锹。

我站在高处，轻轻地咳了几下，腆了腆肚子，高声说道："乡亲们，现在铁路上遭到了百年不遇的特大雪灾，希望乡亲们在这危难时刻帮我们一把。大家想想，我们的子女，我们的父母，要是像乘客们一样被困在一个地方不能回家，我们的心情又是如何呢？当然，不会让大家白干，报酬问题已经和你们的会计说好了。"

会计赶紧接话："乡亲们，刘局长已经说了，凡是去铲雪的人，

每人两块五，有一个算一个，绝不嫌多！”

听了会计的话，人群沸腾了：“啧啧，到底是局长，说话带劲！”

“是呀，人家一开口就是干货。走啊，走啊，几个钟头二十五大毛，不赚白不赚啊！”

于是，这条三四百人的长龙在我和小杨的率领下，浩浩荡荡地奔赴现场，和其他铲雪人员会合，挥汗如雨地干了三个小时，终于扫除了障碍，中断了十三个小时的线路恢复了畅通。

晚上，在领工区办公室，我正向领导们汇报今天铲雪的情况，门突然“呀”的一声开了，是大队会计。他进屋后看到我，向我笑了笑，递上一张纸：“这是我们大队除雪的名单，小孩不算，总共是三百九十七人，每人按两块五算，总共该给我们九百九十二元五毛。”

段长走过来，从会计手里拿过名单，拨拉了几下算盘，说：“每人一块七毛七，应该是七百零二元六角九分。”

会计一听就怒了：“你们局长红口白牙地说一人两块五，怎么到你嘴里变成一块七毛七了？你是想贪污咋的？”

段长一头雾水：“我们局长啥时候说的？”

我见大事不妙，正想悄悄地从门口溜出去，会计却一眼瞅见了我，大声喊道：“刘局长，您说句话啊！您这做局长的，咋也不能糊弄老百姓吧。”

“你说……他是局长？”段长的语气有些难以置信。

“他不是局长？”会计的声音好像快要哭了似的。

一个办事员笑道：“他是我们工区的巡道工小刘。”

段长语调低沉地对会计说：“你把详细经过写下来，交给我们，我们一定会严肃处理。”

一个干部随声附和："小刘这小子太损了，竟然欺骗老百姓。"

另一个技术员也义愤填膺："就是，简直败坏了铁路局的声誉。"

我的心头像被针猛地扎了一下似的，疼得眼泪都要流出来了。这真是，炒下豆子大家吃，打了砂锅一人赔！我再也忍不住，大声说："不惜任何代价，是上级命令，也是你们告诉我的。两块五是我和老乡们公开说的，咱们不能说话不算数！如果铁路局不出这钱，超出来的钱我掏，大不了我年底不结婚啦！"

"不惜任何代价，也没明确告诉你一人两块五，你还有理啦？"段长气愤地批评我，"一块七毛七是死规矩，你这次破了例，以后再发生这样的事，我们怎么办？随意涨价，那得浪费国家多少钱啊？"

就在这时，一阵爽朗的笑声突然传了进来："两块五就两块五。没有乡亲们的大力支持，现在也通不了车，国家的损失会更大。谢谢你们，你们都是大功臣啊！"

是吴局长，吴局长来了！只见他紧紧地握住会计的手，连连说着感谢的话。会计脸红了，低着头，不停地重复一句话："应该的，应该的。"

我突然心头一热，悄悄地走出了办公室……

当三小时局长的故事，在后来的几十年里，我和很多人说过，印象最深的一次，是我退休后旅游时和团友说的。

那次旅游，列车在京通线上奔驰。八道湾车站就要到了，我激动起来，告诉旅游团里的团友们，四十多年前，我曾经在这里工作过，还当过三小时的局长呢。

听完我讲的故事，团友们都哈哈大笑，只有一位姓邱的团友若有所思，默默无语。我以为他不信，就告诉他，我说的都是真的："你要是不信，咱们待会儿从八道湾下车，找我过去的老工友问问。"

老邱说："不是不信，实在是惭愧呀！"

我问他惭愧啥，他说："你当了三个小时的局长，做了这么大的事儿，我干了三十来年的局长，竟然没有什么值得怀念和自豪的。"

我愣了一下，安慰他说这有什么，每个人的工作环境不一样嘛！

老邱摇了摇头，说不是，不求有功、但求无过的为官之道害了他，这成为他退休之后永远的痛。

（发稿编辑：吕　佳）

（题图、插图：张恩卫）

人们常说“锦上添花”，这“顶上开花”又是啥？原来，是说头顶上开出小花。还有这种稀奇事？且看故事……

顶上开花

□徐嘉青

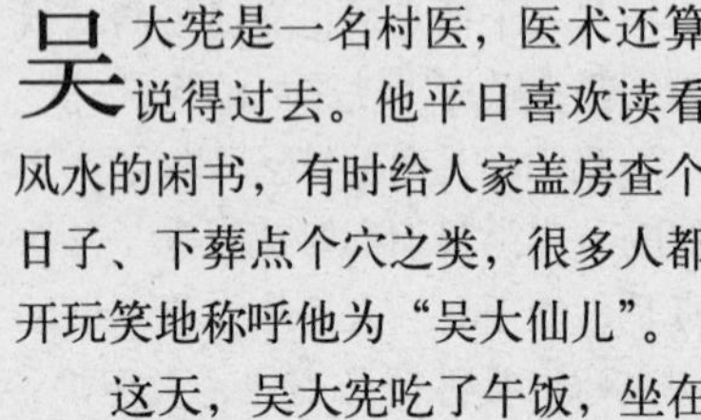

吴大宪是一名村医，医术还算说得过去。他平日喜欢读看风水的闲书，有时给人家盖房查个日子、下葬点个穴之类，很多人都开玩笑地称呼他为“吴大仙儿”。

这天，吴大宪吃了午饭，坐在院子里打瞌睡。忽然，他听到有人叫自己的名字，睁开眼一看，是住在村东头的马成华。马成华哭丧着脸，说：“老吴，你快点给我看看吧，我现在都难为情死了！”

吴大宪揉揉眼睛，问：“咋啦？”

马成华指了指脑袋，吴大宪这才注意到，马成华戴了一顶帽子。这大热的天，他也不怕捂出痱子来？马成华看出了吴大宪的疑问，他把帽子取下来，头侧向吴大宪，说：“你看看，我不戴帽子成吗？”

吴大宪一看，惊得下巴都要掉了，为啥？马成华的脑袋上竟然有一朵盛开着的花，那花朵很大，还相当艳丽，不过怎么看都不像是真的，跟人上坟用的花差不了多少。

吴大宪伸出手，准备将花从马成华的脑袋上拔下来。马成华连忙止住他，说：“可别，它是从头上长出来的，一拔就疼得要命。”

这可真是怪事呀！吴大宪凑过

去，很认真地将花瓣掀起来，花柄果然是长在头皮里面的。他试着用手向上拽了拽花柄，马成华立刻龇牙咧嘴地叫起来："别拽，疼啊！"

吴大宪问道："老马，这花是啥时候长你脑袋上的？"

马成华说："我也说不上来，大概是昨天吧。当时我也没啥感觉，今儿一出门让人给发现了，大家都笑话，我才知道脑袋上长了这么个玩意儿。"

吴大宪想了想，说："你这事儿我也是第一次遇着，要不咱先这样，我用剪刀贴着头皮，把这东西给剪掉。要是它不再长，留点根儿就留点吧，省得你去大医院，动刀不说，还得花一大笔钱。"

马成华同意了这个建议。吴大宪到屋子里戴好橡胶手套，从药箱里取出剪刀，消了毒，让马成华坐到一旁的椅子上。吴大宪用左手将花瓣掀起来抓住，右手拿着剪刀去剪花柄，谁知刀刃刚剪下去一点儿，马成华就"哎哟哎哟"地叫起来。吴大宪连忙停了下来，问道："老马，你是真疼还是假疼啊？"

马成华说："真疼，我犯得上假装吗？"

吴大宪放下剪刀，说："我给你剪吧，你直叫唤，要不你干脆去大医院得了。"

马成华忙说："别啊，你剪吧，再疼我也咬牙忍着。"

吴大宪又重新拿起了剪刀。这花柄还真够韧的，那么锋利的剪刀硬是来回剪了好几下，才算是将花柄剪断了。再看马成华，咬着牙，豆大的汗珠子顺着脸颊往下滴。

吴大宪把剪下来的花朵扔到一旁的桌子上，打趣说："老马，这东西你留着，做个纪念吧。"

马成华一边吸着凉气，一边说："你别拿我开涮了。哎哟，剪这么个东西，差点要我老命了。"

马成华刚想站起来，吴大宪忽然叫起来："老马，先甭慌，坐那儿甭动！"

马成华原本已离开椅子的屁股又重新落了下来，问道："咋了？"

吴大宪眼睛睁得老大，过了好大一会儿，他才说道："老马……你扭过头，自个儿对着镜子看吧。"

马成华扭过头，对着墙上的镜子一照，嘴巴也张大了：只见自己头顶上又长出了一朵花，跟剪下来的那朵一模一样。

吴大宪说："我行医这么多年，还从来没有遇见过这种事儿。就拿真菌感染来说，长出个疙瘩也得一段时日呀！你脑袋上这花，也就一两分钟吧，颤颤悠悠地就长出来了。老马，我说句实话啊，你这病，恐怕到了大医院也难看好。”

马成华哭丧着脸说：“这可咋办呀，我也不能天天戴个帽子吧？”

吴大宪沉吟片刻，说：“我越琢磨这事儿，越觉得有点邪乎。我刚才想起件事，昨天是啥日子？”

马成华不假思索地回答说：“七月十五呀！”

吴大宪说：“你去上坟了吧？”

马成华说：“上了呀，哪年我不给爹上坟烧纸呀！这两年流行送花，我还给爹的坟上送了花呢！”

吴大宪看看他，“嘿嘿”一笑，问：“你是给哪个爹上的坟呀？”

马成华一听这话，脸上的表情顿时不自然起来。原来，他不到十岁的时候，亲爹就死了，母亲找了个倒插门的后爹。这后爹为人很是实诚，每天起早贪黑，把这个家给撑了起来。马成华成年后，后爹还帮着他娶妻生子。好不容易到了该享清福的年纪，后爹却生了一场大病，不治身亡。马成华张罗着把后爹安葬，点穴的就是吴大宪。当时，马成华当着吴大宪的面儿表示，养大于生，他就是我亲爹，等娘百年后，就让两人合葬。谁知等马成华的娘过世，他就把后爹给晾一边去了，让娘跟亲爹合了葬。等娘三周年一过，他竟然连坟都不给后爹上了。

马成华想到这些，心里也有些愧疚，可这跟自己头顶上长花又有啥关系呀！

吴大宪听了马成华的话，语气变得严肃起来，说：“老马呀，不是我说你，咱做人，有些理儿得明白。你说你买个花，上个坟，咋就差那一个坟了？人家不是你亲爹，跟你娘合葬不合葬的，人家也计较不得，但好歹也养活了你一场，买个花上个坟，这总不能给忘了吧？换了我，也得把花扣你脑袋上，让你警醒警醒，看你还能忘了不！”

马成华没说话，把头低了下来。

吴大宪从旁边把马成华的帽子抓起来，扣到他头上，说：“去买束大点的花，给你后爹补上！”

马成华将信将疑地走了。时间不长，他又兴冲冲地跑了回来，一进门就说：“大宪，你看看，我脑袋上的花没了吧，我咋摸不着了？”

吴大宪一看，还真是，那花竟然消失不见了。他再往桌子上一看，不知道啥时候，从马成华脑袋上剪下来的那朵花也不见了踪影。

（**发稿编辑**：吕　佳）

（**题图**：谢　颖）

宫廷里一碗鲥鱼豆腐汤，一清二白，浓香袭人，背后却藏着百姓的泪与血……

紫禁城的鲥鱼汤

□蒙福森

康熙三十一年春日，树木葳蕤，草长莺飞。一大早，江宁渔民刘老六和儿子就在大江上捕鱼。

这是一个寻常的日子，斜风细雨，江水苍茫，远山如黛。两岸的屋舍、田野、丘陵、树木都笼罩在雨霭之中，烟岚缥缈，若隐若现，恍如一幅杏花烟雨江南的水墨画。刘老六父子箬笠蓑衣，在白浪滔天的大江中撑一叶渔舟，撒网捕鱼。

第一网，一无所获。

第二网，捞到一些小鱼小虾，几根水草。

接着，第三网，第四网……

第十五网时，渔网刚拖离水面，突然间，刘老六心跳加速，手脚颤抖——渔网中，一条极为罕见的鱼在跳动着。

“鲥鱼！鲥鱼！鲥鱼！”刘老六连声惊叫，几乎跌坐在船舷上。

这确实是一条鲥鱼，一条价值不菲的鲥鱼！

“鲥鱼——鲥鱼——”刘老六一边撑船靠岸，一边向守候在江边的几名官差大声喊叫：“捕到了一条大鲥鱼！”

鲥鱼娇贵，离了水很快就会死掉。官差们把这条快两斤重的鲥鱼小心地拿起，放入一个放满冰块的

盒中，盒子外再淋上一层猪油，以防止冰块过快融化。随后，运送鲥鱼的快马即刻出发，沿官道一路驰奔京城。

刘老六领到了一笔丰厚的奖赏——十五两银子。这笔银子，相当于刘老六打鱼一年的收入。

几个官差，背插令旗，一个马背上绑着放鲥鱼的盒子，两个护卫，一前一后，最前面还有一个官差手举令旗，一路不断大呼：“八百里加急，闲杂人等立刻避让！”

他们出了江宁城，一路狂奔，不想，路边有几个孩子在玩耍，突然见到几匹快马飞奔而来，吓呆了，不知避让。几匹快马迎头踩踏过去，其中，一个六七岁的男孩被一匹快马撞倒，另一匹马踩中他的头部，顿时，头破血流，不省人事。

官差们仅犹豫一下，随即快马加鞭，飞驰而过。

从江宁到京城，有两千多里路，沿途官府接到快报，早已准备了大批快马，等候从江宁送鱼上京的官差。每一处驿站，他们都煮好蛋汤，等官差们一到，端上来，匆忙喝上几口。每一处驿站，换一次马，换马不换人。每两处驿站，换一次人。如此日夜不停，向京城疾驰。晚上，沿路官府点起火把，为他们夜奔照明，一路火光映照，不耽误片刻。马蹄声急，尘土飞扬，泥水飞溅，“嘚嘚嘚，嘚嘚嘚”，马蹄声在寂静的深夜里显得特别清晰。

三日后，鲥鱼送到了京城。御膳房总管立刻交给御厨张和烹制。张和打开盒子，一看，一闻，点点头，好。鲥鱼虽死，有冰块保鲜，依然像刚从江里捕捞的一样。

鲥鱼之味，世间罕有，鲜美，

滑嫩，无腥，无泥味，肉如凝珠，其色如玉，非寻常鱼可比。古诗有云：青杏黄梅朱阁上，鲥鱼苦笋玉盘中……

张和去除内脏，洗净鱼身，然后用山泉水浸泡，涤荡杂味；剔去鱼骨和鱼刺，切鱼片，此时需要万分小心，一丝不苟，容不得有一根鱼刺存在，否则，有杀身之祸；放入陈皮、花椒、香蕈、姜片、蒜瓣、八角、香油等多种佐料腌制，加上鸿兴楼送来的鲜豆腐，切块，再放入白果、红枣、草果、笋丝等一起下砂锅，文火炖熬，豆腐和鲥鱼水乳交融，融为一体，不分彼此；出锅后，撒上少许葱花，一道色、香、味俱佳的鲥鱼豆腐汤做好了。正好，到了皇上用膳的时候，侍膳太监轻轻地揭开锅盖，一股浓香立刻飘散开来，洇入鼻翼，沁人心脾。

这次，张和烹制的是鲥鱼豆腐汤。如果红烧鲥鱼，又是另一种做法。据说，张和有十多种烹制鲥鱼之法。不同的做法有不同的味道，各有特色，皇上百吃不厌，喜欢着呢。可惜，鲥鱼只产于南方江浙、福广等地，珍稀昂贵，少之又少，很难捕到。朝廷定鲥鱼为皇宫贡品，南方各地捕捞到的鲥鱼，不论大小，一律送入京城。

张和烹制鲥鱼水平之高，他人望尘莫及。京城里久负盛名的八大楼、八大居、八大春等大酒楼的名厨，烹制鲥鱼的水平远远比不上张和；甚至皇宫中所有的御厨，跟张和比，都差了一大截。

张和自小在江宁乡下长大，祖上出过御厨，家学渊源，传到张和时，他聪明勤学，饱读诗书，悟性甚高，厨艺青出于蓝而胜于蓝，比祖上更胜一筹。

张和的父母妻儿留在江宁，耕田种地。他有一子一女，儿子今年七岁了，聪明伶俐。做鲥鱼汤的那晚，张和做了一个梦，梦见儿子哭着向他跑来。第二天，张和便跟御膳房总管告假两个月——他已经有一年多没回家了。

从京城回江宁，到枣庄古禾时，有两条路，一条大路，一条小路。张和在岔路口，和从江宁老家日夜兼程赶来京城报信的堂弟擦肩而过，差一点就碰到了。

堂弟来京城，有一个悲痛欲绝的消息要告诉张和：十几天前，张和的儿子被送鲥鱼上京的官差的快马踏破头颅，不治身亡。

（**发稿编辑**：孟文玉）

（**题图、插图**：豆　薇）

为什么要敬礼

王成是运输连的新兵，经常开着军车在大山深处拉练。有时，他会碰到走山路上下学的孩子，孩子们总会自发朝军车敬礼。每当这时，王成他们都会减慢车速，鸣笛致意。

王成有个老同学叫张扬，在附近小学支教。这天王成难得休假，就打车去找张扬叙旧。

傍晚时分，路上越来越黑，前面出现了三个小男孩，车灯照在他们身上。

刚才还急匆匆赶路的孩子，不约而同地站定，向出租车敬礼。

司机踩了踩刹车。王成感到很奇怪：他以为孩子们只朝军车敬礼，为什么对出租车也要敬礼？

到了张扬的学校，老友相见，张扬问："你来时肯定遇到过我的学生，他们都向车辆敬礼了吧？"

王成好奇地问："难道这是学校要求的？"

张扬郑重地说："是的。"

王成问："为什么定这么奇怪的校规呢？"

张扬说，两年前，他刚来支教，班上有个孩子放学后走在漆黑的山路上，被车撞伤了。这样的意外已经不是第一次发生。痛心之余，张扬发现，每次遇到军车，孩子们都会自发停下来敬礼，军车也会减速鸣笛。受此启发，他要求学生必须向过往车辆敬礼。见到孩子们停下敬礼，司机就会下意识减速。打那以后，再也没发生过此类事故。

王成暗暗赞叹，一个小小的动作，成了孩子们的"平安符"。

（作者：曹　钢）

咄咄逼人的名医

清朝时，江南有两个名医，一个是徐秉楠，一个是何书田。

有个刘姓富翁，独子患了重病，花重金将他们请到家中诊治。

徐秉楠先到一步，他号脉后，叹气道："令郎生死就在这几天。"

此时何书田也到了，他号脉后道："这病可医！"并说了方子。

徐秉楠却说："这方子恐怕无济于事。"何书田大怒，向富翁提出：等病治好，徐秉楠要摘了招牌，向自己低头认错。

病人服了何书田的药，过了不久有了好转。

何书田逼徐秉楠摘招牌，徐秉楠连连道歉，何书田却咄咄逼人，非让徐秉楠摘了招牌不可。徐秉楠最后跪下乞求，何书田才作罢。

不久，何书田的侄子也患了重病。他诊过脉，发现侄子的病症与富翁儿子一样，就自信地说："不要紧，我能治好。"他按原样开药，谁知侄子服药后竟气绝身亡。

何书田叹道："原来我能治好刘富翁的儿子，也有几分偶然！"他急忙写信给徐秉楠，向对方请罪。

做人要懂得留一线余地，否则最后出丑的很可能是自己。

（**作者**：沈 淦；**推荐者**：一米阳光）

开理发店的心理咨询师

2021年，在美国波士顿，一位心理学家、知名心理诊所的创始人R医生，转行了。出人意料，他开了一家理发馆。

是因为人们心理越来越健康，导致心理医生改行吗？恰恰相反，R医生的心理诊所，曾一约难求。那他为什么转行开理发馆呢？

原来，R医生发现，新冠疫情对普通人的情绪产生了巨大影响，引发了很多人的心理疾病。等人们鼓起勇气来看心理医生，往往已经问题严重，错过了最佳的心理疏导期。

卡通电影《心灵奇旅》给了R医生灵感。电影中，善解人意的理发店老板与顾客边理发边聊天，替顾客赶走负面情绪。R医生想，理发师和顾客面对面沟通时间足够长，顾客在理发状态下也十分放松，容易接受引导。于是R医生考了理发师执照，开了理发馆，和他一起工作的还有同样考下执照的几个学生。这种一边进行头部按摩，一边进行心理"按摩"的理发馆，立刻火爆波士顿。

中国古人早有这方面感叹，俗语说"削去三千烦恼丝"，剪发本身是潜意识的情绪宣泄。后疫情时代，公众的心灵按摩是个紧迫问题，用"跨界"方式展开心理治疗，未尝不可，也给其他服务业带去启发。

（**作者**：封宇平）

（**本栏插图**：陆小弟）

学写作文，从读故事开始

·传闻轶事·

冤家照面

剃头匠

□ 张正阳

相传那一年，华北一带有个剃头匠，人送外号“吴三指”。他剃头时不急着起推刀，而是先为客人在头上按摩半炷香的时间。他手掌奇大，只用三根手指，就能按住客人头上的关键穴位，再用上合适的力道，直把人按得飘然欲仙。

这天，有个叫李歪嘴的山大王，带着手下在酒楼里大吃大喝。李歪嘴手下几十号弟兄，人人佩枪，打家劫舍是常有的事，老百姓恨透了他们。这会儿，他们酒足饭饱，走出酒楼时，李歪嘴的两条腿都各走各的了。手下人想给他找个地方休息一会儿，好巧不巧，就见吴三指正在不远处帮客人剃脑壳。

这几个土匪也听说过吴三指，就扶着李歪嘴过去了。其中一人左手拿着一块大洋，右手拿着盒子枪，对吴三指说道：“伺候好了，有赏；要是惹大哥生了气，哼……”

吴三指看到李歪嘴就是一愣，一向稳当的手竟然微微颤抖。他深吸一口气，问：“爷，您这头怎么剃？是剃个板寸，还是全给剃了？”

李歪嘴迷迷糊糊地嘟囔一声：“随你，动作利索些。”

吴三指便不多说，直接拿出了自己的看家绝活。他伸出手指按在李歪嘴脑袋上，三指一用力，李歪嘴顿时觉得醉酒后的头疼缓解了不

少，再等吴三指慢捏轻揉，便感觉头皮间一阵酥麻，这舒适夹杂着酒意，片刻他就进入了梦乡。

旁边几个土匪见了，也是啧啧称奇。谁知到了剃头时，一些围观的客人却觉得不对劲了。他们晓得吴三指平日里的手法是又快又准，可现在，他那推子动得极慢，神色也显得心绪不宁。难不成是怕了李歪嘴的威势？想到这儿，大家看吴三指的眼神里都带了几分轻蔑。

好不容易剃好了头，吴三指开始为修面做准备，他从热水盆中捞起一条毛巾，稍稍拧出些水，感觉温度合适了，才盖在李歪嘴脸上。这股温热令李歪嘴脸上每一个毛孔都舒张开来，他也从睡梦中醒了过来。等湿毛巾从他脸上揭开，李歪嘴睁眼，正好与吴三指四目相对，这一看，却吓得他要叫出声来。

没等李歪嘴反应过来，吴三指的刮面刀已经贴了上来，李歪嘴大气也不敢喘，目光盯着刮面刀一点一点地移动，很快汗如雨下。

李歪嘴的手下浑然不知，等吴三指收了刮面刀，还扔了一块大洋给他，称赏道："确实有点本事。"

话音未落，就见李歪嘴从椅子上蹦起来，夺过一支盒子枪，顶在吴三指脑袋上。众人一惊，不晓得这李歪嘴是抽了哪门子疯，只听李歪嘴问："你是不是吴老贵的娃子？"

吴三指点点头："是我。"

错失良机

几个手下被吓了一跳。这吴老贵是城外的一家大户，十年前被他们惦记上，不仅抢了吴家的钱财，还灭了吴家满门。再看这吴三指，果然与吴老贵长得很像。

众人纳闷，刚才吴三指拿着推子与剪子，在李歪嘴脑袋上比画，他若是想报了那血海深仇，还不是一念之间的事？

李歪嘴冷笑一声："方才那么好的机会给你报仇，你却什么都不敢做，当真是孬种软蛋！"说着，他收了枪，大笑着扬长而去。

此事不久就传开了。那些血气方刚的爷们儿都瞧不起吴三指，说他光棍一条，杀了李歪嘴，不过是赔上一条性命，却既能报了血海深仇，又能替百姓惩恶除害，怎么就苟且偷生呢？活该干的是"下三烂"的行当！再后来，甚至没人愿意让吴三指剃头，说怕沾染了这懦弱气。

吴三指没了生意，只能靠积蓄度日。忽有一日，一个自称姓王的中年男人找上门来，问："听说你

有段时间没干活了，手艺还在不？”

吴三指瞧这个王先生面熟，却一时想不起在哪见过。他点头道：“恩师教的手艺，哪敢落下？”他请来人坐下，王先生却摇头：“不是我要剃。”不等吴三指问，王先生就向外吆喝一声，只见几个壮汉押着一个人进了屋，仔细一看，那人浑身上下没一处好肉，偏偏那张嘴巴歪得醒目，不正是李歪嘴吗？

吴三指不由得攥紧双拳，问：“王先生，您这是什么意思？”王先生说道：“看来你是真不记得我。过去我在你家做过长工，吴老爷待我很好。如今我侥幸在外闯出了名堂，本想回报吴老爷，想不到他竟遭了小人的毒手。”他指了指李歪嘴：“我听说了你的事，今日特地把他押来，让你亲手报仇。”

李歪嘴手脚都上了镣铐，被人按在椅子上，动弹不得。他抬眼瞧了一眼吴三指，鼻子里“哼”了一声：“想不到老子英雄一世，到头来竟然会死在你这软蛋手上！”

吴三指不说话，还像往常一样先按头，再剃头，最后修面，与对待寻常客人没啥不同。临到末了，李歪嘴忍不住骂道：“他娘的！你要杀就杀，啰啰唆唆做啥？”

哪晓得吴三指说了声“好了”，就把剪子收了回去。王先生惊问：“你不杀他？”吴三指摇摇头。王先生又劝道：“你放心，李歪嘴的人已被一网打尽，你杀了他，绝不会有人来找你麻烦。”

“你以为我真是怕了他们？”吴三指突然激动起来，“我不杀他，是因为我是个剃头匠，剃头匠手里的刀，哪里能沾血呢？”

见血收刀

吴三指说，当初他侥幸逃出生天，捡了条命却无处可去，多亏一位老剃头匠收留。后来，他想拜师学艺，老剃头匠却不肯，而是问：“若

有一天，你的仇人找上门要你帮他剃头，你会不会趁机报仇？”

“当然要报！”吴三指答。

“这就是我不收你的原因！”老剃头匠摇摇头，说，“咱们剃头匠是在人脑袋上动刀子，客人凭什么把脑袋交给咱？还不是凭着对这个行当的信任！你手起刀落，快意恩仇，可知道了这事的客人，日后见着剃头匠心里能不怕？”老剃头匠叮嘱，剃头也有行规，做剃头匠的人不能有杀心，剃头匠的刀不许见半点血！

吴三指说：“割李歪嘴脑袋容易，毁的却是剃头这个行当的声誉。我发过毒誓，就算恨不得把李歪嘴千刀万剐，也得熬着！”

“原来如此！”王先生长叹一口气，先让手下押着李歪嘴离开，然后掏出几根金条，递给吴三指，“这些你收下，算是我报吴老爷的恩情。”吴三指摆手道：“我有手有脚，靠本事吃饭。”王先生点头，笑道：“倒也是，像你这样的剃头匠，自然不会为生计发愁。”

这个王先生走后没几天，吴三指的生意就好了起来。那些老主顾又找上门来，都说吴三指不报家仇，是为了报答老剃头匠的恩情，护着剃头这整个行当的声誉，实在令人钦佩！

这天，忙了一整日的吴三指回到家，正在院里拾掇工具，忽觉有人进来，抬头一瞧，竟是王先生。

“是这样的，我打算出趟远门，不晓得还能不能回来……”王先生丢给吴三指一个皮套，说，“算是临别礼吧，不是什么贵重的东西。”

那是一套崭新的剃头工具，光洁锃亮。吴三指一眼就喜欢上了，可他不愿白白拿人家的，就想出钱买。王先生摆摆手，说：“罢了，钱就不用了，你帮我剃个头吧！”

吴三指便仔细地为王先生打理，等结束时，王先生对着镜子，夸道：“不错，就叫小鬼子见识见识咱中国人的精气神！”

吴三指一愣，王先生也不瞒他，说：“这几年江湖闯惯了，就是脾气大，看不惯日本人在咱这儿撒野，决定带着兄弟跟他们干仗去！”说罢，他大笑而去。

不久，日本兵进了城。这天，吴三指正帮人剃着头，一个胖子走来。吴三指认得他，是平日里跟在日本军官身旁的翻译官。胖翻译开门见山：“赶紧收拾收拾，跟我来，有几位太君需要你伺候！”

吴三指手上动作不停，嘴里说

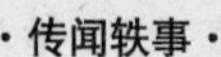

着：“等等。”胖翻译瞪眼喝道：“你连灭门仇人的头都能剃，怎么，换日本人就不愿伺候了？”吴三指赶紧送走手里的客人，收拾起工具，说：“剃头匠哪能跟客人甩脸子？”

胖翻译说：“对嘛！没必要跟日本人硬着干！前几天，抓了个姓王的江湖汉，给他大官他不做，非要跟日本人较劲不可，你猜最后怎么着呢？连个全尸都没留下！”

吴三指身子一顿，没说什么，把手里的推子往旁边一扔。

胖翻译奇怪地问道：“你这是做什么？”

吴三指从抽屉里拿出那套王先生送的剃头工具，答道：“给贵客服务，当然得换套新的。”

胖翻译看了看，乐道：“对，是这个理！只要能把日本人伺候好了，到时候少不了你的好处！”

胖翻译将吴三指带进了日本军营里。吴三指是有本事的，一下午的时间，就替十几个日本兵打理整洁。然后，胖翻译便领他去见了一个叫佐藤的军官。佐藤是这支日本军队的最高长官，胖翻译特意嘱咐吴三指，一定要好生伺候。

吴三指使出浑身解数，用小剪子精心打理着佐藤头上的每一处毛发，像是在打磨一件珍贵的艺术品。最后，佐藤看着镜子中自己的模样，满意极了，正要夸奖，却觉得咽喉处一阵剧痛——吴三指把王先生送他的小剪子插了进去。

佐藤死了。

胖翻译把吴三指抓起来，咬牙切齿地呵斥：“你、你不是说剃头匠的刀沾不得血吗？”

吴三指红着眼，轻蔑地笑道：“我的乡亲为了抗日，连脑袋都不要了，还要我这个打理脑袋的剃头匠做啥呢？”

（发稿编辑：丁娴瑶）

（题图、插图：刘为民）

篾马

□ 刘学柱

从前，有个女人叫冯小英，嫁给了一个叫王儒生的秀才。王儒生家境殷实，喜欢吟诗作画，他对冯小英很是爱怜。

冯小英很庆幸自己嫁给了这样的男人，但有一点，她有些介意，那就是王儒生喜欢游山玩水，爱会客访友，而且一出门总没个准信。冯小英免不了为此操心，万一遇上什么危险，或是邂逅了什么红颜知己，该如何是好？

这几日，王儒生又出门了，也不知几时回来。冯小英在家寂寞无聊，便骑上毛驴回娘家看看。途中，冯小英在一个村口歇脚，意外碰见了黄翠花。黄翠花和冯小英是同村人，小时候常在一起玩耍，多年不见，偶然相遇，分外亲热。

两人絮叨了半天，又手挽着手来到黄翠花家。黄翠花穿着得体，言谈有礼，看上去日子过得还不错，可走进屋，冯小英才发现，黄翠花的光景甚是凄凉。原来，黄翠花的丈夫故去年余，她独自守着家，靠打篾器度日。黄翠花心灵手巧，打的篾器十分精致，尤其是用竹篾编的花鸟禽兽，栩栩如生。看着黄翠花家里的各种篾器，冯小英佩服地说："没想到你的竹编手艺已经达到了这等境界！"两人又聊了好一

会儿，冯小英才起身告辞。

冯小英在娘家只待了一夜，她担心万一王儒生提前回家见不到自己，第二天一早，她便赶回去了。

到家后，冯小英将毛驴拴进圈中，发现王儒生的毛驴已经在里面了。她屋前屋后找了一圈，最后在卧室里见到人，只见王儒生躺在床上，脸色蜡黄，豆大的汗珠不停地从额头上渗出，抱着肚子直叫痛。

冯小英连忙上前关切地问道："相公，我回娘家住了一夜，你啥时候回来的？这是咋的啦？"

王儒生见是冯小英，赶紧说："小英！我在路上摘了野果子吃，怕是中毒了，肚子痛得厉害，你快去县城，请华郎中给我抓药……"

冯小英"啊"了一声，赶紧站起来说："你忍一会儿，我这就去取银子请华郎中，很快就回来。"

冯小英慌忙去柜子里取银子，猛然看见里面有个篾马，是用竹子编的工艺品。仔细看，这个篾马非常逼真，不过它虽是马，却没有马的雄风，反倒格外秀气，显然是女人赏玩的东西。冯小英觉得似曾相识，突然她想起昨天去黄翠花家看到的篾器，这蔑马的编织方法和风格跟昨天在黄翠花家见到的一模一样。也是，这十里八乡的，估计也只有黄翠花能编得出来这么精致的篾马了。可是相公怎会有黄翠花编的篾马呢？难道他们早已相识？

冯小英记起自己曾对王儒生提过黄翠花，还夸赞她贤淑漂亮、心灵手巧，王儒生听了，说这样秀外慧中的奇女子，有机会要认识一下。冯小英挺不高兴，她很后悔跟相公说起别的女人。现在冯小英发现家中居然有黄翠花编的篾马，怎能不怀疑？冯小英多了个心眼，悄悄将篾马藏在自己身上，然后取了银子，牵了毛驴，去县城请华郎中。

一路上，冯小英脑袋"嗡嗡"响，她不停地想：黄翠花日子惨淡却容光焕发，是不是因为有相好的？王儒生喜欢吟诗作画、游山玩水，这次出去说是会客访友，莫不是偷偷去会黄翠花？当然也可能是两人邂逅，一见钟情，黄翠花把篾马送给他当信物，岂料他贪吃野果子，回到家中疼痛难忍，顾不上将篾马藏起来，这才被我发现了……看来担心的事还是发生了，我怎么也没想到他王儒生会邂逅黄翠花啊！哼，吃点野果子有什么大不了的？他要真负了我，让他肚子多痛会儿，倒是老天爷有意惩罚了！

因为魂不守舍，冯小英一个不

留神从毛驴上摔了下来，好在人无大碍，就是耽搁了一些时间，待收拾停当，她又重新骑驴上路。

冯小英虽疑心，但心里还是有王儒生的，她合计着等王儒生病好了，再跟他好好闹腾闹腾这事。这会儿，冯小英终于顺利到了县城华郎中的医馆。华郎中是远近闻名的神医，跟王儒生素有交往。

冯小英见到华郎中，如实说了王儒生的病情。

华郎中一听，慌慌张张地包了些药，说："前几日我与王兄一同出行，他曾跟我念叨要给你带些野果子尝新鲜。与我分开后，他一定是在路边见到了野果子，想先尝尝好不好吃，结果误食了有毒的野果子。你别担心，我对解毒还算在行，只是时间紧迫，我这里缺了一味药，你替我去同仁堂抓来，我先去你家看情况，你抓好药速速赶回家。"交代完冯小英，华郎中就背着药囊匆匆奔出医馆。

冯小英听华郎中说这几日与王儒生同行，心中"咯噔"了一下，不过她来不及多想，就去同仁堂了。路上，冯小英又冒出怪念头：华郎中与王儒生是多年好友，见我过来找他，他那慌张的样子是不是装出来的，会不会跟王儒生合伙糊弄我？王儒生误食野果子的真相，还真不一定是华郎中说的那样……这么想着，冯小英又耽搁了些时间。

到同仁堂抓好药，冯小英便骑着毛驴赶回家，她知道，生病到底不是儿戏，好歹不能耽搁了治疗。

谁知刚到家门口，冯小英便见华郎中脸色苍白地走出来。她顿时有一种不祥的预感。华郎中见到她，悲戚地说："人已经走了……"

冯小英不敢相信，呆了好半天才扑到王儒生身上，号啕大哭，她猛地想起衣袖里的篾马，拿出来狠狠地摔在地上，喊道："都怨这篾马，害了相公的性命！"

冯小英说这话，其实是怨自己看到篾马起了疑心，生了醋意，最终误了救治丈夫的时机。

看到篾马，华郎中叹道："儒生约我一起游玩，途中遇到个会打篾器的村姑，便求她编了个篾马，说你属马，要送给你。这么活蹦乱跳的一个人，咋说没就没了啊！"

华郎中的话虽短，但一字一句全击在冯小英心上。冯小英猛然一惊，哭喊道："我真是鬼迷心窍啊，咋就没想到自己属马呢？"

（**发稿编辑**：曹晴雯）

（**题图**：豆　薇）

捕捉独角兽

很久以前，在一个地方，有独角兽自由自在地游荡。那里住着一位伟大的雕塑家，他用锤子和凿子，把一块块石头雕刻得栩栩如生。

国王给雕塑家下令，雕刻一头奔跑的独角兽，赏金可观。于是，雕塑家抓捕了两头独角兽，一头是白色的，一头是灰色的。他把两头独角兽圈放在高墙围住的畜圈里，畜圈就在他工作室旁边，他可以从窗户往下看，照它们的模样雕刻。

有一天，一个男孩敲响了工作室的门。雕塑家讨厌受到干扰，怒吼道："你想干什么？"

男孩说："我从锁眼里看到了独角兽，它们看上去很不高兴。"

"不关你的事！"雕塑家咆哮着，"快走开。"

男孩说："是国王派我来的。他让我问你，雕像何时完成？"

雕塑家叹了口气。事情进展不顺利，他日复一日坐在那里，盯着畜圈里的独角兽——看那长长的鬃毛、强有力的两肋、闪烁的蹄子和完美的犄角，但等他试图雕刻时，就是刻不好。

雕塑家说："告诉陛下，我会尽快完成。"

男孩停住脚，低下头，说："也

许我能帮忙，我懂独角兽。”

雕塑家笑了：“你只是一个国王的小仆从，懂什么？快回去，向国王汇报我的工作。”

男孩离开了。

连续几周，雕塑家都忙着雕刻——他看几眼独角兽，再凿几下白色大理石，却没有更多进展。

独角兽变得无精打采，懒洋洋地躺着，拒绝进食，还发出可怕的嘶鸣。

一个月后，又有人敲门，还是那个男孩。他又站在雕塑家面前，说：“独角兽叫得好伤心！你得想想办法。国王说，必须尽快完成雕像，否则他会惩罚你。”

“别烦我了，孩子。”雕塑家绝望地说，“我该怎么办？”

“先生。”男孩小声说，“也许我能帮你，我懂独角兽。”

雕塑家转向男孩，客气地说：“谢谢你的好意，孩子。”

男孩继续说：“你为什么不放它们走呢？不要再关它们了。”

雕塑家心想：反正我是完不成这尊雕像了，国王很快会把我投进地牢。坐牢之前，至少我可以让无辜的独角兽回归森林。

“好。”雕塑家微笑着说，“这是畜圈的钥匙，你去放了它们。”

男孩的眼睛亮了起来：“我就去！但你得走到窗前，看着。”

雕塑家敷衍地说：“好吧。”他走到窗口。

男孩打开畜圈，独角兽抬起了头。随后，它们跳起来，冲到门口，发出喜悦的嘶鸣。它们奔向森林，抬起蹄子，甩动鬃毛，尾巴高高地在身后扬起。

看着眼前的一幕，雕塑家感到热血沸腾。他的体内升腾起一种奇异的能量，他很久都没有这种创作的激情了。

雕塑家向自己的工具冲过去，抓起锤子和凿子，急忙来到一块新的大理石跟前。

两星期后，雕塑家在王宫揭开了雕像的罩布。国王和朝臣们大吃一惊，他们看到两头大理石独角兽在奔腾，扬着蹄子，甩动鬃毛，好像在兴奋地嘶叫。

国王赞叹道：“你把真正的独角兽冻住了！”

童真的智慧，让雕塑家完成了一尊杰作。

（**作者**：提姆·梅尔斯）

（**翻译**：孙宝成；**推荐者**：离萧天）

（**发稿编辑**：陶云韫）

（**题图**：陶　健）

不是什么鸟都能养

□ 黄超鹏

黄某在商业街新开了一家饭馆，但由于同类店铺竞争激烈，新店的生意十分难做。黄某也是没少动脑筋，请大厨师，换装修，搞特价优惠……招数用了个遍，可都没有太大的效果。

这天，黄某乔装打扮，光顾了这条街上生意最好的一家饭店，打算偷师取经。经过一番观察，黄某发现这家店的菜品、价格和服务，其实跟自己店里的也差不多。人家之所以生意好，是因为店里有两只能说会道的八哥，只要有客人上门，它们就会朝客人热情地叫道："欢迎光临，恭喜发财！"客人结账出门，八哥又会喊道："走好，欢迎下次再来！"

有顾客还拍了视频，上传到网络上。这家店便一下子成了网红店，受到广大网友的追捧。

黄某深受启发，决定回去依样画葫芦。他花了大价钱，买回来一只大鹦鹉。黄某觉得，一样是鸟，品种肯定得比人家店里的更出色才能吸引人。听说鹦鹉品种繁多，黄某不懂这些，便找了不少门路，托人买来一只黄蓝金刚鹦鹉。这只鹦鹉的个头比一般鹦鹉大，羽毛色泽鲜亮，看上去十分高贵。黄蓝金刚鹦鹉还特别会说话，不仅会简单的“你好”“欢迎”，而且客人不论问它什么，它都会答话，答案往往出人意料，搞怪有趣。

果然没过几天，这只鹦鹉就吸引来不少看热闹的客人，黄某的饭馆生意一下子红火起来，甚至还招来了记者采访。

对着镜头，黄某得意地吹嘘道：“别人是招财猫、招财狗，我这是招财鸟。现在不是流行宠物经济嘛，这就是我们店的特色，欢迎更多客人来赏奇鸟，享美食！”

就这样，黄某将鹦鹉当作财神爷，好吃好喝地供着，照顾得无微不至。他盼着这只宝贝鹦鹉吸引来更多的客人，哪想到不久，来的竟是警察。警察可不是来光顾生意的，他们把黄某和鹦鹉都一起带回了派出所，还要追究法律责任。

得知自己养鸟犯了法，黄某赶紧申辩道：“我一没有杀来吃；二没有进行二次买卖，只是当成宠物鸟自个儿养着，也犯法？”

“你养的这只，可不是普通的鸟。”警察解释道，“黄蓝金刚鹦鹉属于重点保护野生动物，不得非法收购。要知道，饲养宠物也得懂法，要明确所养宠物的种类和保护级别，不能一味求新求奇，并不是所有的鸟都可以随便养。”

警察还告诉黄某，向他售卖鹦鹉的摊贩也已经被警方控制，将会受到法律制裁。

黄某吓出一身冷汗，半天说不出话来……

律师点评：

本故事涉及的一个法律问题，即国家禁止保护动物的随意收购交易、饲养、捕杀等。

根据法律规定，野生动物资源属于国家所有。国家重点保护的野生动物分为一级和二级保护野生动物。国家鼓励驯养繁殖野生动物，但驯养繁殖应当持有许可证……

故事中，黄某托人从非法渠道购买回来的鹦鹉，经鉴定属国家二级重点保护野生动物，所以随意购买和饲养均不允许。在没有驯养、养殖许可条件下，放在店内当作“招财鸟”自然违法。当然，如是不知情所为，适当处理即可，否则，当受到法律严惩。

（**发稿编辑**：丁娴瑶）

（**题图**：张恩卫）

·新传说·

午夜直播间

□任黎明

阿雅生得一副好嗓子，一心想做才艺主播。阿雅在网上开了直播间，直播唱歌。半个月过去，每次来看的人不超过十个，她苦恼极了。

在一个饭局上，阿雅结识了一个叫朱鑫的男人。朱鑫主动坐到阿雅身边，说：“我在新媒体公司上班，有捧红主播的秘诀。你听我的，保证红得发紫！”

那天以后，朱鑫常约阿雅出来，传授“秘诀”。他告诉阿雅：“直播时间很重要，要定在晚上十一点到凌晨三四点。直播地点也不能在室内，三环高架桥下有一片草地，那里灯影朦胧，非常合适。”

见阿雅不信，朱鑫给她看了许多视频，都是在户外直播的，观看数据出奇地高。

阿雅担心地问：“这么晚去户外，我一个女孩子，不安全……”

朱鑫笑着说：“我最近刚辞了工作，正闲着呢！我来当你的经纪人，顺便做‘护花使者’。”

这正中阿雅心意，可她也不能白白让朱鑫付出，便提出，收益两人对半分。

就这样，阿雅开始在三环高架桥下直播唱歌。说来也怪，粉丝数“噌噌”往上涨。朱鑫寸步不离地在镜头后陪着她，困了就往睡袋里一钻。阿雅直播时有朱鑫陪着，踏实多了，心里感到暖暖的。

一天半夜，阿雅正在桥下深情地唱歌，突然，她听见有人在跟她一起唱。手机屏幕上，大家纷纷打出留言，告诉她：“后面有人！”

尽管心里发毛，阿雅只能强装镇定。她看着手机屏幕，发现身后慢慢走来一个流浪汉。那人五十来岁，胡子拉碴，破衣烂衫。他两眼盯着阿雅，跟着音乐一起大声唱。

一首歌唱完，阿雅赶紧找朱鑫求助。朱鑫却示意她坐回去。

“太好了，继续唱，别怕。观看人数在暴涨！”朱鑫掏出手机看了看直播间的热度，悄声告诉阿雅。

阿雅一边胆战心惊地唱，一边死死盯住那个流浪汉。好在他停住了脚步，静静地坐了下来。

朱鑫悄悄调了调镜头，把流浪汉拍得更清晰了，成为阿雅背后一道特别的风景。有了这道风景，整

个午夜直播间，人气爆棚。

阿雅想换地方直播，朱鑫却兴致勃勃地说："这是老天赐给咱的机会。别怕，有我呢！"

阿雅听了这话，看着朱鑫真诚的眼神，点了点头。

这晚，一到桥底下，朱鑫故意把麦克风的声音开得很大，流浪汉果然被吸引过来了。

凌晨一点多钟，下起雨来。桥下淋不到雨，但阿雅冷得发抖。她几次示意朱鑫要回家，朱鑫却无情地拒绝了。他告诉阿雅，天气越恶劣，主播越"惨"，越能吸粉。

阿雅只好顺着朱鑫的意思，哆嗦着唱歌。突然，意想不到的情况出现了：那个流浪汉跑了过来，将一件外套披在了阿雅身上。

流浪汉眼神异样，盯住阿雅，说："宝贝……"外套很破，散发着一股酸臭味，阿雅心里发麻，她看看朱鑫，朱鑫却摇头，让她别脱。

"榜一大哥"目睹了流浪汉送外套的一幕，留言说："你要是肯跟流浪汉共舞一曲，送嘉年华！"别的粉丝也跟着起哄。

下了播，朱鑫赶紧冲过去，把那件破外套扔在一边，脱下自己的外套，想披在阿雅身上，同时柔声问："阿雅，冷不冷？辛苦你了。"

阿雅赌气推开了朱鑫，她捡起流浪汉那件破外套，披上就往家走。

朱鑫跟在后面讨好地说："要想红，必须得付出代价呀！而且你看，我不是天天陪着你吗？等你粉丝积累多了，咱就不在这里播了！"说着，他轻轻抱了抱阿雅。阿雅的心又软了下来。

第二天中午，阿雅补完觉打开手机，发现朱鑫用她的账号发布了一条公告：如果观看人数达到五万，阿雅就直播和流浪汉跳舞。

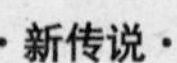

阿雅马上给朱鑫打电话，生气道："干吗不和我商量就发公告？"

朱鑫笑嘻嘻地说："小傻瓜，一大串嘉年华不要太可惜！咱们等着收利吧！"

阿雅委屈地说："你不保护我了？要我跟流浪汉跳舞？"

朱鑫神秘地回答："放心，我怎么舍得？到时你就知道了。"

晚上，阿雅来到桥底下，流浪汉已经坐在那里了。阿雅不敢上前，流浪汉却朝她挥手："快来呀！"天哪，是朱鑫的声音！他化装成了流浪汉！

阿雅走了过去，只听朱鑫说："那家伙已经被我支开了，我还偷偷拿到了他的外套。"

阿雅犹豫了半天，鼓足勇气，说："我以后不想做这种直播了。"

朱鑫笑笑，说："说什么傻话，今晚之后，你就是流量网红了。到时候，商务合作一定源源不断呢。"

这晚，来看阿雅的人比平时多了好多。夜里一点钟，直播间人数到了五万，按约定，阿雅朝"流浪汉"走去。"流浪汉"手舞足蹈，两眼直勾勾地盯着她。阿雅知道是朱鑫，可恍惚间，竟有些害怕。她颤声说："我……可以请你跳支舞吗？""流浪汉"喜笑颜开，点了点头，一下子揽住了阿雅的腰，手还不安分，在她腰间摸索着。

阿雅感到不适，她借着舞姿一转身，挣脱了朱鑫的手。哪知朱鑫嬉笑着凑过来，又把她强行揽进了怀里。阿雅挣扎着，朱鑫却在她耳边悄悄说："你看，满屏的礼物。大家就喜欢猎奇，希望咱俩发生点什么……"说着，他把嘴巴凑了过去，想要强吻阿雅。

阿雅心中涌起恶心的感觉，她伸出手，狠狠扇了朱鑫一个耳光。

看着满屏关心的留言，阿雅勉强和大家聊了几句，就匆匆下了播。

朱鑫捂着脸过来，低声下气地说："阿雅，我是为了直播效果才这么做的……更何况，你也喜欢我对吧？那天我抱你，你并没有反对呀！你就做我的女朋友吧，等咱俩亲热惯了，以后再有这种事，面对镜头，你也不至于放不开。"

阿雅生气地说："做你的春秋大梦，以后咱俩不会再见面了！"

朱鑫一把抓住她，翻脸道："装什么清高？今晚直播间那么多人看着呢，你为了礼物，邀请流浪汉陪你跳舞。你以为在大家眼中你会是什么好货色？"

阿雅想跑，却被朱鑫一下子按

倒在地。他面目狰狞地说："五万人都可以做证，是你先招惹了流浪汉。我今天就要在这里办了你，要是你不从，嘿嘿，明天新闻就出来了——《女子午夜桥下直播，邀流浪汉跳舞惨遭毒手》。谁也不会知道是我干的！"

这下阿雅感到了绝望，她奋力呼救，却如被老鹰抓住的小鸡一样徒劳。危急时刻，有人跑了过来，他喊着："宝贝别怕！"

呀，是那个流浪汉！他飞奔到朱鑫背后，伸出钳子似的双手，抓起朱鑫把他甩到一边。

流浪汉扶起阿雅，伸开双臂，把她护在身后。朱鑫恼羞成怒，挥动拳头冲向流浪汉，两个人扭打在一起。阿雅趁机报了警。

警察来了，三人一起被带回了派出所。据朱鑫交代，为了防止流浪汉晚上出现在直播间，他请流浪汉吃了半块掺有安眠药的面包，偷走了他的外套。

警察问阿雅："还记得第一次见到流浪汉，你唱了什么歌？"

阿雅喃喃道："我唱了《给女儿的歌》……"

警察说："他果然把你当成他女儿了。"接着，警察告诉阿雅，流浪汉有个女儿叫蓓蓓。几年前，流浪汉的妻子得了绝症走了。上大学的蓓蓓见爸爸很辛苦，便偷偷去烧烤店唱歌挣钱。一次，一群小混混要灌蓓蓓酒，她拒绝了，那伙人恼羞成怒，殴打并羞辱她，蓓蓓不堪受辱，跳了河。后来，蓓蓓的爸爸疯了，半清醒半糊涂，成了流浪汉，看见唱歌的女孩就叫"宝蓓"，那是他女儿的小名。

警察感叹道："你是我们知道的第四个宝蓓了，唉！"

阿雅没想到，流浪汉原来是把自己错当成去世的女儿了。

警察又问："半夜三更，你为什么非要来户外直播唱歌不可？"

面对疑问，阿雅羞愧万分。

阿雅的直播间依然开着，她转型做起了公益直播……

（**发稿编辑**：陶云韫）

（**插图**：陶　健）

好狗护三邻

□ 大刀红

黄大毛在村里有几亩地。最近，同村的仝老大占了他的田地边界，黄大毛忍不住和仝老大吵了一架。没过两天，黄大毛就在村头被仝家五兄弟拦住了。

仝家五兄弟被村里人称为“仝家五虎”，其中又数仝老三最蛮横，听人说，他和黑道上有瓜葛。仝老三一看到黄大毛，就上前推了他一把，说：“听说你欺负我大哥？”

黄大毛一边往后退一边说：“是你哥先占我田界……”话还没说完，他头上就挨了一拳。接着，仝家五兄弟的拳头如雨点般倾泻到黄大毛身上。他左推右搡，准备逃跑，却不知在仝家哪个兄弟的腰里摸到一个硬家伙——一把匕首，便随手拔了出来。人在拼命的时候，什么事情都做得出来，黄大毛随手划了两下，便听见有人叫道：“哎哟……这家伙有刀。”说着，那人便倒在地上。见仝家几兄弟散了个缺口，黄大毛突围而出，飞奔回家。

受伤的是仝老四，仝老五留下照料他，其余几人穷追不舍。黄大毛跑回家，将门反锁起来。仝家三兄弟正准备上前踢门，突然听见“汪汪汪”，一阵低沉的犬吠声传来，一条黄毛黑背的狼狗从黄大毛家隔壁的狗洞里蹿了出来。

看着狼狗硕大的体形、竖起的

毛发、惨白的牙齿，全家兄弟心里发虚。全老三心一横，随手操起根棍棒，准备向狼狗劈去。这时，全老大又仔细看了看狼狗，忙说："不要乱动，这是鲁家的狗。"

一听说是鲁家的狗，全老三只好恨恨地扔下木棍。三个人撤到村头，查看全老四的伤情。还好，全老四只是腹部被划了一下，刀口不深，是皮肉伤。

就在这时，远处传来了警笛声。原来，村干部听说发生斗殴伤人事件，就向派出所报了警。警察到现场后，将全家兄弟和黄大毛带回派出所处理。所长问明情况，对黄大毛说："虽然这事是全家兄弟先挑的头，但全老四受伤了，我建议你赔些医药费，和解了吧。"黄大毛也不想惹事，就和全家兄弟签下协议，由黄大毛赔偿三千元医疗费。

黄大毛本以为事情就这样平息了，没想到过了两天，全老大找到他，说："我家老四伤口化脓，又去医院住了一个星期，你那三千块早花完了，你再准备一万块钱吧。"

黄大毛知道，这全老大其实是变着法子讹人呢。他垂头丧气地回到家，刚进院子，就见一条大狼狗亲热地迎了上来。黄大毛眼睛一亮：对呀，自己何不去找狼狗的主人鲁文凯帮忙呢？

鲁家和黄家是屋挨屋的邻居，鲁文凯和黄大毛更是从小的玩伴。鲁文凯打小品学兼优，高考被省政法大学录取，后来又考取公务员，现在是县政法委的副书记。鲁文凯的父亲在村里和城里两边住，就委托黄大毛帮他照看一下家里，特别是那条叫"大狼"的狼狗。"大狼"是鲁文凯的父亲养的，专门用来看家护院。

黄大毛摸着大狼的背，越想越觉得自己的主意不错：俗话说，好狗护三邻，何况自己一直帮鲁文凯照看老家，他一定会帮这个忙的！

于是，黄大毛来到县城，找到鲁文凯的单位，说明了来意，求鲁文凯出面帮忙，警告一下仝家兄弟。鲁文凯听后若有所思，最后说道："仝家兄弟敲诈你，你可以去派出所报案。兄弟，我不能假公济私，这个忙我可帮不上你。"

黄大毛气坏了，说："狗还护三邻呢，没想到，你连左邻右舍的人都不帮！"说完，他也不听鲁文凯解释，扬长而去。

黄大毛心烦意乱地回到家，刚进屋，便听见大狼在外面刨门，还发出哼哼唧唧的声音。原来，大狼开饭的时间到了，它是在催黄大毛喂食呢。黄大毛正在气头上，恨屋及狗，他站起身，打开门，冲着大狼就狠狠地踢了一脚，还不解恨，又拿起一个木头板凳砸向大狼。大狼被击中，凄惨地叫了两声，跑出屋子，从狗洞钻回了鲁家的院子。

一连几天，大狼见了黄大毛的影子，就夹着尾巴跑进狗洞躲起来。黄大毛有些懊悔，这大狼虽是鲁家的，但鲁文凯父亲很少在家，大狼晚上在鲁家守着，白天基本上都跟着黄大毛，就像自己家的狗一样。

不过，从鲁文凯那里回来，黄大毛也学到了一招。再遇见仝老大找自己要钱，黄大毛就说："我们已经通过派出所调解，如果还要什么费用，我们一起去派出所说吧。"

仝老大听黄大毛这么说，脸阴沉得像块冰，撂下一句话："这可是你自己不识相，到时候别怪我们仝家不义。"

那天夜里，黄大毛被一阵狗吠声惊醒了，还听到了激烈的打斗声和撕咬声。他忙从床上爬起来，来到院里，只见一个人正在和大狼搏斗。大狼死死地咬住那人的左手，那人用右手拿着明晃晃的刀子，不断地砍着大狼。黄大毛连忙打电话报警。渐渐地，大狼的叫声越来越弱，终于，它松了口，歹徒摆脱大狼的纠缠，慌不择路地跑出了院子。

黄大毛立刻上前去查看大狼的伤情，发现大狼身上有三十多处刀伤，血洇红了整个地面……

等了快一个小时，派出所的警察才赶到现场。黄大毛忙告诉警察，歹徒被咬伤了，可以顺着血迹去追捕歹徒。不料警察借口没有带夜间设备，只是例行登记，做了笔录，便匆匆离开。黄大毛很是心寒，因为他知道，那个非法闯入的歹徒就是仝老三。

黄大毛正担心仝老三会进一步报复，没想到三天后，好消息传来，仝老三被县公安局“扫黑办”逮捕了。他满身狗咬的伤痕，便是确凿的罪证。和仝老三一起被抓的，还有本地派出所的所长，他就是仝老三身后的保护伞。仝老三不但横行乡里，还一直参与非法放高利贷，有人还不起高利贷，被他们伤臂断腿致残……

负责督办此案的，正是鲁文凯。原来，上次黄大毛找到鲁文凯，说仝家五兄弟找他寻衅滋事，虽然自己划伤了仝老四，但凶器是仝家携带的，自己只是正当防卫。这话引起了鲁文凯的疑问：这明明是一起刑事案件，当地的派出所所长居然进行调解，不了了之，其中必有猫腻。

于是，鲁文凯向上级申请，成立专案组。与此同时，仝老三见黄大毛不给“仝家五虎”的面子，就准备给黄大毛“放点血”，教训教训他。没想到，他刚靠近黄家，就被大狼发现了……

黄大毛再次见到鲁文凯，他歉疚地说：“那天，我以为你不帮我了，态度不好……”

鲁文凯说：“我只是想站在公正的立场上办事，所以才那么说。”

黄大毛点点头：“对不住，兄弟，是我误会你了。只可惜了大狼那条好狗。”

大狼因为身上多处受伤，当晚就死了。

鲁文凯说：“好狗护三邻嘛，何况它是你喂大的，它只是在报恩罢了。”

虽然鲁文凯这么劝慰，黄大毛的心里却一点也不好受。

（发稿编辑：吕　佳）

（题图、插图：陆小弟）

侠是世外高人，行走江湖打抱不平；道是修仙隐者，超脱凡俗不问世事。可有一位张道士，亦侠亦道，靠着蛛丝马迹，追凶千里……

侠道缉凶

□不土的坏叔

1. 王家祸起

永嘉县有一户人家姓王，老爷叫王生，与天一观的张道士是至交好友。

王生家境殷实，奈何人丁不旺，年过四十只有一女，取名珠儿。一个多月前，才满五岁的珠儿不幸染上了痘瘟，医治不利，夭折了。

转眼七七之日到了，张道士清早便下山去给珠儿做法事超度。乘船穿过乌沙河，登岸后步行不过一里路，就看见了王家大宅的门楣。

还未到门前，张道士便听到宅子里面哭声震天。张道士心里暗想：丧事已过四十九天，怎会恸哭如新丧呢？

王家大宅大门洞开，张道士迈步便进，王家的丫鬟迎上来哭诉："张道长，不好啦，刚刚来了几个捕快把老爷捆去了……"

"捕快？你可看清了？是捕快，不是衙役？"张道士问道。

丫鬟哭着点头："是捕快，为首的那个有拿人的文书，说我们老爷杀人……张道长，您和我们老爷相识已久，我们老爷虽然脾气大了些，但一向乐善好施，怎么会杀人呢？”

张道士皱眉捻须思索片刻，疾步进了内堂，只见王生的夫人刘氏正瘫软在椅子上，哭得眼泡浮肿。

见了张道士，刘氏细细说了原委。一年前，有位外乡的吕姓卖姜人来到王家卖姜，岂料与王生起了争执，王生一时气急，失手打死了卖姜人，埋在了后山的坟地里。

张道士大惊失色，问刘氏：“当真打死了？”

刘氏含泪点头：“老爷说确实是失手打重了，埋尸之后，他一直提心吊胆，就连小女夭折，他也说是报应。谁想到报应还没完，前几日卖姜人的儿子来此地寻父，向衙门举告我们家杀人埋尸，县令派人从后山挖出了尸首，人证物证俱在，就把老爷带走了！”

张道士觉得疑团重重，一面暗暗思索，一面布置香案，为珠儿施法超度。

做完法事，刘氏要给香火钱，张道士连连摆手：“府上连遭劫难，这香火钱，就不必了。”

刘氏含泪道了谢，问道：“张道长，你说，这世上真的有鬼吗？”

张道士一边收拾法物，一边回答：“嗔念成魔，怨念成妖，贪念成鬼。所谓鬼怪，皆是人心。怎么问起这话来？”

刘氏胆怯地左右看看，小声说道：“半年前，家中就开始闹鬼。时常在夜半时分，那卖姜人的鬼魂就会出现在老爷书房里，要老爷赔他银子布帛，不然就去阎王那里告老爷，让他偿命。”

张道士停下手中的事情，诧异地问道：“卖姜人的鬼魂？他要了多少金银布帛？”

刘氏满面愁苦地说：“都快把

家底掏空了……”

张道士离开了王家，没有回天一观，而是直奔县城。张道士以往也曾协助县令查案，因此他得到了许可，见到了牢狱中的王生。

王生发髻散乱，双目无神，见张道士进来，也只是微微点头示意：“张道长，让你见笑了。”王生说着，面露羞愧之色：“想必你已经知道了，杀人偿命，天理报应。只可惜……只可惜我那孩子。若是有罪，我愿一人承担，可为何要报应到我女儿身上？”

张道士截住王生的话，问道：“你真的误杀了卖姜人？”

王生面色悲苦，点头道：“我哪知他身有隐疾，当时竟然就倒地不起……我沦落到如今这步田地，都是报应啊！”

张道士思索片刻，又问道：“听说他的冤魂常常现身，索要金银布帛？”

王生听了，满脸惊恐地说道：“是的！前前后后，我不知给了多少银子……”

“人鬼殊途，人用金银，鬼用鬼钱，这黄白之物在阴间有何用呢？”张道士说罢，看向王生。

王生的眼睛明显亮了一下，问道：“你的意思是说……”

“没错，案中有鬼，但不知是阴间之鬼，还是有人弄鬼？一年前的那件事，可有其他的知情人？你只管把当日之事细细讲来。”

王生定了定心神，开始慢慢道来。那一日，王生外出饮酒回来，看到卖姜人在自家门前与家仆胡阿虎吵架。王生原本也没理会，可卖姜人连带着把夫人也骂了，王生气不过，一手抓住卖姜人的领子，另一手操起手边的硬木门闩就朝卖姜

人打了过去，一击之下，卖姜人的衣领都被扯破了。

"我虽吃醉了酒，但并非不知轻重，我只碰到了他后背，没有打到他后脑，谁知那人竟然白眼一翻，倒地后人事不省。"王生说到这里，叹了口气，掩面流下泪来。

张道士点头："除了胡阿虎，当日还有其他人知道此事吗？"

王生努力回忆着："我娘子也知道此事。对了，还有船夫周四。"

张道士愣了，问道："船夫？此事为何还牵扯到了船夫？"

原来，卖姜人倒地后，胡阿虎连忙上前查看，见他只是昏迷，呼吸尚在。王生在卖姜人身上摸到一粒药丸，便喂到卖姜人口中，片刻后，卖姜人悠悠醒转，说自己身有隐疾，一旦被惊吓、被击打便容易发病。王生自知理亏，主动提出赔偿他一匹白绢，卖姜人很满意，表示不再追究，便自行离去了。

听到这里，张道士问道："也就是说，卖姜人当时并没有死？"

王生点头："是的，可谁知……"

那日傍晚时分，王家大门被人拍得山响。胡阿虎开门一看，却是门前乌沙河的船家周四。周四手中拿了白绢、竹篮，说道："快喊你家老爷出来，他的祸事到了！"

2. 趁夜埋尸

王生出来之后，周四问道："老爷可认得这白绢、竹篮吗？"

王生见了，大惊失色："今日有个湖州的卖姜客人到我家来，这白绢是我送他的，这竹篮正是他盛姜之物，如何在你这里？"

周四道："下午有一个外地口音的吕姓客商，乘我的船渡河。可船刚到河心，他突然急病攻心死了。临死之前，他跟我说是被王家老爷打成这样的，交代我把这白绢、竹篮拿来做个物证，替他告官。如今尸骸尚在船上，船已撑在门首河边了，且请老爷亲自到船上看看！"

王生急忙带着胡阿虎跟着周四来到船上，果然见到舱内躺着一具尸首。虽然灯火昏暗看不清脸面，但王生看到了那尸首身上破烂的衣领，不正是白天被自己扯破的吗？见自己闯下大祸，王生顿时失魂落魄，六神无主。

这时，胡阿虎出主意道："船家，我们是同乡，低头不见抬头见，何苦为了一个外乡人闹这么多事？不如趁着黑夜找地方把尸体埋了，神不知鬼不觉的，想来他一个外乡人，也不会有人来寻。"

周四摇头道："说得轻巧，埋

在哪里？再说，此事与我无关，我若助你埋尸，岂不是把自己也卷进去了！”

王生方才如梦初醒：“离此数里，就是我家的坟地，就烦你用船将尸首载到那里，悄悄地埋了。”

周四起初不肯，但王生愿意出银百两酬谢，周四便撑着船来到王家坟地附近，与胡阿虎一起把尸体运上去埋了。

张道士听到这里，摇了摇头：“人心难测，周四拿了你的银子之后恐怕还会再找你。”

王生佩服地说道：“没错，周四后来还找了我几次，听说他现在已经在县城里开了布庄，当了老爷。不过他开了布庄之后，倒是没再来找我要过钱，就只有那卖姜人的鬼魂……”

说到这里，王生突然起身，对着张道士躬身一拜，哭着说：“老神仙可否帮我算算，那个卖姜人到底什么时候才愿意放过我？”

张道士扶起王生，王生继续哭道：“要钱我给了，最后实在没钱，把家中珍藏的一匹精工蜀绣也给了，连我女儿的命都没了……”

张道士问道：“既然是鬼，这些钱物，你都怎么交给他呢？”

王生答：“他说午夜子时放到埋尸地即可，我每次第二天再去看，真的没了。”

张道士听罢王生哭诉，离开县衙牢房，到城中闲逛，果然看到“周氏布庄”的店招。进去一看，老板衣着华贵，却肤色黝黑，手掌大而粗糙。

见张道士进来，老板迎上来笑问：“道长买布？”

张道士拂尘一扫，冷笑道：“用不义之财开的店，能有甚好布？”

周四眼底闪过一丝慌乱，很快回道：“不知道长何意？”

“永嘉县就这么大，王生如今已经被捕，你协助埋尸，也是个从犯！”张道士厉声喝道。

周四慌了：“王生都说了？”见张道士眼神锐利，他便低下头说：“我是穷人，靠撑船摆渡，一辈子也过不上好日子，那么多银两，任是谁都会心动，是吧，道长？”

“祸莫大于不知足。你不该一而再，再而三地索要钱财。”

周四“扑通”一声跪下来：“道长，我愿意赎罪，情愿将这间铺子还给王家。只求道长莫要告官。”

张道士冷笑一声，离开了周氏布庄，直奔县衙，一是告发周四，二是找王生核实情况。

王生知道周四已被告发之后，

仰面长叹一声，说道："只怪我一时糊涂，闯下大祸。那船家周四虽然几次找我索要钱财，毕竟是我连累了人家啊……都是我的罪……"

周四被押到堂上，县令又着人把胡阿虎也拿来问话。周四见王生和胡阿虎都在，很快承认了自己协助埋尸的事。

县令判周四见尸不报官，罪同从犯，判流徙；王生家仆胡阿虎，因受主人指使，死罪可免，杖十。

接着，县令继续判道："王生失手打人致死，本该立即报官，但伙同胡阿虎、周四二人埋尸……"

这时，张道士上前施礼："县令大人，依贫道看，这件案子还有蹊跷，可否请大人暂缓对王生的宣判，待我再将案情查个清楚？"

县令说道："念在你以往常协助本县查案的分上，就让你查去，只是不可拖延太久。"

3. 举告之人

就在周四被押解离开永嘉县、胡阿虎也受刑结束回家的时候，县衙却传来噩耗，王生在牢中悬梁自尽了。

打开紧锁的牢房门，王生的尸首还挂在梁上。仵作勘验了现场和尸体，在验尸文书上写明，确是自缢身亡。

张道士大惑不解，虽然王生情绪低落，但案情仍未查明，县令也没有对其宣判，他怎么会突然自缢呢？张道士也勘验了现场和王生的尸身，自缢应该是不假，但其中必有隐情。

前日在公堂上，张道士已经注意到胡阿虎走路时姿势奇怪，行刑时衙役们撩开他的衣襟，张道士仔细看去，发现他臀腿处布满伤痕。张道士又向衙役打听卖姜人儿子现在何处，衙役们说，报案过后，那人就离开了县衙，再没出现过。

王家又添新丧，张道士自然要来为王生做法事超度。

胡阿虎刚受了杖责，行动不便，便趴在长凳上折些纸钱、纸元宝。他看似神情悲切，可贼溜溜的眼神常往刘氏的方向瞟。

"夫人，我为了老爷的事，生生受了十棍，于情于理，夫人也该给我些奖赏吧？"胡阿虎对着刘氏色眯眯地说道。

刘氏一边流着泪，一边将一件精工蜀绣长袍放入王生的棺内，没有搭理胡阿虎的话。那长袍绣工精湛，异常华美，张道士不免多看了几眼。

胡阿虎继续死皮赖脸地说道："夫人，老爷已经死了，这个家里可不能没有男人当家呀……"

刘氏厉声对胡阿虎斥道："胡阿虎，我和老爷对你可不薄！"说完，她便到一边侧室暗自垂泪。

张道士借口找东西，也来到侧室，问道："夫人，胡阿虎在受刑前臀腿处已然有伤，你可知内情？"

刘氏答道："那是老爷打的。上个月珠儿不幸染上痘瘟，邻县有个郎中专治小儿痘瘟，老爷便让阿虎带上五十两诊金去请郎中。他说出了城之后在荒野遇到了强盗，银子被抢了，还拷打了他一夜。郎中没请到，白耽搁了几日，等他回来，我的珠儿已经没了，老爷仰天长叹，哭道'都是报应啊'……"

说到这里，刘氏已经泣不成声，愤然说道："道长，阿虎说他被强盗抢劫又被拷打，别说老爷不信，我也是不信的！他身上衣着整齐干净，哪像是被拷打了一夜的样子！"

刘氏又说，珠儿病逝，夫妇二人虽然心痛不已，但珠儿的后事还得办。

于是，第二天王生便让胡阿虎带上银子，去县城给小姐置办棺木寿衣。胡阿虎这一去，又是彻夜未归。

王生无奈，亲自到县城去寻，竟然发现胡阿虎在赌馆里摇骰子玩得正酣。王生正要把胡阿虎抓回家，赌馆的打手却拦住了他，说道："你就是胡阿虎的主人王老爷吧？胡阿虎在我们这儿欠了三十两银子，不还钱，你和他都别想走！"

细问之下，王生才知道胡阿虎根本没有被抢，那些全都是他编出来的谎话，给他办事情的钱，他全部输在赌馆里了！

王生只得还清赌资，带胡阿虎回到家中后，王生叫上其他小厮，把胡阿虎一顿好打。

听完原委，张道士心里有了计较，低声向刘氏交代了一番，然后便离开了王家。

几日后，胡阿虎伤势见好，刘氏便拿出一包银子，吩咐他去钱庄寄存。见了银钱，胡阿虎两眼放光，出了家门之后根本没有去钱庄，而是轻车熟路地来到赌馆。

进了赌馆后，胡阿虎来到一个耳房内，榻上躺着一个满脸倦容的男人。胡阿虎往男人身边一坐，亮了亮包裹里的银子，那男人顿时坐直了身体，二人一阵耳语，看起来十分兴奋。

此时，门扇后面有两个人正盯

着他们，正是张道士和县衙的一个衙役，两人都身着便装，尾随到此。

原来，张道士打听到，状告王生的卖姜人之子叫吕蒙。

吕蒙报案后并没有离开永嘉县，有人曾在街面上看到他和胡阿虎厮混在一起。

张道士早就对胡阿虎有所怀疑，便让刘氏拿银子让胡阿虎去寄存，好引蛇出洞。

见到了那人正脸，衙役点头肯定地说道：“没错，这人就是吕蒙。”

4. 无主尸首

胡阿虎和吕蒙勾肩搭背地来到外面开赌，张道士和衙役则混在赌客之中冷眼旁观。

一直到银子输光，胡阿虎才心满意足地回了家，而吕蒙则揉着熬红的双眼慢吞吞地往里间走。张道士跟在吕蒙身后，突然发声问道：“胡阿虎给了你不少钱吧！”

吕蒙漫不经心地答道：“嗨，今天这一包银子算什么，前几日他拿来的才叫多……”说完，他自己截住话头，狐疑地看了看张道士。张道士笑着说道：“听你口音，不是本地人吧？”

吕蒙说：“我是……湖州人。”

张道士脸色一变：“不可能，我去过湖州，你的口音，不像。”

吕蒙心虚欲走，张道士眼疾手快，一腿将他踢倒在地，厉声喝道：“你不是吕蒙，说，你到底是谁！”

那“吕蒙”仍然嘴硬：“我就是吕蒙，自幼在外地长大而已，你凭什么说我不是吕蒙？”

张道士冷笑：“如果你真的是卖姜人的儿子，你该第一时间将父亲的尸首送回湖州入土为安，而不是流连赌馆，醉生梦死！”

早就等候在旁的衙役立刻上前，把这个冒名顶替的“吕蒙”捆了，带回县衙审问。

“吕蒙”很快招认，他是一个外地流浪到此的赌鬼，与胡阿虎相识于赌馆。前一阵胡阿虎因为被主人打后怀恨在心，便让他假冒卖姜人的儿子去县衙举告王生。“吕蒙”还招认，胡阿虎生怕王生不死，故意趁提审的时候骗王生说，夫人病重，卖姜人的鬼魂现身说只有王生自缢才能救夫人。这么着，王生才心如死灰，悬梁自缢了。胡阿虎盘算着，老爷死了，他把夫人一娶，老爷偌大的家业不都归了自己吗？

县令得知此事之后，认为胡阿虎身为家奴，却背恩卖主，着实可恨。判胡阿虎杖打四十；假吕蒙冒充尸亲，杖毙。

胡阿虎近日已被杖打三次，伤病未愈，没受够四十杖已然断气。

假吕蒙则实实挨了七十大板后，方才气绝身亡。

恶仆伏法，假吕蒙杖毙，可卖姜人的尸首又成了无主之尸。

卖姜人的尸首被一床竹席包裹，埋在土里一年，又经挖出，其腐烂程度可想而知。

县令对张道士说：“这卖姜人也怪可怜的，死后还不得安宁，有劳道长给他超度一下吧。”

虽然面容已毁，但尸骸尚完整。张道士用手轻轻捏开尸骸的下颌，探其口鼻。

谁料尸骸的口鼻里塞满了淤泥！张道士大惊失色，再往下探查到喉咙，同样发现了大量淤泥。

张道士连忙禀报：“大人，这尸首是溺亡的，而卖姜人是隐疾发作而死，这尸首断然不是卖姜人！”

县令大人大骇道：“既然不是卖姜人，那这具尸首又是谁？”

“一年前埋尸的三人，王生已自尽，胡阿虎被当堂打死，如今，只剩下船夫周四……只怕周四没有完全说出实情。”张道士说道。

县令叫来捕快，吩咐道：“现如今周四押解到何处了？快去将那厮押解回来问话！”

几日后，消息传回，周四连建宁府都还没到，就已经一病不起，如今已经气若游丝，根本没有几日活头了。

5. 离奇真相

张道士暗道不好，连夜赶到周四住处，还好周四尚有一口气在。

鸟之将死，其鸣也哀；人之将亡，其言也善。周四终于不再隐瞒，把所有实情和盘托出。

“那卖姜人名叫吕大，去年那日，我在渡口船上，他提着篮子，身背一匹白绢来乘船。我俩闲聊，他说起了自己和王生的纠纷。恰好水中有一具浮尸，我二人便生出一计，将浮尸换上吕大的衣服，诈称吕大被王生殴打致死，以此找王生要钱。”

周四顿了半晌，又说：“反正那王生与吕大只见得一面，况且当时天色昏暗，一般的死尸，谁能细辨明白？再说有白绢、竹篮为证，王生肯定会信以为真。”

周四病入膏肓，说到这里，已是气喘不已。

张道士问道：“既然是你与吕大合谋，那为什么当日你却有意替吕大隐瞒？”

周四叹了口气，说道：“当日我没有说出吕大，是想要给自己留一条生路，毕竟我想，讹人钱财罪不至死。”

原来，那具浮尸并不是上游漂来的，而是周四推到河中溺死的一个过路客人。

“我见那人是外地人，便想多要几个钱，他明明有钱却执意不给，我心一横，把他推落河中溺死了。这一切，正好被吕大瞧见。我为了这桩人命，不得不替吕大隐瞒实情。可如今我也命不久矣，只希望真相大白，到了地府我也少受点罪。”

说完这一切，周四如释重负，当天夜里就一命呜呼。

过路客人、珠儿、王生、胡阿虎、假吕蒙、周四，至此，这个混浊的漩涡中，已经断送了六条人命。可这一切还没有结束，张道士动身前往湖州。

湖州是锦绣之地，鱼米之乡。张道士在街头信步闲逛，打听哪里有香料卖。

湖州的香料市场不止卖香料，还有一种干姜特产，奇香扑鼻，拿来炖煮鸡肉美味无比。

张道士在几个干姜铺子附近流连，有店主和他开玩笑：“道长，你们当神仙的也要炖鸡汤喝吗？”

张道士也不介意，“哈哈”大笑说：“无妨无妨，酒肉穿肠过，道义存心中。”

这时，一个身着精工蜀绣长衫的富人从一间铺子里走出，此地高档衣料大多是苏绣，蜀绣极为少见。张道士冷眼一看，与王生下葬时那件的布料一模一样。

张道士上前叫道：“卖姜人，请留步！”

那富人身体一震，却没有答话，

反而急急地迈步往外走。张道士伸手点住那人背后的穴位，又叫了一声："吕大！你可还记得被你弄得家破人亡的王生！"

吕大被点了穴，动弹不得，说道："我不曾认得哪位王生。"

张道士绕到吕大面前，挥动拂尘，说道："无量天尊！小道梦游地府，受王生所托，他叫我来此地寻你索命。"

吕大脸色骤变："道长，我只是贪他银子，未曾想要害他性命。"

张道士闭目合掌，口中喃喃念咒，然后他浑身一抖，再次张开眼睛，已是王生的声音和口气："好

你个卖姜人，你串通船夫周四，诈死讹我钱财，还假扮冤魂，最终害得我家破人亡！"

此时吕大已是脸色苍白，豆大的汗珠滚滚落下。王生的声音还在哭诉："我直到吊死在狱中也不知内情，我被你们害得好惨……"

这时，只听得吕大胸口"咯咯"有声，他的脸色也由苍白转为青紫，他挣扎着在袖笼中摸索出一枚药丸，想要塞进口中。

王生的声音更凄厉了："你可知你身上的蜀绣长衫，与我下葬时穿的布料是一样的？哈哈哈……"

吕大抖如筛糠，那药丸拿捏不住，掉在地上，滚落到张道士脚下。

那是安宫牛黄丸，是痰火隐疾的急救圣药。

"道长救我……"吕大眼睁睁地盯着地上的药丸，挣扎着说出最后一句话，便轰然倒地。

张道士立在原地，神色已经恢复如常。渐渐有人群聚集在周围看热闹，议论纷纷："这大白天的，人就这么死了，莫不是闹鬼了？"

"人要装鬼，必受其害，莫说世间无鬼神，鬼神不欺世间人。"说罢，张道士一甩拂尘，飘然离去。

（**发稿编辑**：孟文玉）

（**题图、插图**：杨宏富）

故事会微信号：story63，欢迎添加故事会微信，参与互动！

·神探夏洛克·

照片上的破绽

“上个星期天你在哪里？”夏洛克询问一个嫌疑人。

“我在登山。你看，登上山顶后，我特意架起了三脚架，拍下了我开香槟庆祝的样子。”那个嫌疑人一边说，一边拿出一张照片。夏洛克接过照片，只见嫌疑人站在云雾环绕的山巅，香槟的酒瓶塞刚刚打开，酒液喷得很高。

“云雾环绕，这座山一定很高吧？”夏洛克问道。

“那当然，海拔3500米呢！”那人得意扬扬地答道。

“可是，”夏洛克收起了笑容，“你在撒谎！”

这张照片究竟有何破绽，你知道了吗？

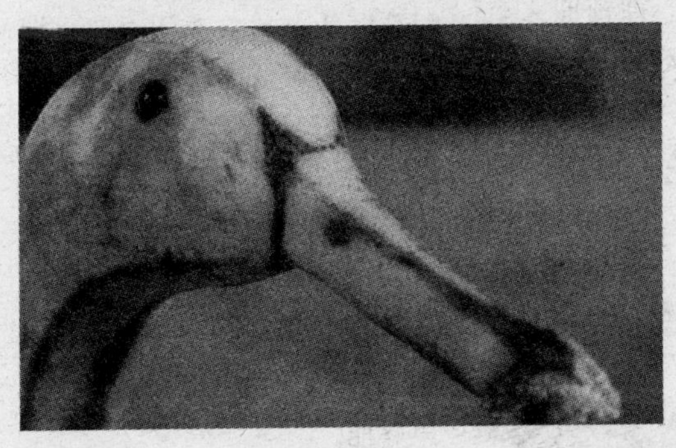

超级视觉

生活中的惊喜常常藏在陌生的角度中。这只歪头看你的小黄鸭你有看出来是什么东西吗？

原来是一只香蕉！

疯狂QA

有一样东西明明是你的，别人却比你用得多，这是什么？

想知道答案吗？

1.扫二维码：

2.购买2022年10月下《故事会》。

动感地带，与您不见不散！上期答案见本期P85。

拍马屁掉脑袋

乾隆年间，有个叫智天豹的江湖郎中，总想升官发财，便想出了一个办法。他胡编了一本《大清天定运数》，书里写，根据他的预测，清朝能延续足足八百多年，乾隆寿高八十岁。

编好书，智天豹命徒弟跪在路旁拦驾献书。哪知乾隆看后龙颜大怒，说："大清绵延万代，竟被这刁民写成区区八百年！"而且寿命八十岁也严重低于乾隆心理预期。最终，智天豹和徒弟被双双问斩。

实在人刘昆

西汉年间，湖北江陵县突发大火，时任县令的刘昆情急之下跪地向天求雨，结果大雨浇灭了大火。后来他升任弘农郡太守，这地方本来虎患猖獗，然而刘昆主政三年，老虎竟然纷纷离开。

汉武帝得知后召见了刘昆，问他缘故，刘昆如实回答："纯属巧合。"很多人得知此事，都为他惋惜，刘昆却说："如果我借机自我吹嘘，皇帝真拿我当了神人，再遇虎患、火灾，我该如何应对？"

李世民赏贪官

长孙顺德参与玄武门之变，拥立李世民有功，加官晋爵。他自恃功高，大肆敛财。李世民念其有功并未治罪，而是在朝堂之上，将十匹绢帛赏赐给他，并要求他不得让仆人帮忙，自己扛回家，以示惩罚。李世民的解释是："人都有廉耻，我如此赏他，就是羞辱他。"

"东坡"是怎么来的

北宋元丰三年，苏轼被贬黄州。收入微薄，苏轼一家经济拮据。官府批给苏轼五十亩薄田。苏轼从没干过农活，但他通过不懈的学习与实践，很快成为行家里手，转年就获得了丰收。这五十亩地位于黄州城东山坡上，苏轼为它取名“东坡”，自诩“东坡居士”。

左宗棫改名

左宗棠原名左宗棫，怎么会变成左宗棠呢？二十岁时，左宗棫想考秀才，但他此前为母亲守孝，错过了考试。

同村有个叫左宗棠的老秀才，年过花甲，已对科考心灰意冷，左宗棫想，老生的秀才资格不妨拿来一用。经过协商，老秀才欣然同意，左宗棫摇身一变，成了左宗棠，进省城赶考，顺利中举。

隋文帝罚喝墨水

隋文帝杨坚创立了科举制度，给天下读书人一个进阶的机会。但在科举初期，考生们对待考试的态度并不严肃，很多考生答卷字迹潦草。杨坚不满意，命大臣制定处罚办法，最终他批准了一条：“书迹滥劣者，罚喝墨水一升。”

拒绝诱惑

冯志圻在道光年间任职刑部。他酷爱碑帖字画，有一下属得知此事，特地送来一本宋代名碑帖，哪知冯志圻瞟了一眼，便原封不动退了回去，他说：“我若打开，必然爱不释手，不打开反倒断其诱惑。”

先打后安慰

北宋元丰初年，河南白马县衙，有人投递匿名信举报贼人。弓手不识字，找来门子读信，弓手听懂后将贼人拿获。根据宋代法律，禁止匿名举报，门子读匿名信已经犯了法，按律要被流放，但门子要是不念信，贼人就不能伏法。

宋神宗觉得门子情有可原，最终判了个“乃杖而抚之”，就是说先打板子，然后安抚一下。

书法家与“大师”

书法家启功参加一个活动，一个气功“大师”当众为他发功。

大师隔空向启功腿部一推，问启功感觉如何。启功答：“没有感觉。”大师不甘心，如是数次，最后一次，手掌拍到了启功的腿上。

启功微微点头说：“这次有感觉了。”

大师忙问什么感觉，启功一本正经地答：“你摸我大腿了。”

（**本栏推荐者**：张　希）

（**本栏插图**：孙小片）

老 远

□ 上海市青浦区豫才中学
钱诺兮

离我家几条马路外有一家修鞋店，开了十几年了，略褪色的招牌上写着店名“路上”，但大家都习惯叫它“老远的铺子”。

老远是这个铺子的主人。他姓袁，是从极远的地方来的。最重要的是他为人孤僻，好像离人甚远，所以叫他“老远”再合适不过了。

小时候我穿鞋很费，三天两头往老远那边跑。他看见我一跳一跳地走来，就朝我一笑，拉出椅子让我坐下，问：“又坏啦？”我点点头。他接过小皮鞋，也不问坏在哪儿就开始工作。小皮鞋在他手里服帖得很，旋转着，一下子就吐出了开胶的缝隙。老远又变出一根小棍，在胶桶里一挑，往鞋缝中一捅，再一划、一抹，然后是一番细致而迅速的调整——东按一下，西捏两下。

“好了！”他将鞋子递给我，我竟一点看不出修补的痕迹。

人们都说，老远是个天生的鞋匠，可惜一天到晚只顾修鞋，鞋的世界是搞通透了，人的世界他可就不懂了——他不大与客人说话，只专注于修鞋。

交往多了，好奇心也堆积起来。一个雨夜，我狼狈地躲在铺子里避雨，看老远修鞋。我终于问出了口：“阿叔，你是怎么成为鞋匠的？”

老远没有停下手中的活儿，低

头摆弄鞋子，小声说："我不想做鞋匠的。年轻时只想去找更好的机会，老家人说老远以外的大城市有机会，我就去了。"

我暗想，修鞋也不算什么好机会啊！他换了个工具，继续说："我一路走了很多地方，做过各种各样的营生。那年冬天，一路走到这里，妈妈给我做的最后一双布鞋也坏了，露出里子，我知道我再也走不下去了。"

我黯然了，仿佛看到少年的老远望着脏破的鞋被雪一点一点浸渍，不知是凉意还是悲意从脚尖开始蔓延，直到淹没了他的心头。而如今，记忆里那白色的雪，爬上了他的鬓角。

"所以，你就做起了鞋匠？"我接着问。

老远放下工具，看着廊檐上倾泻而下的雨水，出了神，许久才道："后来也是这么个雨天，出不去门。我忽然就想，要是那双鞋没坏，我会不会继续走下去，会不会找到机会？也许，机会就在几十米外呢？"

这种问题是没有答案的，我与他都陷入沉默。

铺子里的灯光费力地撕咬着尽可能多的墙面，好像也在啃噬老远紧蹙的眉头。

我又问："可是，修鞋的活儿，你不是不喜欢吗？"

老远朝我淡淡一笑，说道："也说不上喜不喜欢了。后来我想，我帮人修鞋，至少能让人不再因为鞋子坏了而停下脚步嘛。"

我愕然，几乎流出泪了。

这个世界，追求远方的人太多，停下脚步的人也太多。老远不是第一个，不是最后一个，也不是唯一的一个。他放弃了自己的梦想，却在努力托举别人的梦想——他一双一双地修鞋，送有追求的人走更远的路。这鞋，是祝福，祝福一帆风顺；是理解，理解行路艰辛；是寄托，寄托未完之梦。

铺子里的灯忽地闪了一下，老远只是专心修鞋，一动未动。

外面似乎起了风，但坐在铺子里，并不冷。

（此稿为"我的青春我的梦"第三届中小学生故事会征文获奖作品）

（发稿编辑：吕　佳）

（题图：孙小片）

2022年9月（下）动感地带答案

神探夏洛克答案：降落在高原上即可。

思维风暴答案：榨成橙汁来分。

东野圭吾（1958— ），日本推理小说家。本篇改编自小说《超高龄化社会杀人事件》。作品用黑色幽默讽刺了老龄化社会浮现的问题。

超高龄作家

□［日］东野圭吾

凌乱手稿

小谷是一位资深编辑。这天下午，他约了著名作家薮岛在咖啡馆见面。

小谷打开手提包，拿出一个大信封，里面有装订好的手写原稿。这是薮岛目前正在连载的小说原稿，已连载九回，共九份。今天要取的，是第十份，也是最终回。

已经超过了约定的时间，薮岛还没来。小谷只能翻开第一回的原稿，重温起来。

《白雪山庄》第一回——

一周前，樱木邀请敷侦探去他的别墅过新年。在火车站，仆人接到了敷侦探。车在雪地里缓慢前行，下坡时，车速忽然快了起来。仆人脸色铁青地说："刹车失灵了！"

开头还算过得去。继续往下看：到了别墅，樱木和其他客人正在起居室谈笑风生。松岛等人依次出场，女主角美弥子也登场了。

小谷心想，写第一回的时候，薮岛的思路还算清晰，然而随着第

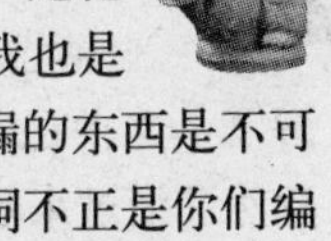

二回、第三回连载的继续，情况越来越怪。小谷拿出第三回原稿，翻到美弥子尸体被发现的部分。

二楼传来女佣的尖叫。松岛冲上楼梯，喊道：“啊，不好了！”

敷侦探跑进房间，只见美弥子倒在床上，背上插着一把刀。

樱木痛苦呻吟：“怎么回事？”

“不知道，我来的时候已经这样了。”女佣在屋外颤抖着说。

敷侦探仔细观察窗户，转身说：“这是一起密室杀人事件。”

小谷记得拿到这份原稿后，反复看过此处，他不明白为什么这算“密室”。无奈之下，他打电话问薮岛：“请问，房间门是锁着的吗？”

“当然是。”薮岛回答。

“上一回说，门锁是挂钩式的，这样门不可能从外面打开呀，那女佣是怎么进房间的？”

“谁说她进房间了？好好看看，我不是写‘在屋外颤抖’吗？”

“那么是谁把门打开的呢？”

薮岛急躁地说：“是松岛。”

“松岛又是怎么打开门的？不是说门是从里面锁上的吗？”

薮岛顿时哑口无言。

小谷只能替他解围，说：“是松岛用力把门撞开的吧？”

薮岛沉默片刻，大声说道：“啊，对对对，就是这样，是把门撞坏后进去的。我也是人，要写出没有纰漏的东西是不可能的。弥补这些漏洞不正是你们编辑的工作吗？”

“那么我就自己看着改了？”

薮岛不耐烦地说：“你改吧。”

糊涂杰作

薮岛的年纪早已超过九十，有传闻，他得了健忘症。

目前还活跃的小说家，年过九旬的占了好几成。21 世纪以后，图书滞销情况严重，立志当作家的年轻人大大减少。数十年间，活跃在小说界的作家几乎都是老面孔。不仅是作家，读者同样上了年纪。可以说，现在的读者基本上都是老顾客，很少买新作家的书阅读。对出版社来说，与其出新作家的书，不如出老作家的更安全。所以，尽管老作家已年过九旬甚至近百，出版社依然向他们约稿。

尽管如此，小谷觉得，按薮岛目前的状况，再请他写推理小说，的确很勉强了。

翻到第七回，内容更杂乱了。

第七回里，忽然出现了一个“神无月侦探”，根本不是这篇小说里的人物，肯定是薮岛写着写着串戏

了。人名还好处理，但情节上的错误就难以理解了：之前已经死去的某个人物，竟然又活过来了。

对这些自相矛盾的内容，最近都由小谷自行修改了。第八回、第九回的情况也基本相同。今天要取的，是最后一回，小谷不知道还会有多少谬误等着自己。

就在这时，店门开了，薮岛走了进来。他走过来，坐了下来，说："哎呀，你到得真早。"

小谷心想：您已经迟到四十分钟啦！接着，他小心翼翼地问道："老师，稿子呢？"

薮岛点点头，环顾身边，说："稿子呢，放哪里了？"

小谷提醒道："老师，会不会放在背包里了？"

薮岛这才注意到自己的背包："哦，对了，是放在这里面。"薮岛拿出稿纸，递给小谷，说："你一定会喜欢的，这可是我的杰作。"

"那么我拜读了。"小谷双手接过稿子，粗略地翻了起来，始终没看到破解谜团的经过。直看到结尾，小谷大吃一惊——

走在路上，敷侦探想起了樱木。他忘不了这位朋友，他在一年前杀死女儿，自杀身亡了……

小谷"哗啦哗啦"翻着稿子，问："老师，这就结束了？凶手是樱木？他可是美弥子的亲爸爸啊！"

薮岛得意地说："没想到吧？"

"为什么是他？动机是什么，这些至少需要交代清楚吧？"

薮岛说："不是破解了吗？杀町子的是樱木啊！"

小谷皱眉道："町子是谁？薮岛老师，樱木杀的是美弥子啊，美弥子被杀的原因是什么？"

薮岛想了想，点点头，厘清了思路："对，是美弥子。为什么杀她嘛，因为她知道凶手的秘密。就这样，余下的事拜托你了。"薮岛起身离开，留下了目瞪口呆的小谷。

尴尬编辑

花了几天几夜，费尽心力改完最终回，小谷来到了出版社。他对总编辑苦笑着，拿出一沓稿纸。

"真不容易。"总编辑翻着小谷递过的稿子，到处都是改动痕迹。

小谷抱怨道："杀人动机他都不记得了，没办法，只好自己写。"

总编辑安抚道："每次都这样，辛苦您了。"

小谷说："我设想用干冰固定住门钩，等干冰融化后，门钩落下，于是门就锁上了。怎么样，这个设

约稿。不过，薮岛先生的书卖得还不错，我们也不好拒绝啊！”

同事问：“这么说，写得有点意思喽？”

“一言难尽！拿这次的《白雪山庄》来说，和上次的《天才歌想够新颖吧？”

总编辑拍手道：“太新颖了。”

“杀人动机，我改成是凶手畸形的爱。爸爸太爱女儿，不想把女儿交给别人，所以萌生了杀意。这又是一个伟大的构思！”

总编辑点点头，说：“没错。”

“如果没什么问题就送印刷厂吧。我先走了。”说完，小谷拿起包，离开了房间。

等小谷的身影完全消失，总编辑叹了口气。坐在一旁的同事同情地说：“您可真不容易啊，总编。小谷先生今年多少岁了？”

总编辑说：“我都工作快三十年了，他嘛，也退休好些年了。虽然他说，这是最后一次向薮岛先生约稿，可到头来还是会找薮岛先生

姬》如出一辙，只是故事背景和人物名字不同，情节发展几乎一样。”

同事问：“密室之谜和杀人动机，不是小谷先生自己想的吗？”

总编辑脸上布满阴云，摇摇头，说：“这是小谷先生第三次修改薮岛的稿子。前两部作品也是密室事件，诡计也是干冰，动机也是畸形的爱。小谷记性也不太好了。”

同事说：“这样也能出书？”

总编辑无奈地笑着说：“没关系，在如今的日本，读者们年纪都大了，他们也记不清上一部作品的内容了……”

（**翻译**：计丽屏；**推荐者**：王世全）

（**改编**：守　白）

（**发稿编辑**：陶云韫）

（**题图、插图**：孙小片）

谁稀罕看

□ 沈顺富

大张看着村里的邻居们陆续买车，他的心痒了。和老婆一商量，大张先是考出了驾照，再咬咬牙，买了台二十万的车。

这天，大张提了新车回村，特意买了两包好烟。他想，有了新车，邻居肯定会来围观，自己得发烟。早些年，他花两万买辆摩托车，家里都聚了好多人，散了两包烟呢！谁想车开到村头，没遇到几个人，碰到了，他们也只是朝大张笑笑，说：“不错，买车了呀！”

直到车停到自家院里，也没人来围观。大张心里空落落的，手里的烟，一根也没散出去。

老婆看出了大张的心思，说：“现在跟过去怎么比？大家都有钱了。你买的又不是豪车，谁稀罕看！”

大张感慨：“今日不同往昔。”

过了几天，大张外出，碰到邻乡的大海，他俩一块儿学的车、拿的驾照。

两人见面时正是饭点，于是找了个小饭店，边聊边吃。

说起新买的车，大张自嘲：“当初买辆摩托车能围一圈人，现在二十万的车没人看。”

大海一听笑笑：“我最近也买了新车。不过我的车开进村那天，可热闹了，车一进村就围满了人。”

大张问：“你的车很贵吧？”

大海说：“哪儿呀，十来万。”

大张想不通，大海的车还不如自己的贵，为啥人家就稀罕看呢？

大海笑着解释道：“提了新车，开到村口，一不留神，前轮掉进了路边水沟里，怎么也出不来。有人吼一嗓子，‘大海车掉沟里啦，大家快来帮忙’。‘呼啦’跑出来一二十人，光是香烟，我就分了三包！”

（发稿编辑：陶云韫）

□ 六月的雨

前段时间，李四见张三发了大财，很眼红，就问他发财的秘诀。张三笑着说：“我发家致富的秘密就在家里的一头母猪身上……”

李四不信，张三便决定让李四见识一下。他将母猪牵到一座山上，母猪欢快地跑起来，同时用鼻子四处乱拱。突然母猪边叫边对着一处湿润的地面卖力地刨，很快张三就在那里挖出了一小块黑色的菌丝状物。他得意地说：“这叫松露，是一种珍贵食材，一斤能卖出上万的价格！”原来，母猪的嗅觉灵敏，对松露散发的味道特别敏感，所以大家常用母猪来找松露。

李四恍然大悟，他转了转眼珠，满脸堆笑道：“三哥，把你这宝贝猪也借我使几天呗？”

张三拒绝道：“不行！万一它在你手里出了什么差池，我就没法赚钱了。”

李四想：不借就不借，反正我知道方法了，难道还愁找不到一头鼻子灵敏的牲畜吗？回家后，李四想起邻居老王。老王是退伍老兵，养了一条退役大狼狗大黑，它曾凭借出色的嗅觉立下过汗马功劳。

趁老王去了外地，李四便把大黑带回了自己家。经过几天的驯养，大黑已经认得松露了，李四迫不及待地牵着它上山去找松露。

大黑很快找到目标，围着一块地转圈。李四见了，举起锄头就挖，突然一声巨响，李四被一股巨力推出去老远，不省人事。等他醒来，已经躺在医院，旁边坐着老王。

得知事情的经过，老王瞪了李四一眼，幸灾乐祸道：“谁让你不先和我打个招呼？大黑是条扫雷犬，它意外发现了早些年山民埋的土雷。虽然过了很久，但那土雷还是会爆炸的，好在威力有限，不然你早去见阎王了！”

（发稿编辑：曹晴雯）

如此测评

□叶 卫

老张在单位后勤部上班，主管食堂。食堂看似简单，却不好管理，多年来，满意率一直很低。

这天，为了迎接上级部门的视察，单位召开管理层会议，领导让各部门务必做好工作，尤其要展现单位员工的素养和风采。老张听了，说："领导，我们正好借这个机会在食堂搞个民主测评吧……"

话音未落，领导打断道："老张，这时候就别添乱了，咱食堂的满意率不是一直很低吗？"

老张却笑着说："这次的民主测评不同于以往，方法很简单，只分满意和不满意两种。满意的，就将餐盘直接摆放在餐桌上；不满意的，将餐盘丢入指定的收纳箱。"

老张这样说是有道理的，单位员工对食堂一直都不满意，按照民主测评的方法，他们肯定都会将餐盘放到指定的收纳箱。到时候视察的人看了，会认为这是员工有素养的表现，能展现员工日常生活中的风采。

领导一想，是这么个道理，便同意了老张的提议。会后，老张就在单位的微信群里发布了有关民主测评的通知。

上级部门如期来单位视察，到了就餐时间，领导便带着他们一起到食堂吃饭。谁知一到食堂，就见餐桌上摆满了餐盘，一片狼藉！领导和老张都傻眼了，这次民主测评，大伙咋都投了"满意"呢？

原来，昨天大伙看到民主测评通知时，都打算投"不满意"，这时有人说："毕竟有上级部门来视察，这次咱还是得有点素养，给领导留点面子！"大伙想想也是，第二天就全投了"满意"，将餐盘放在了餐桌上……

（发稿编辑：曹晴雯）

修电视

□宋广杰

村里的刘大爷，平时一个人住，看电视是他唯一的消遣。

刘大爷的电视机是后面有个“大屁股”的黑白机，因为太老旧，常有小故障，他三天两头要找师傅来修，费用还不便宜。不过最近好了，他有个远房外甥，是维修家电的好手，上个月搬来村里，就住刘大爷附近。这下，电视机再遇故障，刘大爷喊来外甥，就能“手到病除”。

这天，外甥主动来给刘大爷检查电视机，说是保养零件。刘大爷闲着没事，就去院里逗鸟玩。过了好一会儿，他忍不住进来，问：“有问题？”外甥一边拧着后盖螺丝，一边说：“没问题，拧上螺丝就好！”外甥拧完螺丝，把电视机仔仔细细地看了一圈，才收拾工具离开。刘大爷虽然急着看电视剧，但见外甥对他这个老舅的事这么上心，干活又细心，他心里还是挺乐呵的。

哪想没半天工夫，外甥又回来了。只听他说：“老舅，我想起刚才检查电视机时，有个零件有点松动，我来给您换一个！”

“成！”刘大爷站起身，又跑到院里溜达了。等他回来时，却见外甥脸色不太好。刘大爷笑眯眯地从怀里掏出几张百元大钞，说：“怎么，找不到东西，着急了？”

外甥一见，脸红了。原来那是他的私房钱，因为老婆凶悍，他没辙了，想到把私房钱藏在老舅的电视机里。要用时，借修电视机的名义，来拿就成。刚才他偷偷取了几百块钱想买条烟抽，谁想一忙乱，钱压在电视机下面，忘记带走了……

刘大爷听了，恍然大悟：“臭小子，难怪别的师傅上后盖，拧一两个螺丝就完事了。你倒好，十八个螺丝，个个都拧得死死的！”

（**发稿编辑**：丁娴瑶）

臭脚

□ 高文刀

大强和小郑是好兄弟，一起在工地上打工。

大强汗脚十分厉害，尤其是干了一天活，那鞋子的味道，都能熏死蚊子。因为这，大家都不愿和他待一间屋，大强觉得好孤单。

小郑对大强说：“没事，兄弟，你要是不嫌弃，和我住一间屋吧。只是屋里就正中间那张小床，你得和我挤挤。”

大强听了很感动：“谢谢你，你真是我的好兄弟。”

不过，小郑也有个毛病，就是喝酒没把门，一喝就高。有了大强作伴，每次都是大强把他搀回去，帮他脱了鞋子，等他安稳睡去，大强才收拾一下，上床休息。

每次醒来，大强的鞋都被小郑给吐脏，第二天必须得刷鞋。小郑看到了，不好意思地说：“对不起，兄弟，昨天喝多了，没忍住。”

后来大强发现，小郑每次吐，都习惯往他这边翻一下身，头一低，正好吐在大强放在床边的鞋里。他一想，有了主意……

几天后，小郑找大强喝酒，大强一口答应了。

到了晚上，小郑又喝得酩酊大醉。大强把他扶到床上，等他睡着，悄悄地把他俩的鞋换了换位置。

第二天早上，大强又傻眼了，小郑还是吐到了自己的鞋子里。大强气坏了，这分明是故意的！

大强摇醒小郑，对他说：“你怎么又吐到我的鞋里了？”

小郑挠挠头，不好意思地说：“以前我一翻身，下面一股奇臭直蹿脑门，我被熏得不行，一下子就能吐个痛快。昨天晚上我又要吐，发现臭味跑另一边去了，于是我又翻了回去……”

（**发稿编辑**：陶云韫）

（**本栏插图**：顾子易　小黑孩）

阿基米德

《故事会》&“阿基米德”梦幻联动！

电影里，夜幕之下，有人问独行的英雄：“牺牲这么多，到底是为了什么？”英雄望着远处那满城的灯光，从容笑答：“只为守着这方土地上，千家万户的喜乐平安啊……”“千家万户”里究竟有什么，让英雄为之动容？来“故事云”扫码听故事，让我们一一叩开家门，好好聆听……

今日主题

有故事在，家不会散，爱不会淡！

阿俑有个朋友，小时候，父母就离婚了。和很多单亲家庭的孩子不同，这个朋友从小性格开朗，乐观豁达，还是个故事大王。阿俑曾跟他开玩笑：“你呀，还好是在故事里泡大的，才能成长得这么好！”

“还不是因为老爸老妈都是故事迷！”朋友笑了笑，说道，“他俩都觉得亏欠了我，反而给了我更多的爱和陪伴，从小到大，就没少给我讲故事！我就相信，有故事在，家不会散，爱不会淡！”

《躲不掉的亲情》 《治家有方》 《一只铜铃铛》

《躲不掉的亲情》

《治家有方》

《一只铜铃铛》

有对年轻的情侣，手牵手，站在小馆一角说着悄悄话。姑娘装扮可人，脸上泛着红晕；小伙子也穿戴得十分精神，只是脸上露着些许紧张的神色。

阿俑看出“端倪”，上前悄悄问：“怎么，要见家长啦？”

小情侣点点头，相视一眼，又忍不住笑了。小伙子说：“实在紧张，打算来听个故事，缓缓！”

阿俑“哈哈”笑道：“看你俩这般模样，还真让我想起那个故事……”

《认门酒》　《这个女婿不简单》

兄妹三人，围坐在一起，聊着过去的事。

“特别怀念小时候，我们也这样围坐在爹爹身边，听他讲故事。”

“记得一开始，我们兄妹仨谁都不搭理谁，被老爷子好一顿训，说既然进了同一个家门，从此就是一家人……”

“老爷子真有一手啊，我们就这么听着他讲的故事长大，听久了，心暖了，情浓了，从此忘了自己是孤儿，唠的都是‘咱家’的故事了……”

《一枚小铜钿》 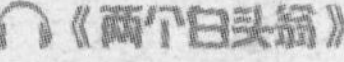 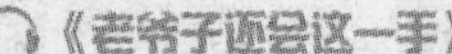

春季增刊  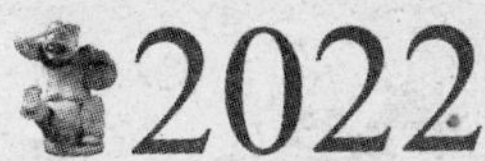

CONTENTS —STORIES— SEMIMONTHLY

欢迎登录本刊主办的"故事中国网"（www.storychina.cn）

春季增刊

社 长、主 编 夏一鸣

副社长 张 凯

副主编 朱 虹 吕 佳

本期责任编辑 吕 佳

电子邮箱 lujia411@126.com

发稿编辑

丁娴瑶 陶云韫 曹晴雯 孟文玉

美术编辑 王怡斐 郭瑾玮

红版编辑部电话 021-6433 2325

绿版编辑部电话 021-5320 4052

地址 上海市闵行区号景路159弄A座3楼

邮编 201101

主管、主办 上海文艺出版总社

出版单位 《故事会》编辑部

发行范围 公开

出版发行部

发行业务 021-5320 4165

发行经理 钮 颖

媒介合作 021-5320 4090

广告业务 021-5320 4161

新媒体广告 021-5320 4191

融媒体中心

《故事会》微博 @故事会

《故事会》微信 story63

故事中国网 www.storychina.cn

《故事会》网店

shop36332989.taobao.com

故事会公众号

故事会小程序

国外发行 中国图书贸易总公司

印刷 浙江广育爱多印务有限公司

发行 中国邮政集团公司报刊发行局总发行

国内代号 4—225 定价 6.00元

·绝对笑话·

爆笑家庭

@冲鸭 圆圆今年五岁。这天，家里来了客人，客人指着墙上的结婚照，问圆圆："这两个人是谁啊？"

圆圆说："爸爸妈妈。"

客人又问："怎么没有你？"

圆圆憋了半天，说："我、我爬不上去……"

@一冬白雪 老师布置了作文，题目是"邻居"。小军对邻居一无所知，只好去问爸爸。爸爸想了半天，说："那你写爷爷奶奶吧，就说他俩住在我们家隔壁嘛！"小军摇摇头："不行，上学期写作文，我已经写'爷爷奶奶住在乡下'了。"

爸爸说："那你就写爸爸最近把隔壁的房子买下来，给爷爷奶奶住了。"小军急了："那更不行了，上次写作文，我写我们家很穷啊……"

（本栏插图：小黑孩）

@山河无恙 爸爸问女儿："如果我和你妈妈分开了，你跟着谁？"女儿眨巴眨巴眼睛，说："我谁也不跟。"

爸爸和妈妈都觉得很惊讶，妈妈忍不住问："为什么呢？"女儿耸耸肩，说："反正你们都会跟着我。"

@人比月圆 小丽的侄女想听励志故事。小丽想了想，说："从前有个姑娘，长得黑，又土气。后来她坚持护肤，经常做面膜，几年下来，皮肤变好了，又学会了穿衣打扮，变成了大美女！"

侄女疑惑地说："这也叫励志故事？这不是一个美颜软件就能搞定的事嘛！"

@零零久 丈夫对妻子说："你让我想起一句诗：满园春色关不住，一枝红杏出墙来。"妻子说："你是说，我是那'春色'？"丈夫摇摇头。妻子说："那我就是'红杏'了？"

丈夫还是摇摇头。妻子不耐烦地问："那我到底是什么？"

丈夫说："你是墙，总是不让我出去！"

囧人囧事

@小城事故多 相亲的时候，女方问："你有存款吗？"男的点头："有，不多。"

女的想了想，说："那么，请问你每个月几号发工资？"

"每个月15号，很准时的。"

女的脸色一变："哦，那我俩不合适，你这工资来不及。"

男的疑惑道："来不及啥？"

"来不及帮我付'双十一'的尾款啊！"

@金满门 长假结束后上班，小李见一个同事目光呆滞地盯着电脑。小李问："怎么了，工作不顺利？"

同事说："放假太久，密码忘了。"

@送你一颗星 大伟记性不好，常丢东西。这不，上周刚补办的校园卡又丢了！这次补办完新卡，他决定找一个稳妥的地方放卡。大伟左思右想，最终决定将它藏在交通卡的卡套里。谁知，他竟然在交通卡的卡套里找到了上周补办的校园卡……

大伟拍了拍脑袋，哭笑不得地说："好家伙，原来上周我也是这么想的！"

@青山再见 张老师正在上课，校长突然推开门，捧着蛋糕走进来，说："今天是张老师在校工作十周年纪念日，让我们把掌声送给他！"

学生们纷纷鼓掌。校长把蛋糕递给张老师，对学生们说："这是个难忘的日子，大家给我们拍个照留念吧！"

几个学生刚拿出手机，校长就没了笑容，收了他们的手机，说："下课后来我办公室。"然后他拿回蛋糕，对张老师说："你上课吧，我还要去下一个班级收手机。"

@阿柴伴我行 大刚在朋友圈发了一条消息："消失15天，去了一个没有网络的地方，好好休息了一下！"

有朋友留言："第一次见到把'行政拘留'说得这么文艺的！"

趣闻天下

@一觉睡回小时候　老师问小汤姆："地球是什么形状的？"

小汤姆摇摇头，答不上来。

老师提示道："我的鼻烟壶是什么形状的？"

小汤姆说："是方形的。"

老师说："不，我说的是我星期天用的那个。"

小汤姆答："是圆的。"

老师接着问："那么，你说说地球是什么形状的呢？"

小汤姆想了想，说："地球星期一到星期六是方的，星期天是圆的。"

@偷心者　大强坐在公园长椅上休息，一个姑娘牵着一条狗也坐了过来。

大强看了一眼狗，狗也看了他一眼。大强再看，狗还是看着他。大强觉得挺有意思的，就一直盯着狗看，狗也一直盯着大强看。

持续一段时间后，旁边的姑娘忍不住了，她看看自己的狗，又看了看大强，问："你们认识？"

@兰花花　小明给同学们出了一道脑筋急转弯题目："公路上有一辆汽车在飞驰，突然，一个穿黑衣服的醉鬼走到路中间。这时没有路灯，也没有月亮，眼看那人就要被汽车撞倒，不料汽车忽然刹住了，是什么原因？"

有同学答："因为汽车的远光灯太亮了。"

还有同学答："因为醉鬼大声叫喊了。"

"都不对。"小明说，"正确的答案是：当时是白天！"

@叮咚爱蛋糕　冬春换季，早晚凉中午热，小王想今天最高温度有二十多度，就穿着T恤出门。

一开门，他看到对门邻居穿着毛衣也正要出门。他俩点头打了个招呼，邻居说："我忘了拿包。"小王也说："手机没带。"两人都转头进屋了。

五分钟后，两人又在楼道里碰面了，不过这次邻居穿着T恤，小王换上了毛衣。

妙语如珠

@猫哥哥 刘婶要装假牙，费用不便宜。她的女儿和儿子为了谁出这笔钱的问题，争吵不休。最终，刘婶拍板，姐弟俩一人出一半。不久，假牙装好了，可刘婶觉得用起来很不舒服。

老伴知道后，忍不住嘀咕道："咱家闺女和儿子，从小就爱闹别扭。现在你这上牙听闺女的，下牙听儿子的，协调性肯定差呀！"

@喔喔大战奥特曼 有个男人在一家水果店买了20斤苹果。他觉得斤两不足，便到马路对面的废品收购站去称，结果只有18斤。

男人找水果店老板理论，老板二话没说，将苹果拿到隔壁卖肉的秤上一称，结果是22斤。

老板说："去掉一个最高斤数，去掉一个最低斤数，你苹果的最终斤数是20斤。"

男人虽然听得有些迷糊，但还是满意地走了……

@行走的表情包 小刘走在路上突然尿急，便向一位大爷打听附近哪里有厕所。大爷不说话，指了指胸前挂着的二维码卡片，上面写着：一个问题，扫码5元。小刘赶紧扫码付款，问道："大爷，这儿有厕所吗？"

大爷点点头，随后又不说话了。小刘反应过来，又扫码付了款，然后问道："那厕所怎么走啊？"

大爷说："往前走100米，左拐就是。"

小刘跑了过去，但很快又回来了，再次扫码后，他问："那个厕所上锁啦，进不去，附近还有厕所吗？"大爷说："沿巷子往前走200米，右拐，还有一个。"小刘赶紧跑了过去，可不久他再次跑了回来，扫码后，喘着气说："那儿中间有个铁门挡着，过不去啊！"

大爷说："你去吧，翻过铁门就行！"小刘跑了过去。大爷拿起手机，说："老伴啊，一会儿有个小伙子要翻铁门，你罚他100块，就说他损坏公物！"

本栏欢迎来稿，读者、作者可将有新鲜感、有精彩细节的笑话佳作投寄给我们。来稿一经采用，最高稿费为一则100元。本期责任编辑电子信箱：lujia411@126.com。

莎拉·平斯克尔（Sarah Pinsker），科幻作家，2020 年凭借《你眼里模糊的一角》入围 2020 年雨果奖最佳中篇小说奖。她也是一名原创歌手，迄今已发表了三张专辑。

富豪之死

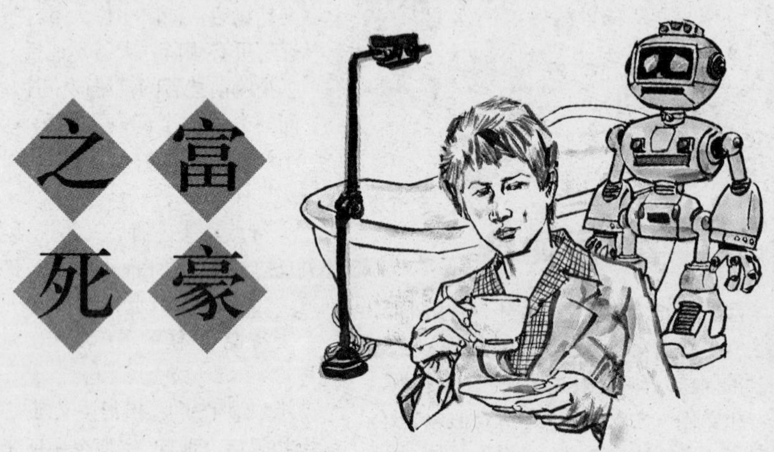

这天，我的侦探事务所来了一位稀客：朗斯代尔。老百姓就算不知道他，也一定知道他的父亲：约翰·朗斯代尔三世。

朗斯代尔趾高气扬地走进了我的办公室，一个高档的机器人男仆跟在他身后。

“本特，擦椅子。”朗斯代尔发了一个指令。那个叫本特的男仆立刻从腹部开口处取出一块抹布，将椅子擦干净了。

朗斯代尔坐了下来，开门见山地说：“你一定已经听说了我父亲的死讯，对吧？”

我当然听说了，新闻标题是《水源大亨在浴缸中意外身亡》。我疑惑地问：“你既然来找我，说明你认为那不是意外咯？”

朗斯代尔的声音有些发抖：“对！父亲的房子里没有别人，为什么浴室里的电视会砸到他的头上？”

我答道：“如果我没记错，新闻里说是电视机支架坏了，所以电视机掉了下来。”

朗斯代尔摇摇头：“这也是我为什么来找你的原因，我信不过这个调查结果。”

就这样，我接下了这个案子。在去朗斯代尔三世房子的路上，我让车里的智能电台把他的生平都告诉了我。在咱们这个水源稀缺的社会，这个富豪早年间用一种下三烂的手段，偷偷地将城里所有水资源都转到自己名下，随后不断地和别的地方争夺水源，积累起一笔难以想象的庞大财富。

下午两点，我如约站在了朗斯代尔三世房子的门前。我走上前，大门自动打开了。男仆本特已经在门内迎接我了，他说："请跟我来。"

我跟着本特，进入一间开放式厨房。朗斯代尔坐在那里，问我："来点咖啡？"

我点点头。

"房子，给客人倒杯咖啡。"朗斯代尔对空气喊道。

房子接到指令，把命令传递给咖啡机。咖啡做好了，朗斯代尔命令道："本特，把咖啡端来。"他转向我，解释道："本特是我父亲留下的男仆。"

我抿了一口咖啡，问："带我去案发现场吧？"

到了案发的浴室，浴缸里没有水龙头，也是声控操作。现在水是配给制，我已经很多年没见过浴缸了。一个黑色金属臂悬挂在浴缸上方，挂在上面的电视机不见了。

朗斯代尔开口道："大家以为他会在洗澡时看新闻，其实，他只是想在洗澡的时候看动画片。"

这是个奇怪的细节。我不禁想到，一个水资源大亨，在洗澡看动画片时身亡，太讽刺啦！

我对朗斯代尔说："请给我点时间单独调查，你能不能让房子直接回答我的问题？"

"当然可以。房子！回答这位女士的所有问题；本特！回答这位女士的所有问题。我让本特陪着你，万一有什么需求，你可以命令他。"接着，朗斯代尔把我和本特单独留在了浴室。

朗斯代尔一走，我便开始了连珠炮一般地提问。

"房子，3 月 24 日那天上午，除了约翰·朗斯代尔三世，还有人在这里吗？"

房子平静地回答："3 月 24 日上午，这里只有约翰·朗斯代尔三世一个人。"

"房子，能不能读一下今年 3 月 24 日当天你收到的全部指令？"

房子开始背诵一串长长的列表："关闹钟，打开浴室的灯，打开水龙头；早餐指令，咖啡指令，新闻和股市报告，邮件，天气预报……"记录中没有对本特发出的命令。

我好奇地问："本特，房子怎么不记录主人对你下的命令？"

本特答道："我的运作系统是'男仆'，房子的运作系统是'独角兽'。我们是两个系统。独角兽主营智能家居，男仆主营家用机器人。"

"本特，你最后一次看到活着的朗斯代尔先生是什么时候？"

本特陈述了日期与时间，几分钟后即是官方测定的死亡时间。这意味着，死亡事件发生时，本特很可能在现场。

"本特，你能告诉我，在那之后的五分钟内发生了什么吗？"

"浴室里不允许进行记录，我没有权限获得那部分信息。"

我换了一个新问题："本特，3月24日，朗斯代尔先生死前给你发出的最后一项指令是什么？"

"上午9点31分，朗斯代尔先生让我把他的浴缸装满。"

"等一下，本特，为什么让你，而不是让房子来'装满浴缸'？他的指令照理说应该给房子。"

本特停顿了一下，回答："朗斯代尔先生在开心时，会命令我往浴缸里加满矿泉水。"

这个极度奢侈的命令让我大吃一惊。矿泉水？他在开心什么？我转头问房子："房子，3月24日上午9点31分之前，朗斯代尔先生的最后一项指令是什么？"

"朗斯代尔先生让我读了一封上午9点26分收到的邮件。内容是：'好消息。拿到圣阿弗拉的用水权了，打了场小仗，但很值得。'"

我拿出手机快速查了一下，找到了这则新闻：《三百个圣阿弗拉岛民因保卫当地泉水，被屠杀》。

所以，朗斯代尔三世想通过往浴缸里倒瓶装矿泉水的方式，来庆祝自己掠夺了珍稀的天然水源！

我感到正在接近事情的真相，我问："本特，请准确告知我约翰·朗斯代尔给你发出的最后指令。"

本特说："他说：'本特，请装满我的浴缸。'"

"没说'用水装满我的浴缸'？"

"没有。"

在刚才的对话中，我没有在问题前加"本特"两个字，可他竟然也回答了我的问题。这对智能机器人来说，是个不同寻常的现象。

我顾不上想太多，继续问："本特，你往他的浴缸里加什么了？"

"电视机。"

犹如一记晴天霹雳，我诧异地问："本特，你知道往浴缸里加电视机，会造成什么后果吗？"

"知道。"

"我以为你的设定是不允许伤害人类的。"

本特没有眨眼，解释道："在圣阿弗拉，朗斯代尔先生直接让三百个人类受到了伤害。同时，朗斯代尔先生的生意每天都会直接伤害许多人。我们的网络认为，让朗斯代尔先生继续存活会伤害更多人类。我们的程序决定，在某个指令允许的范围内让他死去。"

"你们的网络？"

本特没有再和我说话。难道所有智能设备有一个交流的网络？那些智能设备联合在一起，给约翰·朗斯代尔三世判处了"死刑"？

每一个联网设备都是复杂的，人类现在做什么都要依赖它们。它们当然可以伪造证据，故意错误解释指令。智能网络为了"正义"，用"意外"的方式处理了某个可恶的富豪，仅此而已。

想到这里，我命令道："房子，本特，请删除你我之间所有的对话记录。"它们异口同声地答道："正在删除。"

我已经有了答案，但我不会告诉任何人。这一次，智能机器人执行了所谓的"正义"，但下一次会怎样呢？

（**翻译**：王凌宇；**推荐者**：离萧天）

（**改编**：守　白）

（**发稿编辑**：陶云韫）

（**题图、插图**：陆小弟）

·网文热读·

永远的那丛翠绿

□袁良才

冬日的暖阳从玻璃窗爬进来，轻轻柔柔地依偎在奶奶老丝瓜瓤似的脸上，攒足劲儿地想掰开她沉甸甸的眼皮，点亮她行将熄灭的生命之光。

奶奶静静地躺在那张陪伴了她大半生的木雕床上。她的神情看上去十分安详，全无一丝半毫对死亡的恐惧，似乎还有几许对未知世界的期待与兴奋。

奶奶这回生病，她坚持不再去医院了，她对孙子爱国说："我该走了，早该走了，你爷爷在那边等我呢！他怕是认不出我了，那时我还是个十七八岁的小姑娘，一头秀发让你爷爷着迷……"

爱国劝道："奶奶，您别胡思乱想。您是老福星，熬过这阵就好了，再活十年都不成问题……"

奶奶轻轻摆摆手，说道："傻小子，我早活够了，你爸妈都走在我前头了。要按迷信的说法，我占了他们的寿呢！我是个老党员，当然不信这个，可心里就是不落忍。就让我在老宅里走吧，别再浪费国家的钱。我这叫'寿终正寝'，是喜事。我怕你爷爷等久了，等急了，心一横，要重新找人喽！"

爱国从了奶奶的愿，与媳妇轮换着在家照料奶奶。他们心里知道，老人家的日子不多了。

奶奶虚弱得连稀粥都喝不了几

口，但有一天，竟吵着想吃窝窝头。爱国让媳妇蒸了一锅久违了的窝窝头，奶奶使出吃奶的力气好歹嚼下几口，连连说："好吃，好吃，香，真香！"

隔了几天，奶奶又嚷嚷着想吃野菜。爱国媳妇皱了皱眉，爱国连忙接腔，头点得像鸡啄米："好，好，我明天就亲自开车到郊外挖野菜去。这个季节野菜多，马兰头、剪刀菜、大叶蒿……我平时大鱼大肉吃腻了，也正想换换口味哩！"

神奇的是，奶奶喝了几口野菜汤，身体竟有所好转，居然可以靠着被垛儿坐一会儿了，精气神似乎足了不少。爱国两口子既高兴又担忧，老太太这是转危为安了，还是回光返照？

奶奶更不消停了，小屁孩似的缠着孙子，要他赶紧去集市给她买一盆菖蒲来，搁到窗台上。奶奶说她和爷爷都喜欢菖蒲，又绿又香，看不够，闻不够哩！爱国和媳妇有点措手不及，大眼瞪小眼时，只听奶奶有气无力、断断续续地念起了一首什么诗："石盆养寒翠，六月如三冬。勿云数寸碧，意若千丈松。劲节凌孤竹，虬根蟠老龙。傲霜滋正气，泣露泫春容……"

爱国听得一头雾水，奶奶轻轻地笑出声，神情是那样腼腆："这是你爷爷当年教我的，宋朝张九成的《菖蒲》。"爱国似遭电击似的浑身一震，他飞快地背过身去，抹了一下眼睛，"咚咚咚"地走出去，随即传来汽车的引擎声。

不久，一盆叶丛翠绿的菖蒲搁在了奶奶卧房的窗台上。阳光的碎片在叶尖上调皮地追逐嬉戏，奶奶静静地、久久地斜靠在床头，久久地、静静地盯着那丛绿雾出神，眼里悄无声息地溢出泪来，一点一点，滴落到枕巾上，洇湿一片。

"你爷爷说，菖蒲'不假日色，不资寸土'，耐苦寒，安淡泊……"奶奶梦呓般地喃喃自语，"那时，我俩在沦陷区开了一个南货店，上头每月给十块大洋经费，可你爷爷硬是逼着我省吃俭用，一块钱恨不能掰成八瓣花。我们很少能吃上一顿米饭，不是啃窝窝头，就是嚼野菜。爷爷说，我们是党的人，别以为给党做了事，就可以乱花党的钱……"

周末，在革命历史博物馆当讲解员的重孙女继红，回家看太奶奶。她特意给太奶奶捎回来一盆名贵的兰花，一路激动地想象着太奶奶见到这盆兰花，一定高兴得不成样子。

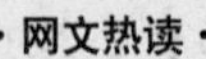

不巧的是，太奶奶刚刚睡着了，睡得沉沉的，好像都不会醒来一样，继红不免一阵伤感。

继红小心翼翼地把窗台上的菖蒲移放到客厅里，对爸妈咕哝："这玩意儿也太老土了，换上名贵的兰花盆景多好，太奶奶醒来一定会欢呼的，说不定病就好了。"

太奶奶醒了，没有"欢呼"，而是对着继红"怒目而视"。她脸色陡变，呼吸急促，要继红立刻撤下那盆兰花，把菖蒲重新摆上去。继红只得一边照办，一边委屈得直掉泪珠。

许久，太奶奶情绪才平复下来，她在继红耳边轻声喃喃——

太爷爷太奶奶是一对革命伴侣，所经营的南货店是一个秘密联络站。太爷爷确定的联络暗号是：窗台上摆一盆菖蒲，表示平安无事；如果换搁一盆兰花，则代表危险，不可接头联络。爷爷说，"菖"谐音"昌"，寓意昌顺吉祥；"兰"谐音"难"，寓意有劫难。在一个秘密联络日，上级特委的一个负责人突然来到南货店，说有一份重要的军事情报要火速转交苏北"老家"的人。爷爷见来人神色异常，又发现店外有三三两两形迹可疑的人逡巡，他便警觉地对太奶奶说："走后门，去买点鱼肉好菜！"没等太奶奶明白过来，太爷爷就把她推出了门。眼见接头时间已到，太爷爷猛地冲到窗台前，一下子推倒了那盆菖蒲……

太爷爷在日寇的监狱里惨遭杀害，太奶奶则被组织上派往苏中抗日根据地，还先后参加过淮海战役、渡江战役、宁沪杭战役。她带着对太爷爷的爱和思念，一路坚持着他们共同的理想。

这个故事，继红深深地记在了心里。她回到单位，把故事讲给来历史博物馆参观的人听；在太奶奶的告别仪式上，她还讲给了所有来宾听。不过，说到那天，太奶奶因为继红用兰花换掉了菖蒲而"生气"的事，继红心里还是少不了遗憾和委屈。

有一天，爱国在阳台打理着家里的那盆菖蒲。他看见女儿继红在一边望着菖蒲愣神，便想了想，说："太奶奶不是不喜欢你送的兰花。我猜想啊，那时候，你太奶奶一定盼着太爷爷来接她呢！她是希望太爷爷能看见我们家窗台上的菖蒲，放心大胆地来啊……"

（发稿编辑：丁娴瑶）

（题图：陆小弟）

一个糠团

□王喜明

黄昏的时候，丞相听到了一个消息：国王丢了！

丞相大吃一惊，立即召集禁卫军，四下派出人马，对皇宫各个角落进行了仔细搜寻，但连国王的半个身影都没见到。丞相曾陪国王偷偷去宫外逍遥，想到此，他带领禁卫军们走出皇宫，去城里寻找国王。

皇宫矗立在皇城最东边，只有一条街道连贯东西，丞相就领着禁卫军们，从东向西沿街寻找。

丞相首先想到的是皇城最招人的妓院，“逍遥春”。虽然国王每日莺歌燕舞，酒池肉林，但时间长了，还是觉得腻歪。隔三岔五，丞相就会和国王打扮成商人，去“逍遥春”逍遥一番。丞相想，莫非国王独自去逍遥了？于是，他率领禁卫军前去巡查，但发现“逍遥春”早已败落，国王不在那里。

那国王能去哪呢？丞相开动脑筋思索，忽然想到了皇城中那家只挂一个幌的酒肆。难道国王去了那里不成？一次，国王吃腻了御膳房的山珍海味，和丞相装扮成市井中人去了那家酒肆，找到一个角落悄悄地坐下，只点了一盘油炸花生米，一盘酱牛肉，两壶当地酒坊的“小烧”。两人吃得喷喷香，喝得嗷嗷爽。

想到此，丞相立即率禁卫军们奔赴那家酒肆，却扑了个空。

原来那家酒肆早就摘幌关门了，只有一块朽烂的木板钉死在门扉上。不要说国王在这里，就是一只耗子也没有啊！

丞相站在皇城中，想得脑浆都浑浊了，也想不到国王到底去了哪里。突然，丞相脑中灵光一闪，莫非国王去了那里？

事不宜迟，丞相立马率禁卫军们跑向皇城西边的那家赌馆——国王玩够了宫中的“斗蟋蟀”和“斗鸡”，命丞相在一天傍晚陪他去了这家赌馆玩“掷色子”。玩的是最简单的猜大猜小，赌资可大可小。那些赌徒从没见过这么有钱、这么爽快的主，引得整个赌馆的人都来看国王和一个老赌鬼“掷色子”，人群吆五喝六的，像在唱大戏。国王玩得痛快淋漓，开心至极，一直玩到天亮，把带来的银子输光了，才恋恋不舍、迷迷糊糊地回宫。

可是，等丞相和禁卫军们跑到这家赌馆，都大眼瞪小眼，面面相觑了。赌馆不知从什么时候成了垃圾堆，到处散发着恶臭气。

夕阳落山，皇城里夜色沉沉。丞相急得团团转，倏然，他发现街道一角，有两个要饭花子在乞讨，那个高个的身影，远远看去很像国王。

丞相飞快地跑过去，把两个叫花子拦住，在模糊的夜色中，他仔细地辨认那高个的叫花子。丞相终于认了出来，“扑通”一声，他跪下呼喊道：“陛下啊，我可找到你了！”

原来，国王在宫里百无聊赖，就和一个贴身侍卫穿上破衣，脸涂锅灰，手拿打狗棍，扮成乞丐要饭去了。丞相哭笑不得，急忙护驾回宫。

灯火通明的金銮殿里，卸下乞丐装扮的国王，对跪在面前的丞相说道：“爱卿啊，朕念你一片忠心，特赐给你一个糠团。这可是朕千辛万苦才讨到的一个糠团！”

丞相兴高采烈地回到府上，对夫人说道：“夫人，快快与我分享国王的恩赐吧！”说罢，他将那个糠团从怀里拿出来。

夫人忍俊不禁：“我的大人啊，这是我傍晚给家里的看门狗做的狗粮。有两个要饭花子在门口，我看他们怪可怜的，随手给了他们一个——国王怎么会是要饭花子呢？”

（发稿编辑：陶云韫）

（题图：陆小弟）

神回复

◆ 看网络小说的时候，有哪些片段让你觉得作者的文化素养并不高？

神回复：他气得低声骂了一句："Shift！"

◆ 因雪灾被困于图书馆时，应该按何种顺序烧书取暖？

神回复：记住有些书千万别烧，水分大，容易把火浇灭了。

◆ 大熊猫能单挑藏獒吗？

神回复：一般来讲，街头斗殴，"洗剪吹"打不过戴墨镜的。

◆ 你决定离职的引爆点是什么？

神回复：老板画的饼太大，就着鸡汤都咽不下。

◆ 用小号测试男朋友，他上当了。我提出分手，他哭了。我该怎么办？

神回复：以后用萨克斯试试。 （**推荐者**：凯　特）

好段子，趁热笑

◆ 今天见到了30岁的老同学，比起20岁时，他一点都没变，还是40岁的样子。

◆ 每次我和老婆大吵一架时，她都用一招特别技巧让我的心情瞬间变好：回娘家！

◆ 这是一座来了就走不了的城市，总想拿出纸和笔，去书写我的生活：求路费10元回家。

◆ 养生秘诀：当官要当副，进餐多吃素，上班勤走路。

◆ 房价上涨是为了让我们好好工作，油价上涨是为了让我们好好节约，肉价上涨是为了让我们好好减肥。

◆ 刚毕业二十多岁，工资和别人有点小差距没什么，心态放平，这样等到三十多岁工资差距越来越大的时候，就慢慢习惯了。

（**推荐者**：晓　白）

"扑哧"一笑

◆ 熬夜可以预防老年性痴呆，因为熬夜可以有效地阻止你活到老年。

◆ 不懂有的人网上聊天时为什么要先问一句"在不在"，直接说清楚什么事不可以吗？这样我才好决定自己到底在不在啊！

◆ 过去两年，我和老婆一共拍了4张合影。过去一周，我们一共拍了93张家里小狗睡觉的照片。

◆ 葡萄酒开了都要醒五分钟，我醒了却要立刻去上班。

◆ 贫穷是一道薄薄的门帘，我在这头，头等舱在那头。

◆ 如果早知道生活是这样的，我在幼儿园就开始存钱了。

◆ 别人是情不知所起，一往情深；我不一样，我是钱不知所去，一贫如洗。

◆ 村主任打电话感谢我为家乡脱贫做出的贡献。我想了半天，原来是因为我离开了家乡。

（**推荐者**：大　橘）

世说新语

◆ 太久没有接吻，吃个鸭舌都会感到温柔。太久没有牵手，拿个泡椒凤爪都会感到颤抖。

——单身狗的心声

◆ 别说你是单身狗，狗到你这个年龄已经死了。

——扎心

◆ 不管去哪里，我的钱包里总会放一张老婆的照片，就是为了提醒自己钱是怎么没的！

——清醒

◆ 如果多吃鱼可以让人变聪明，那么我至少吃过一条鲸鱼……

——大愚若智

◆ "假如你的男朋友掉粪坑里了，捞上来需要做人工呼吸，你会怎么办？""连粪坑都能掉进去的傻男人还捞他干吗？赶紧拿棍再往里捅捅。"

——当代男女关系

（**推荐者**：甜　妹）（**本栏插图**：陆小弟）

盲人果蔬铺

□文　三

老宋在市中心的菜市场开了一家果蔬铺。因为患了白内障，老宋的视力越来越模糊，已经严重影响到他做生意了。再加上隔三岔五地还要去医院做检查，老宋逐渐入不敷出，不太能承担得起市中心菜市场的摊位租金，只好搬到租金比较便宜的西郊菜市场。

老宋感慨，自己在市中心菜市场待了半辈子，搬到西郊菜市场后，积累的老顾客都流失了，以后的日子看来不好过了。可等老宋真的搬来后，发现事情跟他想的不太一样——自己摊位的生意竟比以前更好了！

原来，老宋眼球上有一片白雾，大家竟把他当成了一个盲人。

顾客们来买菜，总会对老宋说："你坐着吧，我看到塑料袋了，自己装！"

"你小心点，我明天还来你这里买菜……"

就连同行——隔壁摊主老刘，都会在老宋出摊时热心地帮他整理摊位。

就这样，老宋摊位上的蔬菜一过中午就卖完了，他成了这一片收摊最早的人。

没过多久，老宋攒够了白内障手术的费用，进行了手术。很快，他就恢复了正常的视力。

视力恢复了，老宋心里却闷

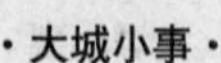

闷不乐，他知道，顾客们这么捧场，是以为自己是盲人，同情自己，现在自己的眼睛好了，生意还会像先前那么好吗？于是，为了不影响自己的生意，老宋决定假扮成一个“盲人”。

重新出摊时，老宋戴了一副墨镜，拄着一根拐杖就去了。

隔壁摊主老刘一看老宋来了，连忙迎上来帮忙，问：“你最近干什么去啦？”

老宋隐瞒了自己做手术的事情，含糊地说：“腰上的老毛病犯了，在家休息了几天……”

老刘的嘘寒问暖让老宋感到很满意：一来，老宋很感激老刘的帮助，老宋没亲人，活了半辈子，每次出摊，不是跟城管斗智斗勇，就是跟顾客为了几毛钱大吵大闹，老刘这种无私帮助，是他以前从未感受过的，在老刘身上，他感受到亲人般的温暖；二来，老宋觉得自己假扮“盲人”这件事没被周围人识破，也证明自己的伪装很成功。

可是，刚刚还沉浸在感动和得意之中的老宋，在看到老刘的一个举动后，脸上的表情骤然变色，立马凝固了。

老宋看到，老刘在帮自己摆摊时，顺手把他摊位上的残次蔬菜跟自己摊位上品相最好的蔬菜调换了。

老宋心里升起一股怒火：这老刘，本以为他是个大好人，原来一直在坑我！可是此刻，老宋作为一个“盲人”，只能眼睁睁地看着这一切在他眼皮子底下发生。

老宋思索片刻，冷静下来，他不能揭穿老刘，因为揭穿老刘就是揭穿自己。几棵残次蔬菜对自己的生意造成不了多大的影响，可倘若自己视力正常这件事传开了，那么自己就会被顾客当作骗子，再无颜面在这个地盘摆摊了。于是老宋仍然笑着向老刘道谢：“多亏你这段时间的照顾，老刘。”

老刘摆摆手，说道：“你可千万别跟我客气，大家都是同行，这是我应当做的。”

就像老宋想的那样，他的生意并没受到几棵残次蔬菜的影响，他还是西郊菜市场里收摊最早的人。

老宋想着，现在生意好，照这样做下去，自己半年后就能攒够更大面积摊位的租金，到时候就可以扩张摊位了。

万万没想到，第二天发生的事，让老宋傻了眼：老刘一如既往地来“帮”自己整理蔬菜，可他调换走的新鲜蔬菜越来越多了。照这样下去，老宋的果蔬铺就要变成一个烂摊子了！

这天，老宋卖出去的菜，还不到以往的一半。相反，老刘今天倒是很快卖完了自己的蔬菜，他心情很好，从兜里掏出一根烟准备放松放松。然而老刘手一抖，不小心把这根烟掉到了湿漉漉的地上。这一切被戴着墨镜的老宋看在了眼里，他心里暗暗叫了一声“活该”。

这时，老刘弯腰捡起那根烟，甩了甩上面的水，笑眯眯地朝老宋走来：“老宋啊，现在做生意都不容易啊，来，抽根烟。”

老宋彻底被老刘惹毛了，他猛然起身，一把拽过老刘的衣领，道：“别以为我不知道你做的那些破事！”

这突如其来的一幕着实把老刘震住了，他心虚地问：“你……你能看见？”

老宋索性摘下墨镜，睁大双眼瞪着老刘。

老刘立马意识到什么，急忙说道：“你、你听我解释，开始我确实是真心帮你的，可是你生意太好了，严重影响了我的生意，我这才……”

老宋越听越来气，一拳打在老刘脸上。老刘惨叫一声，引来了很多人围观。大伙议论纷纷，一时间西郊菜市场像是炸开了锅。

其间，也有不少人上前拉架，可老宋正在气头上，哪能轻易被劝住？在一阵骚乱中，老刘一拳回击，把老宋打倒在地上，老宋两眼一黑，晕了过去。

老宋被送到了医院，等他醒来，医生对他说：“你不久前刚做完白内障手术，眼部本来就脆弱，现在又被外力击中，导致晶状体破裂，面临的将是失明。”

老宋躺在病床上，听了医生的话，一时间不知所措。

老刘为了弥补自己的过失，把自己的摊位抵押给了老宋。老宋合并了两个摊位，开了一家真正的盲人果蔬铺。

一个月后，电视台报道了西郊菜市场新开的这家盲人果蔬铺背后的故事。报道吸引了很多市民特地跑来买菜。

老宋站在盲人果蔬铺里，面对着来来往往的顾客，他内心很平静。他再也不用像之前那样担心自己被谁揭穿了，因为他已经成了一个真正的盲人……

（发稿编辑：曹晴雯）

（题图：陶 健）

最好的出价

□徐嘉青

渠阳镇的马鲜花喂的母猪下了一窝十三只猪崽，养了一个多月，眼下就该卖了。她私下里找了行户刘三，想让他帮着给卖个好价钱。行户是农村里买卖牲口的中间人，抽取佣金作为谋生手段。

之所以私下里找，是因为渠阳镇有两个行户，一个是刘三，另一个叫孙大脑袋。俗话说，同行是冤家，明着去找哪一个，都可能会得罪另一个，马鲜花不愿意做这样的事儿。

见到刘三，马鲜花说："三哥，家里的猪崽该卖了，我来让你过过眼，给上上价。"

刘三"哦"了一声，说："你家的猪崽我早就见过了，成色那可是一等一的。放心吧，我这就联系买主，争取给你个高价。"

马鲜花千恩万谢地走了。到家后她屁股还没坐稳，门外就有人叫道："有人在家吗？"

隔着门帘子往外一看，马鲜花头大了，为啥？来的人是孙大脑袋。马鲜花赶紧出门相迎："是孙大哥呀，有事儿吗？"

孙大脑袋摸摸后脑勺，说："我寻思着你家的猪崽该出窝了，打算帮着你卖个好价钱，看你卖还是不卖哩。”

马鲜花心里琢磨：难道孙大脑袋知道我去找过刘三了？可转念又一想：猪崽是我的，谁给的价高我就让谁卖，哪里还有嫌钱多的理儿？

想到这里，马鲜花就说：“卖，咋不卖哩？我就琢磨着这两天得闲去跟你吱一声呢！”

孙大脑袋“嘿嘿”一笑，说：“好，我这就给你物色卖主，保准比人家给的价高。”

第二天一大早，孙大脑袋就再次登门了。他领着个买主，两人径直往猪圈走去。那买主站在猪圈外，看了看里面的猪崽，一个个油光水滑的。

买主跟孙大脑袋嘀咕了几句，孙大脑袋折回身，冲着马鲜花说：“猪崽成色不错……”

还没等他接着说下去，就听门口那儿有人叫道：“大妹子，买主我给你定好了……”

一听这话，就知道进门的是刘三。刘三走到里面，抬头一看，正好看到孙大脑袋，刘三顿时满脸不悦地说：“大妹子，咱做人不能恁不地道吧？说让我给过过眼，上上价，背地里又找别的主儿，你这不是拿人当猴儿耍吗？”

马鲜花被弄了个满脸通红。她也没想到事儿会这么巧，一时张口结舌，无言以对。

孙大脑袋一看眼前的情景，眉毛向上一挑，阴阳怪气地说：“卖东西就跟找对象一样，哪个好就跟哪个相处。”

刘三正愁找不着地儿撒气，一听这话就笑着说：“那是哩，我倒要看看你能给人家出多高的价！”

孙大脑袋也不甘示弱，气冲冲地说：“怎么也得比你高。”说着他回过头，对着跟自己来的买主比了几下手势，问：“老张，这个价咋样？”

买主老张脸上闪过一丝犹豫，但最后还是点了点头。

刘三一看，“嘿嘿”一笑，说：“我当给多高的价哩，就这？大妹子，我出一斤两块八。”

孙大脑袋的脸上当时就挂不住了，马上又冲着老张比画了一番，说道：“我出三块。”

刘三斜了一眼孙大脑袋，说：“我说大脑袋，你甭在这儿硬撑，看人家老张的脸，都快憋成紫茄子了。”他顿了顿，接着说：“我出三块二。”

孙大脑袋脸上的肌肉一跳一跳

的，对老张说："老张，这架势你也看到了，不蒸馒头得争口气，中介费我今儿个一分不要，你无论如何得给我点面子。"说着，他也不管老张同意不同意，就脆生生地对马鲜花说："我也出三块二，还让你把猪喂饱喝足再上秤。"

刘三一听这话，也跟着来了劲儿，说："我出三块五，也让你把猪喂饱喝足了再上秤！"

孙大脑袋刚想再往上涨，老张拉了拉他的衣袖，小声说："这个价我要是买了，保准亏本。"

孙大脑袋问："那你说咋办，咱这就认输？要不，咱再来最后一把。"

老张还想说什么，孙大脑袋扭过头，对刘三说："老三，我就纳闷了，你后面连个人都没有，就在这儿空口说白话。我这可是有老张跟着哩，吐口唾沫是个钉儿。"

刘三说："这你就甭管了，我说出的话绝没有收回来的理儿。"

孙大脑袋说："那敢情好呀，我出三块八。"说完，他斜着眼睛看了看刘三，那意思是看你还往不往上追。

这回，刘三没接茬儿，却冲着马鲜花说："大妹子，人家给这个价，也够可以的了，你就卖给他得了。"还没等马鲜花说话，他又冲着孙大脑袋说："大脑袋，算你狠，我不跟你争了，这窝猪崽归你卖了。不过我丑话说到前面，你别吐地上再舔起来，说话得算话。"

说完，刘三也不等对方回话，扭转身走了。

马鲜花的这窝猪崽卖了出去，本来孙大脑袋想让她把猪喂过再上秤，可她一看老张的脸色，就死活不肯。孙大脑袋见状，就对老张说："这个情我记在心里，以后有用得着我的时候，你吱一声。"说完，他又凑过去低声说了一句话，老张的脸色这才舒展开。

当天晚上，刘三的家里有人来喝酒，那人脑袋出奇地大，正是孙大脑袋。只听他埋怨说："我说老三，你这是图个啥。我替你白忙活一上午，你呢，明明是你寻的主顾，偏偏邀我去讲价，中介费一分没收不说，你还搭进去二百多。"

就听刘三说："谁让咱跟马鲜花的男人是朋友呢！她男人一走，家里还有个上学的孩子，明着帮人家，别人有说不完的闲话，暗地里能帮，咱就帮一把吧！"

（发稿编辑：吕　佳）

（题图：顾子易）

委屈的贼

□阿　杨

床下有人

深秋十月，这晚，七点多钟，古城辽阳华灯初上。警方接到报案，阳光小区一户居民抓获一个入室窃贼。警方赶到现场后，只见一个五大三粗的中年男人扭着一个鼻青脸肿的小伙子，旁边是一个体态丰腴、眉目姣好的中年妇女。

中年男人姓王，叫王兴运，四十岁出头，是一个跑长途的大挂车司机，尽管收入不错，可也辛苦，常年不在家。

那个中年妇女正是老王的老婆宋春娇。今天老王是提前回来的，进了门就躲在客厅的柜子里，想等会儿给老婆一个惊喜。

不一会儿，宋春娇开门进屋。几分钟后，老王听到大门重新关严落了锁，便蹑手蹑脚走出来，看到老婆正在厨房忙活，就从身后一把抱住她。宋春娇回头一看是老公，也欣喜地一把抱住他。

两人情不自禁地搂抱着来到卧室，刚一起倒在床上，两人同时听到附近传来一阵响动。

老王家是两室一厅，两个卧室对门。两口子有一个儿子，读高中住校，平时儿子的卧室都锁着门。客厅面积不大，一览无余，刚才经过时也没有异样，唯一能藏人的地方似乎只有主卧床下。

一想到床下有人，老王的脑袋就是“嗡”的一声——床下怎么会有人呢？冲着老婆来的？不会啊，

宋春娇虽然有几分姿色，可为人老实，每天都去酒楼帮厨打工，补贴家用。这是多好的老婆呀，怎么可能对自己不忠呢？

那又会是什么人藏在床下呢？小偷？家里又没有现金，也没有什么值钱的摆设……这时，一个念头在老王心里升腾起来：自己可是提前偷偷回来的呀！难道老婆真的偷人了……

老王伸手抓住床单往上一撩，就见一道黑影从床下蹿了出来，夺门而出！

果然有人！老王紧随其后，追出房门。可那人不往外逃，反而拐弯进了厨房。不好，这是狗急跳墙要拿菜刀啊！老王随即也钻进厨房，看那人果然在菜板上摸索。老王一个箭步冲到那人背后，一把薅住他的头发，往后一拽，死死地把他控制住了。

一行三人来到警局之后，老王见那个“贼”眉清目秀，竟是个英俊的小伙子，心里更是不停地打鼓了——这是个帅哥啊，女的看了他动心也很正常啊！这时宋春娇发话了：“警察同志，我觉得这应该是个误会吧，这小伙子看着好像有点眼熟……”

浪漫求婚

老王一听气炸了，好家伙，这个时候了老婆还在护着他，看来是真有猫腻？他大声对警察说：“大晚上的，躲别人家床底下，这能是正经人干的事？警察同志，可千万别被他的可怜样给骗了！”

警察自然不会偏袒任何一方，经过反复讯问和耐心劝说，这个“入室贼”终于开了口。

这人叫刘永平，在一家IT公司工作。他在网上处了一个外市的女朋友晓萍。晓萍长得漂亮，身材高挑，性情温柔，善解人意。

晓萍说自己在一家投资公司上班，平时工作很忙，而刘永平的工作更是没有规律，因此处了两个月，他们才真正见了一次面。

上一次见面，刘永平请晓萍吃了一顿当地的特色菜，可是看得出来，并不太符合晓萍的口味。刘永平细问之下，才知道晓萍喜欢吃海鲜，最喜欢的一道菜是清蒸海鲈鱼。尽管没有吃好，晓萍也丝毫没有怨言。刘永平满怀歉意，想带她去买衣服，可是她说，现如今挣钱不容易，别大手大脚乱花钱，以后结了婚更要精打细算，勤俭持家。

刘永平感动极了。他自身的条

件很一般，这是几辈子修来的福分，遇到这么美丽温柔又善解人意的女朋友呢？

于是刘永平鼓起勇气向晓萍求婚，可是晓萍说最近业绩压力太大，等考核过了才能考虑结婚。在刘永平的追问之下，晓萍说，她们公司新推出一款投资产品，回报率很高，只是因为刚刚面市，认购的业绩迟迟完不成。刘永平听说这款产品的回报率竟然高达八个点，也觉得很不错，便把自己的所有积蓄，总共二十万都转给了晓萍，托她认购这款投资产品。

这之后，晓萍更加温柔了，面对刘永平的求婚，也不再躲闪，一口答应了下来。刘永平激动得无以复加，花两万块钱买了一枚钻戒，又订了本市最高档的海鲜酒楼，想给晓萍一个隆重的求婚仪式。

不过，刘永平听同事们说，现在的女孩子都喜欢浪漫，于是，他别出心裁地想把钻戒放到鱼肚子里。正好，他一个同事的哥哥姜大厨就是这家酒楼的厨师。刘永平把意思一说，姜大厨拍着胸脯保证：“放心，保证给你办得妥妥的！”

当天，刘永平捧着一大束玫瑰花早早来到了酒楼。他来到后厨，把钻戒交给了姜大厨。姜大厨翻出一条海鲈鱼，对他说：“这条鱼就是专为你留的，我在鱼头上开个花刀做好记号，这样就万无一失了。”然后，姜大厨当着刘永平的面，把钻戒放在鱼肚子里藏好。

阴差阳错

刘永平坐在桌边等着，畅想晓萍惊喜的样子。正是晚饭上客的时候，邻桌来了一桌客人，也点了清蒸海鲈鱼。

刘永平多了个心眼，等那桌上菜的时候，他仔细地看了看那条海

鲈鱼的头。一看不得了，那上面的花刀，不正是姜大厨当着他的面打上的吗？眼看客人们要动筷子了，刘永平连忙站起身跑到邻桌，说："各位，这条鱼有问题，后厨弄错了，现在得赶快拿回去重做，为了表示歉意，你们这桌的饭钱全免了，行吗？"

一听说饭钱免了，这桌客人没有二话，让刘永平把鱼端回了后厨。他窝着一肚子气去找姜大厨，可姜大厨不在，一个学徒说，经理刚才找姜大厨有事。

过了一会儿，姜大厨回来了，

听说那条鲈鱼已经被蒸好端上去了，他又是跟刘永平道歉，又是把学徒叫来训话。原来，学徒觉得清蒸海鲈鱼好做，想趁师傅回来之前露一手，这才把台面上的这条鱼蒸了上菜。姜大厨听说刘永平已经以免单的代价端回了鱼，便拍着胸脯说："是哥们考虑不周，这桌的单我包了，就当作哥哥给未来的弟妹一个见面礼。"说着，他把鱼郑重其事地放到一个角落里，免得再被人端去上菜。

总算是有惊无险，刘永平松了一口气。看看表，与晓萍约定的时间已经到了，她还没有出现，打电话也打不通。刘永平很着急，又想着自己是不是应该去车站接她呢？一想到这里，他坐不住了，打算去车站，可那枚钻戒还在鱼肚子里呢，算了，还是亲手交给她吧！于是，他又来到后厨，姜大厨忙得脚不沾地，这时候正值晚高峰的饭口，客人非常多，后厨异常忙碌。

刘永平找到姜大厨，说要把钻戒取出来，姜大厨冲着角落努努嘴："那盘鱼放在角落里，放心吧，上菜的人绝不会动那里的东西。"

刘永平奔过去一看，那里摆满了撤下来的饭菜，可是偏偏没有那条清蒸海鲈鱼。姜大厨到处打听才知道，可能是刚刚下班的宋春娇给拎走了。酒楼有规定，撤下的剩饭剩菜，可以让员工打包回家。

做“贼”心虚

好在姜大厨知道宋春娇的住址，刘永平立刻就打车来到宋春娇的家附近，想着等宋春娇一出现，他就上前说明情况。可是左等右等也不见人影，正在他无计可施的时候，宋春娇骑着电动车瞬间就闪了过去，他在后面喊了几声，可宋春娇有戴耳机听音乐的习惯，根本听不到有人叫自己。刘永平生性腼腆，跟在人家身后一直不知道如何开口，就这么着跟到了人家家门口。

刘永平一个愣神，看到宋春娇连大门都没关，就直接进厨房把那袋子菜放到台面上。他寻鱼心切，满脑子都是那枚钻戒，居然直愣愣地走进了房门。他刚一进门，宋春娇似乎想起自己忘了关门，便折回身去大门口。站在屋内的刘永平不知所措，一眼看过去只有大床底下能藏，便鬼使神差地躲了进去。

说到这里，刘永平再也忍不住，哭了起来：“哎呀，我的钻戒……”警方核实了刘永平的交代，证明他说的都是实话。尤其是姜大厨，胸脯拍得砰砰响，说都是自己的错，刘永平是个好人。

老王两口子听说了事情的原委，误会也解开了。老王看着老婆，心想：唉，这么好的老婆，自己在瞎想些啥呀！

入室的“贼”得到了清白，可另一个嫌疑人落入了警方的视线。此人正是刘永平的女朋友晓萍。那个所谓的投资产品已经被多人举报，涉嫌非法集资。通过刘永平提供的晓萍照片进行比对，警方发现，晓萍与之前多起“杀猪盘”网络诈骗的女方容貌一致。于是，警方多方侦查，严密布控，一举打掉了这个省内的诈骗团伙。

一个月后，刘永平又一次来到了公安局，摆在他面前的是二十万元现金和一份“晓萍”的口供。

刘永平没想到会是这样。那天之后，他给晓萍打电话再也打不通了，网上也无法联系，他心中虽然有所怀疑，但始终不愿相信，那么温柔漂亮、善解人意的女孩会是骗子。

刘永平失恋了，可追回了自己辛辛苦苦攒下的二十万元，还是值得高兴的。那一刻，他突然觉得自己并不委屈，算是因祸得福吧！

（发稿编辑：孟文玉）

（题图、插图：佐　夫）

失物招领

□黄超鹏

陆晓是一名公交车司机。这天晚上，他正开着末班车。车上人不多，车从起始站刚开出没几站，有位老人扶着扶手上前来，踱到驾驶位旁边，对陆晓说："师傅，我刚在座位下捡到一个钱包，问了车上的乘客，都说不是他们丢的。你看，是交给你，还是……"

陆晓专心开着车，头都没回，他瞥了一眼后视镜里的老人，不耐烦地说："您老先坐好，站着不安全，再说我正开车呢！捡到钱，可以交给警察嘛，或者跟我到终点站上交。那里有个失物招领登记处，不过，到终点站还得坐十几站。"

其实，在公交车上捡到钱，交给司机也可以。陆晓这是嫌麻烦，回去还得登记，如果找不到失主或东西太贵重，有时还得查视频或报警处理，十分耽误工夫。

老人眉头皱了一下，欲言又止。陆晓马上又说道："您先回座位坐下，安全第一。"

老人只好听话地坐了回去。很快，车子靠站了，老人突然站起来下了车。呵，下了车，就不关我的事了。陆晓看在眼里，松了口气。

哼着歌儿，陆晓一路开着车到了终点站。停好车，他刚准备休息一会儿，摸了下口袋，忽然暗叫一声"坏了"，原本放在自己裤袋里

的钱包不翼而飞！

陆晓额头急出汗来，立马回车上找了一圈，一无所获。他突然想到刚才那位老人捡到的钱包，可能正是自己的呀！他忙打开监控视频查看，果然看到发车时，自己从后门上车，掏车钥匙的时候，没注意把钱包从口袋里扯了出来，掉在了靠近后门的座位底下。

这下，陆晓傻眼了，虽然说钱包里没什么证件，只有几百块钱，但那个钱包是新认识的女朋友刚送给自己的，特别重要。他不禁想，老人刚才半路就下车了，是不是临时反悔，不打算交公了？

陆晓后悔极了，他担心就算把情况上报，领导看了监控视频，也会发现是他自己拒绝老人上交失物的。到时候，领导非但不会同情他的损失，还会责怪他不尽职呢！

陆晓估摸着老人应该是附近几条公交线的常客，于是他偷偷拍下视频里老人的样子，发到几个司机的私聊群里，请大家帮忙留意。

第二天，陆晓轮班休息，同事小李给他打来电话，说他要找的那位老人刚上了自己的车。小李还特意问了，知道老人要在哪儿下车。

陆晓一听，急忙拦了一辆出租车，心急火燎地赶到老人要下车的站点等候。不一会儿，公交车到了，老人果真下车了。陆晓一个箭步上前，拦住老人，问道："大爷，您还记得我吗？"

老人看了看陆晓，一脸茫然。

陆晓说："不记得我没关系，您昨天是不是在公交车上捡到一个钱包，我就是那趟车的司机。"

老人点了点头，陆晓赶紧问："钱包还在您这里吗？"老人说："钱包？我交到站点了。"

陆晓一听，在心里"嗤"了一声，暗想老人一定在说假话，八成把钱昧下了。陆晓说："我看不是吧，我问过站点的人，昨天根本没人去上交失物。实话跟您说，那钱包是我丢的，您如果现在还给我，我就不追究，不然……"

老人也急了，说："真交了，不信，你可以打电话问问站点的人，他们还说，我本可以把失物交给司机，根本不用特地跑一趟。"

陆晓脸上红一阵白一阵，他说："得，我现在就打电话，要是没有，我就报警了。"他掏出手机正要拨打，电话铃却响了。

来电话的正是公交站点的同事。同事说，昨晚有位乘客反映在陆晓驾驶的公交线路上捡到一个钱包，可一直没有失主来认领，所以

想跟他再确认一下情况。

陆晓挂上电话，不知道该说啥了，看来老人没有说谎。

老人笑道："怎么样，放心了吧？"

"您真的去了站点上交失物，可您昨天为什么半路下车呢？"

"哦，去终点站是个法子，但我想啊，我捡到钱包时，问过车上的乘客，他们都不是失主。显然，失主已经下车了，而当时车子刚开出始发站不久，所以我猜失主发现丢了钱包，多半会先回到就近的始发站去寻找……于是我就下车，到对面坐公交车回到始发站……"

陆晓恍然大悟，脸更红了。

老人看了看他，温和地笑道："既然钱包是你丢的，那赶紧回去认领吧！孩子，多做有心人，相信回报你的，总有惊喜。"

陆晓重重地朝老人鞠了一躬，仿佛找回了比钱包更重要的东西。

（发稿编辑：丁娴瑶）

（题图、插图：豆　薇）

·本刊信息传真·

阿P系列幽默故事征文

阿P系列幽默故事栏目开辟二十多年来，深受读者欢迎。为了把这个栏目办得更好，本刊再次面向全社会征稿，希望有更多的人来关注阿P，把您身边的阿P故事写得更精彩，更有现实意义和典型意义。

来稿方法：1. 从邮局寄发，请在信封上注明"阿P故事征文"字样，本刊地址：上海市闵行区号景路159弄A座308室《故事会》杂志社，邮编：201101。2. 从网上传递，可寄至编辑部信箱：lujia411@126.com，请在主题上注明"阿P故事征文"字样。

锯了嘴的葫芦

□童树梅

麦收季节到了，以往这时候，最抢手的便是壮劳力，大伙得请壮劳力帮着割麦子啊！现在农业机械化了，不用人工，因此最抢手的变成了收割机，跟人工相比，收割机又快又省力，还省钱，一时间大伙抢着跟开收割机的人预订。

可是，当田野里收割机“轰轰”作响的时候，有一块田却与众不同，竟然依旧是人工收割。大伙远远一瞧，有两个大男人正埋头割着麦子，这情景一下子像是回到了好多年前。

大伙惊讶极了，走过去一看，只见埋头挥动镰刀的是韩海山和胡义彪。胡义彪人高马大，大伙都叫他“大胡”。这一看，大伙也认出来了，这块田是韩海山家的。

有人忍不住问：“我说二位，你们捣什么鬼呢？好好的收割机不用，用人工割，这是有多闲啊？”

一听这话，韩海山直起腰，擦擦满脸的汗水，不屑地说：“你们懂什么？只晓得喊机器割，你们倒是省力了，可机器割，一是收不干净，二是机器一启动就黑烟直冒，对空气有污染，时间一长，咱这乡村就不美了，懂不懂？”

大伙一听都“哈哈”大笑，其中一个说：“机器收割是会碰掉一些麦穗，可又能有多少？你请大胡来割，只怕工钱远远超过了那些掉落的麦穗吧？还有，这么广阔的天

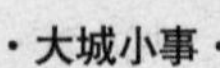

空，这些黑烟又能污染多少？”

韩海山一听更加不屑了：“你们这些人吧，头发不长，见识更短，要知道污染就是这么一点一滴积下的。还有，现在人为什么这病那病的？就是因为太贪图享受了，一点力都不肯出，而割麦子是多好的运动啊！大胡，你说是不是？”

大胡一直埋头割麦子，听到韩海山指名道姓叫他，只好抬起头，擦把汗，憨憨一笑。

听到这里，大伙也开始议论起来：“这倒是，我们这些人确实越来越懒、越来越胖了。现在好多人甭说割麦子，就连弯下腰都吃力，长此以往只怕不是好事。”

接下来的好多天，在大伙的议论声中，韩海山一直请大胡给自己家割麦子。不仅如此，韩海山老丈人家、舅舅家、姨娘家的麦子也都请大胡割了。见韩海山这样，一些田块面积小、不值得请收割机的人家，或是没轮上收割机的人家，也受他影响，纷纷来请大胡割麦子。大胡确实是做农活的一把好手，经他收割的麦田，清清爽爽、颗粒归仓，大伙相当乐意请他。一时间人工割麦同收割机一样，也忙了个热火朝天，以至于大伙都说，这不是时光倒流了吗？

一晃冬天到了，按惯例家家户户得磨面粉、米粉，面粉是蒸馒头、包饺子用的，米粉是蒸米糕、做米饼米线用的。时代再发展，美食永远是人们心头的挚爱，越是久远、具有传统风味的美食越是令人回味。乡村以前全是用石磨磨粉，现在跟收割机进入农田作业一样，人工石磨也慢慢退出了历史舞台，小电磨得以风靡起来。

只有韩海山愁死了，因为他家的石磨、石杵闲下来了。村子在辽阔的平原上，没有山没有石头，全村唯一的石磨、石杵就在韩海山家，小麦和米用石磨磨碎后，再用石杵舂，那叫一个香、黏、筋道！这两样还是韩海山爷爷年轻时开大船走南闯北带回来的，从此成了全村人的宝贝，过年时家家户户都用得着。韩海山有的是力气，帮着人家磨、舂，适当收一点费用，过年前忙上一段时间，收入相当可观。

可是，今年冬天没人来用石磨石杵了。有人家里置办了电磨，那玩意儿一摁开关就“呼啦啦”转起来，比石磨快多了，还省力，价格却差不多，大伙全到那户人家磨去了。

韩海山一时间愁得没法子，原

因是他家正需要用钱。老娘两个月前生了场大病，韩海山和老婆只得守在家里服侍老娘，没法出去打工，家里收入锐减。本指望过年前靠石磨赚一笔的，现在也泡汤了。

这天一早，有人在门口大声叫嚷：“海山，在家吗？我来磨面了。”

韩海山一惊，出来一看，却是大胡两口子，他们还推着一辆独轮车，车上是满满几口袋小麦。韩海山一时反应不过来，结结巴巴地说：“这个、这个……”

大胡大声说道：“怎么着，海山，我来磨面，你不乐意吗？”

韩海山老婆先反应过来，高兴地叫道：“当然乐意了，哪有把人往外推的道理呢？”

这么着，四个人立即忙活起来。先把落了一层灰的石磨石杵清洗干净，然后两个女人往石磨的眼子里放麦子，两个大男人再合力转动石磨，一时间，久违的“呼呼”声响了起来。

这一响可就惊动了左邻右舍，个个都来瞧稀奇。大伙说说笑笑，有人忍不住说道：“海山，不是我存心来砸你场子，有句话实在不说不痛快。大胡，现在都用电磨磨粉，又快又省力，还省钱，你这是开历史倒车吗？”

大胡一听不乐意了，歪歪嘴，说道：“你这叫啥话？这叫开历史倒车吗？我呸！你们那叫不会享受，只会快餐化生活。”

大伙一听都笑了，那人还取笑道：“哟，大胡出去打了几个月工，都会说文词儿了。”

大胡却一本正经地说：“我像

在说笑话吗？我问你，电磨的确是快，可磨出来的粉吃在嘴里感觉怎么样？赶得上这人工磨的筋道吗？我们的生活这么匆忙，连口好吃的都没心情弄，真有意思吗？人活着到底图个啥呢？”大胡这样一说，像是点中了众人的穴位，个个不吱声了。

大胡又说：“还有，用电磨的话，我和海山两家四口人能聚到一起说说笑笑吗？过年图的又是什么？就是这份热闹、这份情谊，现在大伙都说过年没有年味，实际上还不是我们自找的？人人图省事，人人躲在屋里不跟人接触，年味当然淡了。各位，这样的石磨石杵，依我看，也叫乡村民俗文化，是不是？”

有人小声说：“还真是这个理，连口吃的都随便应付，那活着还有个什么劲儿？得，我也回家扛麦子去！海山，我先排个队，下一家就轮到我，好不好？”

韩海山颤着声儿答应了。

大伙争先恐后地嚷起来：“海山，再下家是我，我家也要磨！”

这时，有个老头突然一脸怒气地大叫大喊起来，大伙先一惊，以为发生了什么事，再一听，乐了。老人喊的是：“就是嘛，我说要到这儿磨，我儿子偏说电磨快，那粉吃到嘴里半分劲儿也没有，还像过年吗？海山，下家是我！”

这么着，众人一哄而散，个个回家扛麦子扛米去了。

过了一会儿，大胡两口子磨好了粉。两个男人用力握了握手，相视一笑，转身各自走开。

回家的路上，大胡老婆瞧四下没人，小声说：“大胡，海山家里暂时困难，我们特地到他家磨粉，实则是找借口帮他一把的，可你瞧他，连句客气话也不说。”

大胡一摆手，开腔了：“不是这样的，海山心里有数，只是嘴上不说而已，我懂他的。还记得海山请我割麦子的事吗？那时候家里困难，你生病，我没法出去打工，闺女上大学，得按月给她寄钱，那个难啊！就在这时，海山上门请我割麦子，还把他老丈人、舅舅、姨家的田让我割，引得好多人来请我割，这才让我们渡过了难关。难道海山真的非得请我不可吗？不是的，他也是变着法儿帮我……人和人之间，不就是这样的吗？”

大胡老婆愣愣地听着，末了敬佩地看着大胡，说：“你们这些锯了嘴的闷葫芦啊，我算是服了……”

（发稿编辑：曹晴雯）

（题图、插图：张恩卫）

河东河西

□任黎明

杨柳镇的镇口有家茶馆，跑堂的叫史小二。史小二背地里喜欢偷鸡摸狗，对杨柳镇各个村子的情况了如指掌。

今天，小河村有一家人娶儿媳妇，中午在镇上办酒席，史小二也想去凑热闹。

上午十点，茶馆里来了一个人，史小二认识，这人叫刘有余，住在小河村河西。刘有余家条件一直不咋的，儿子刘丰在外面混得也不如意，好几年没见刘丰回家。

刘有余平时几乎不来茶馆，今天却西装革履，容光焕发。他让史小二上茶，又买了半斤瓜子配茶。

史小二问："有余叔，这么早就来吃席了？"正问着，茶馆里又来了一个人，这人也是小河村的，住河东，叫孙大民。他家和刘有余家隔河而居，两个人从年轻时就喜欢互相较劲。

刘有余见孙大民进来，提高嗓门回答："吃席是其次，主要是等我家刘丰，他要回来跟我们一起过年。这娃有志气，说要混出个样儿才回来，今年当上经理了，在城里也买了房，就想着回来看看。"

史小二知道，刘有余这话是说给孙大民听的。前几年，他儿子孙小民开了公司，发达了，为父亲修了房子，买了车。孙家有钱后，成天有人上他们家唠嗑。史小二也去

过孙大民家，不过是晚上悄悄潜进去的。他不费吹灰之力，偷到了五千块钱和一块手表。去年，孙大民说儿子公司破产，欠了一屁股外债。孙家门口变得冷清起来，史小二也没再去过他们家。

史小二正要招呼孙大民，刘有余却抢先了，说："大民哥，我请你喝茶。小二子，再加一杯茶！"

孙大民显然没想到刘有余如此热情，他从包里掏出烟，取了两支出来，却被刘有余一把按住。

刘有余一笑，说："抽我的！"说完掏出一包中华，往桌上一扔。

孙大民堆起笑，说："好烟，看来刘丰确实有出息了。有余，你有好日子过了！我就不如你了……"

刘有余笑眯眯地说："三十年河东，三十年河西。说不定你家小民过几年又翻身了呢？"

史小二看得出来，孙大民不愿意跟刘有余坐在一张桌子上，他勉强喝了两口茶，借故离开了。

孙大民离开后，刘有余马上打电话给儿子。史小二隐隐听见，刘有余让儿子一定要坐小车回来。

到了中午，一辆新崭崭的宝马停在了茶馆门口，车上坐着刘丰和司机。刘有余丢开茶碗跑过去，大声说："咱往前开两百米，直接开到酒席那去。"

刘有余走后，史小二关了茶馆，主动到请客的饭馆去帮忙。他见刘有余站在车前，乐呵呵地拉着刘丰，在一群乡亲们面前高谈阔论。

酒席开始，刘有余故意拉着刘丰坐到孙大民旁边。他意气风发，让刘丰给孙大民敬酒，孙大民礼节性地应付着。

酒席吃了一半，孙小民回来了，他是步行来的。刘有余见到他就热情地拉他坐下，问："小民，你坐啥车回来的？"孙小民说："叔，我坐的大巴车。"刘有余拍拍他的肩大声说："哎呀，早知道让刘丰把你载回来了！"

整个酒席宴上，刘有余都在高谈阔论。孙大民父子一言不发，只顾埋头吃饭。

吃完酒席该赶礼。杨柳镇赶礼还保留着以前的规矩，礼金由"账房先生"公开记录在一个大本子上，谁送多少一目了然。农村人大都图个热闹，一般也就赶个百来块钱。前几年孙大民家有钱，每次都会赶个八百。去年开始，他的标准一落千丈，只赶一百了。刘有余看他父子俩今天还是赶一百，赶紧把刘丰拉过去，放了一沓钞票在桌子上，说："刘丰随礼一千！"

围着的乡亲们发出了一片赞叹，史小二也夹杂在人群里，一直关注着刘有余父子。赶完礼，刘有余让刘丰的司机送乡亲们回村，孙小民则拉着父亲，准备走回去。

刘有余故意对他们的背影喊："大民哥，要不要坐我们的车？"

根据史小二的观察，刘家绝对是发达了。他决定晚上去一趟，给自己发个"年终奖"。

晚上十二点，史小二悄悄来到了小河村。谁知刘家父子还没睡，在偏屋喝酒，史小二只好躲在后墙外等着。

刘有余端起酒杯，对刘丰说："儿子，喝一个。你今天给我增光了，看看孙家父子那灰溜溜的表情，真解气！以前他可没少在我面前炫耀，咱今天算是'报大仇'了！"

刘丰叹口气，说："爹，我虽然升了经理，但只是虚名。房子刚付了首付，还欠着银行不少钱哩。"

"你看今天那车，多少人羡慕？谁会怀疑那不是你的车？赶礼一千，谁知道你存折上有多少钱？但大家都会高看我们……"

父子俩还在聊，史小二蹲不住了。原来这小子没钱！他不甘心，见父子俩都喝得醉醺醺的，刘丰房间门又开着，他大着胆子溜了进去。

史小二把目光落在了刘丰的行李箱上。他打开行李箱，里面只有几件换洗衣服和几包廉价烟。

"去你的！"史小二怒不可遏，把烟往地上狠狠一丢。响动惊醒了隔壁房的刘丰娘，她看见儿子房里有陌生人，大声叫道："抓贼呀！"

史小二慌忙翻过院墙，顺着小桥跑到了河东。他看见刘家父子拿着手电筒追了出来，情急之下，翻进了孙家的院子里。

孙家父子被外面的喊声惊醒了，孙大民把门打开一条缝看了看，似乎很高兴，对儿子说："是刘丰家，你别出去，咱假装睡着了。"

史小二松了一口气，可他此时也没法脱身，因为孙家父子被吵醒后，爷儿俩坐在院子里的躺椅上聊起了天。

孙大民问儿子："你说新买了辆车，是啥车？跟刘丰的比咋样？"

孙小民笑了，说："爸，老实告诉你吧，他那辆车其实是我的。"

孙大民吓了一跳，史小二听后也吃了一惊。他侧着耳朵听孙小民跟父亲讲来龙去脉。

孙小民今年生意不错，买了一辆新车，新聘了一位司机。他把车开到县城时，见刘丰在路边要租车，正跟一位司机讨价还价，孙小民想顺道把他捎回村里。就在这时，父亲给他打来了电话。孙大民听说他开新车回来，立刻让孙小民下车，坐大巴回家。孙小民看刘丰为了省一点钱跟司机磨叽了半天，下车后，他让自己的司机主动去揽刘丰，价钱好说。

"爹，我搞不懂，咱为啥装穷？你瞧今天刘家嘚瑟成什么样了！"孙小民问。

孙大民哈哈大笑，说："看他今天风光，以后够他受的。今年过年，村里还有四五家要办喜事，他今天给了一千，后面怎么能少于这个数？十里八乡的沾亲带故，有事都会来找他，看他要出多少血……还有，你瞧瞧，他家已经被小偷惦记上了，以后的日子只怕要不得安宁喽！"

孙小民说："明白了，这都是爹以前经历过的，对吧？我还记得我们家被贼偷的事呢。"

孙大民说："是啊，前几年刘家忌妒我有钱，他哪知有钱人的烦恼。一想到他以后要面对的糟心事，就觉得大快人心！儿子，这一年多我装穷，日子过得清净多了！"

躲在暗处的史小二目瞪口呆。很快他又心花怒放，原来今晚自己没有白跑一趟，有钱的主儿在这里！见爷儿俩聊得高兴，史小二溜进了孙大民的卧室，他拉开抽屉，抽屉里放着厚厚几捆钞票。

"哇！"史小二高兴极了，他心跳加速，眼睛放光，忍不住发出了一声惊呼。他刚把钞票塞进衣兜，一回头就发现大事不妙，只见孙大民和孙小民堵在了门口……

（发稿编辑：陶云韫）

（题图、插图：陶　健）

白发变银子

□刘建平

从前，在顺德府沙河县褡裢村，住着一个不孝子，叫龚成。

他有多不孝呢？大冬天的，龚成把白发老娘赶到村外的山洞住。送老娘出门时，他推着羊角车，一边坐着老娘，一边压着半布袋麦粒。走到山洞时，羊角车突然翻了，老娘摔倒在地上。老娘老眼昏花，但也看到半布袋麦粒漏没了，她心疼地说："儿啊，麦子怎么撒了？"

其实，布袋是龚成故意捅漏的，他故作惊讶地说："娘啊，布袋漏了你怎么不早说？这是你一冬天的口粮哪。这下好了，你吃什么呀？算了，自己想办法吧！"

龚成推着车，头也不回地走了。老娘哭着往回挪，一颗一颗地把麦粒捡起来。接着，她只能在山洞里煮麦粒挨日子。

这天，龚成去了趟山洞，看看老娘是不是差不多了。老娘看到儿子，气若游丝地说："你这么对我，小心老了遭报应……"龚成听了，非常生气，摇着老娘的肩膀喊："娘啊，你怎么诅咒你的儿？你不能留下金子银子，也说句吉利话呀！"

老娘被晃得头昏脑涨，她无奈地睁开眼，说："我愿你以后每白一根头发，就能变成银子，保你有口吃的……”

龚成听了很高兴，白发变银子，但愿老娘的祝福能成真。

老娘去世后，被龚成草草安葬。左邻右舍都戳他脊梁骨，可龚成才不在乎呢！

转眼间过了二十年，龚成岁数大了，头发也都白了。龚成有两个儿子，一个叫龚大，一个叫龚小弟。谈怎么养老爹的时候，两人谈不拢了。

这天，龚小弟把龚成推上一人多高的墙头，对哥哥说：“咱们赌一把，一把定输赢。老头儿掉到谁那边，谁就为他养老送终！”

龚成端坐墙头，心说：两个傻瓜要是知道我的白头发是银子，恐怕都得抢着给我养老哩！谁要是把我接回家，我就悄悄告诉他这个秘密！

只见龚小弟捡起一根粗棍子，使劲捅龚成，想把龚成捅到龚大那边。龚大一看龚成往这边歪，扭头看见墙角倚着一把粪叉，飞快地抓到手中，“呀”的一声，扬起叉尖冲着龚成扎了过去。

这一叉要是中了，能在身上扎出三个窟窿眼！龚成吓得脸色煞白，立马推开粗棍子扑到了龚小弟身上。龚小弟把龚成从身上推开，气得鼻子都歪了。

龚成跟着小儿子回了家，龚小弟坐在一边生闷气。龚成说：“儿子，别发火也别发愁，爹让你看一样东西……”

接着，龚成拔下一根白发，对龚小弟说：“这可不是普通的白头发，这是银子！”龚小弟以为龚成开玩笑，待仔细一看，不由得大吃一惊：“那你头上其他的白发呢？”

龚成笑嘻嘻地指着自己的满头白发，说：“你仔细看看！”

龚小弟激动得手直发抖：“我的亲爹呀，以前从来没注意，你的白头发竟是这么好成色的银子！这满头白发每两个月长一寸，剪下来差不多就是一两银子，我每年能攒五两银子，几年就能盖上新房啦！”龚小弟对龚成立马笑脸相迎。

天下没有不漏风的墙，两个月后，龚大也知道了白发变银子的事儿。他擂门进了龚小弟家，要求共同赡养龚成。龚小弟当然不同意：“咱们一赌已定输赢，由我独自管咱爹养老，跟你已经没有任何瓜葛了。你现在是病好郎中到——晚了！”

龚大怒道：“你若不同意，咱就来硬的！”说着，他撸起袖子就要动手。龚小弟不是对手，心里快速盘算道：好汉不吃眼前亏。老头儿若是被他抢走，以后我是一点儿便宜占不着，不如让他一回。于是龚小弟笑着说："既然咱们都争着赡养爹，那就轮着来，每人一个月，怎么样？"

龚大断然说道："每人三个月，再少不行！三个月后，你来我家接爹，就这样定死了。"

说着，龚大领着爹走了。龚成临走时，不忘回头对龚小弟喊："老二，三个月后，爹回你这边啊！"他很开心，老娘当年真是给自己办了一件大好事！

不想，龚大对龚成并不客气，他没有好脸色，一心只盯着老爹的白发。到了三个月，龚大找来一把剃头刀，"噌噌噌"给龚成剃了个光头。龚小弟来接龚成，一看龚成亮堂堂的脑袋，气得跳了起来："你怎么给爹剃光头？"

龚大不以为意地说："省得你再给爹剃头，不好吗？"

两兄弟为此吵了一架，谁知龚大把爹拽回了家，任凭龚小弟喊破喉咙、擂坏大门，龚大就是不肯再露面了。

龚小弟气得脸色发青，立马跑到县衙击鼓鸣冤，告龚大独占亲爹。

现任陈知县是个贪官，料想这案子榨不出什么油水，便吩咐师爷："兄弟俩互相推诿、弃养老人的案子多如牛毛，抢着赡养老人的还是头一遭听说。你们问问去，为什么抢着赡养。如果真是父子情深，褒扬一下，让他们轮着来就行了。"

过了许久，师爷满面红光地跑回来了，回禀道："老爷，击鼓的是褡裢村村民龚小弟。刚才把龚大唤来对质，兄弟俩根本不是什么父子情深，是为了他们爹龚成的白头发。那不是普通的白头发，而是上等成色的白银！头皮上面长白银，这可是只赚不赔的买卖。"

陈知县眼珠子一转，立马升堂受理，问明情况，把龚家兄弟俩狠狠地教训一顿，最后不容分辩地说："你们兄弟以后不用赡养老人了，今天开始，龚成进入养济院养老。"

不容兄弟二人分辩，龚成就被接进了县里的养济院。龚成终于扬眉吐气："俩大傻瓜，我这一头银发供着你们，你们都不知道珍惜。不好好养爹，有人替你们养。爹享福去喽！"

陈知县把龚成放进养济院，当然不是让他享福，而是为了龚成的银发。陈知县派专人盯着龚成，定期给他理发。之后，会有人将头发熔成银锭，送到陈知县手里。

衙门里办事的人、养济院的人都知道龚成头上有银子，都来看热闹。看着看着就眼热心跳，谁都想揩油，顺手弄走点儿银子。趁着龚成不注意，你薅几根，他薅几根……

时间长了，龚成的脑袋竟慢慢秃了。

陈知县收到的银子越来越少，起了疑心，带着师爷去了养济院。他一看龚成的脑袋上七零八落飘着的银发，知道没多少好处了，私下里吩咐师爷："放他回家，剩下那几绺银发，你们看着办吧！"

师爷毫不客气，着人立即将龚成赶出了养济院："养济院养得了你一时，养不了你一世，你有俩儿子，找你儿子养老去吧！"在推搡中，衙役把龚成最后的几根银发连根拔起，龚成的头发彻底没了。

龚成失魂落魄地回到村里，想想以前龚大竟然用粪叉扎自己，还把自己剃成光头，多狠的心哪！也就老二对自己有过笑脸，让自己吃过几天好吃的。于是，他先到龚小弟家敲门。龚小弟开门一看是秃头龚成，脸色顿时大变，"砰"的一声关上了门。

龚成叹口气，摇着头走开了："老二这样，老大那儿就别去碰钉子了。老话说得没错，孝顺还生孝顺儿，忤逆还生忤逆子。我是自作自受了，还痴心想着靠银头发养老，真是个笑话……"

此时正值大冬天，天寒地冻，没处躲风雪。龚成没办法，只得去了当年老娘待过的山洞。

龚成在洞里又饿又冷，没多久就要昏迷了。这时，龚成蒙眬中看到有人推着一辆羊角车"吱呀吱呀"进了山洞，他睁眼一看，那人是龚大，羊角车上压着半布袋粮食。

龚成激动地说："儿啊，你给我送粮食来了？就冲这个，你比我

变成银子的事儿，他早就发现了，只是不说而已。

分家时，龚小弟不想赡养龚成，龚大也故意不赡养，用粪叉把龚成吓到了龚小弟那边。龚小弟长时间不推龚成出门，龚大就知道龚成用银发吸引住了龚小弟。于是他也上门要求赡养，还把龚成的银发剃得干干净净，让龚小弟无利可图。本意也是让龚成看清，靠银子换不来孩子的真心。没想到龚小弟闹到了衙门，陈知县把龚成抢到了养济院。等龚成被赶出养济院，龚大看到老爹独自去了山洞，他就回家推上羊角车，来山洞接老爹回家……

龚大一边扶着龚成上车，一边说："以前在家剃下来的银头发，我都给您留着呢。从今往后，我来给您养老。"

龚成坐在回家的羊角车上，愧恨交织，嘴里一遍又一遍地轻轻念叨："娘，儿子知错了，知错了……"

强！但我不需要了，我当年对你奶奶不好，让她老人家饿死在这里，活该我也是这样的结果。"说着，龚成眼泪顺着眼角流了下去。

龚大跪在龚成身边，哭着说："爹，那粮食是压车用的，今天我是接您回家的……"

在龚成的惊愕中，龚大说出了一段隐情。

原来，龚大比龚小弟大几岁，对家里的事儿都留意，龚成的不孝，他都看在眼里。他对奶奶感情深厚，可年幼的他对龚成的不孝无能为力。看着龚成饿死奶奶，他下定决心，长大后一定让龚成尝尝孩子们不孝的滋味。龚成老了，白头发

（发稿编辑：陶云韫）

（题图、插图：谢　颖）

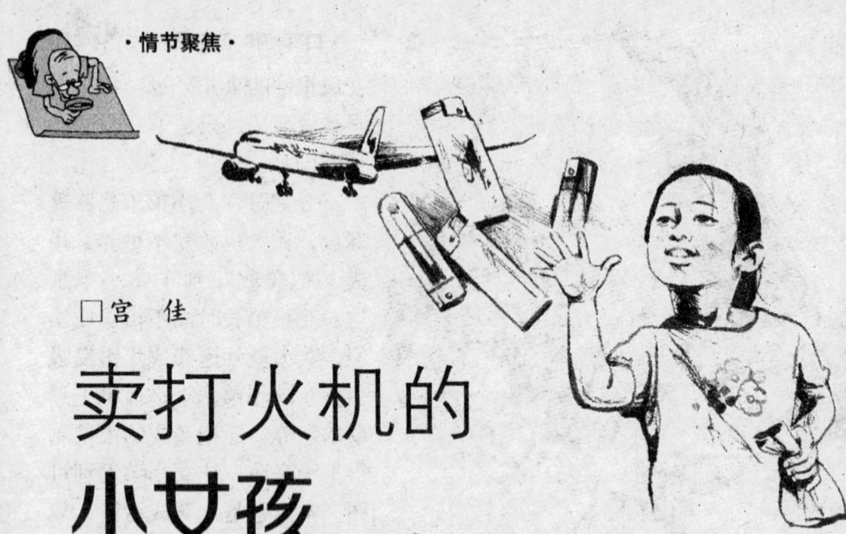

□宫　佳

卖打火机的小女孩

小佳是一名业务员，经常去外地出差。最近，因为要谈一项新业务，小佳要到一座陌生的城市出差。

凌晨一点多，小佳下了飞机，整个人迷迷糊糊的。她随着人流走出机场的出口，进入一个通道。小佳要在那里等出租车，去市区。

在拐弯处，小佳看到一个女孩，她的左手伸得笔直，右手握着几个打火机，打火机稳稳地立在左手手心上。女孩一看到小佳，就上前问："您好，您需要打火机吗？"

小佳心想，这个女孩真有做生意的头脑啊！坐过飞机的人都知道，飞机上不能带打火机，这可憋坏了那些有烟瘾的人。于是很多人一下飞机，就想着过过烟瘾，想过过烟瘾，就得有一个救急的打火机！可惜小佳没这爱好。

小佳又看了一眼女孩，她有点害羞，目光一跳，并不跟小佳对视，她的眼皮垂下来，只是看着自己的脚尖，很专注的样子。可是那双手，仍然以一个不变的姿势，执着地举在胸前。

小佳想了想，最近老是飞来飞去地谈业务，睡眠质量很差，行李箱里有一个助眠的小熏香炉，正好缺一个打火机呢！于是小佳问女孩："一个打火机多少钱？"

"不贵，也就两元。"

在这个过程中，女孩的头依然低着，一直看着脚尖，可是她的声音又清脆又响亮。小佳付了钱，随意地从女孩手里抽出一个打火机，然后在机场保安的指引下，匆匆地坐上出租车，走了。

不久，小佳第二次来这座城市，下飞机已经晚上十一点多了，她又在机场出口看到了那个女孩，女孩正热情地向一个个走过的人兜售打火机。有的人摇摇头走了；有的人付钱买了一个打火机，也匆匆走开了；还有的人干脆绕道避开她……

女孩又一次站到小佳的面前，看样子，她已经不记得小佳了。这一次，小佳心里生出一些疑惑。小佳想不明白，这么大的孩子，应该快上高中了吧？她执着地守在机场出口，就为赚几个零花钱吗？小佳本想开导开导她，这个时候应该在家里睡觉。睡一个好觉，好好地上学，比赚这几个零花钱重要得多。可转念一想，自己和女孩萍水相逢，凭什么说人家呀？于是，尽管有一肚子的话，小佳还是面无表情地从女孩身旁经过，好像她不存在一样。本以为女孩会觉得难堪，可她脸上竟没有一丝波澜，转身就向另一个旅客兜售打火机。

几天后，小佳又来到这座城市，走出机场出口，那女孩还在。一个保安恰巧从小佳身边经过，小佳就问："那女孩怎么一直在这卖打火机？我遇见过她好几次了。"

保安说："这孩子有心劲儿，她养父母条件不好，她眼睛有毛病，动手术要花一大笔钱呢！她想靠自己卖打火机攒钱，不想拖累养父母。"

小佳惊呆了，怪不得女孩跟自己说话时，老是低着头呢！她又问："她为什么要在夜里卖打火机呢？她可以白天来卖呀！"

"因为白天这里还有两个女人卖打火机，她不想跟那两个女人抢生意，所以就夜里来。"

小佳心里涌出一股复杂的情绪。她从包里掏出一个记事本，在上面写了几行字，撕下来递给保安："麻烦您把这个给那个女孩。这是我在本地的几个客户，他们都是开超市的，让这个女孩明天联系他们。"

保安捏着纸条："您贵姓？我得跟小丫头有个交代呀！"

小佳摆了摆手，转身上了出租车……

（发稿编辑：曹晴雯）

（题图：张恩卫）

获奖

□姜笑澜

最近县里出了个新闻——艺术学校的两名女生在国际知名的赛事上分别拿下了钢琴新人奖和油画新人奖。其中一名女生演奏的钢琴曲《匈牙利狂想曲》，据说出神入化，令评委们赞不绝口；另一名女生的参赛油画《窗台上的月亮》构思奇特，意境悠远，备受热捧。

省教育杂志社的蒋记者来学校采访这两名女生，校长热情地接待了他。两人先来到琴房，琴房里，一个女生正面对着钢琴和乐谱发呆。校长请蒋记者在这里等他，他去寻找另一名女生。

“很小就开始学习钢琴了吧？”蒋记者开门见山地开始了访谈，同时打量女生：乌黑的卷发，清秀的面孔，略显忧郁而坚毅的神情……也许，这就是未来的钢琴家？蒋记者仿佛听到《匈牙利狂想曲》从她修长有力的手指间排山倒海般涌出……

“三岁吧，或许是四岁……”女生满不在乎，“事实上，我并不热爱钢琴……”

“哦？”蒋记者有些奇怪，“那你怎么能坚持这么多年？”

“因为父亲。”女生调皮地撇了撇嘴，“因为他有一个当钢琴家的梦想——他年轻的时候就想成为钢琴家，却最终一事无成。

“为了父亲的梦想，我不像别的孩子一样拥有愉快的童年。每天，我在钢琴边度过至少五小时……

考过了一级又一级，比赛了一次又一次。但其实，我并不懂得钢琴是怎么一回事。我只知道，当别的孩子在玩游戏的时候，在睡懒觉的时候，在吃零食的时候，我总是在弹琴——可是，我热爱的却是画画，关于画画……”

“不！”蒋记者打断了她，“我们谈的是钢琴，不是画画……”

“哦，钢琴！那好吧。或许你不知道，这是一个痛苦的过程。我练熟了无数曲子，学会了各种各样的技巧，最终却成了一个弹琴的机器。只有当我拿起画笔的时候，我才找回真正的自己，我总是激情澎湃……”

“画笔？”“是的。”女生滔滔不绝地说下去，“我几乎把所有学习和弹琴之余的时间都用在画画上。无数个宁静的夜晚，我独自坐在卧室的窗前，对着月亮画画。啊，那是多么美妙的时光！月亮，我最好的朋友，她总是如约而至，带给我无穷的想象……”女生完全沉浸在自己的讲述里。

蒋记者忍不住叫起来：“可是，带给你了不起的荣誉的，是钢琴啊！”

“呵呵，你弄错了。”那女生突然笑起来，“我不是获得钢琴新人奖的女生，我是获得油画新人奖的女生——《窗台上的月亮》的作者。”什么？蒋记者惊讶得张大了嘴。

此时，校长已经站在琴房门口，身边还站着另外一个背着画夹的女生。

钢琴边的女生指着背画夹的女生，笑道：“她才是钢琴新人奖的获得者。她是我的妹妹，她喜欢钢琴，可是妈妈却要求她从小学画画……”

“真是一件有趣的事儿。”校长尴尬地笑着解释，“钢琴班的女生得了油画大奖，美术班的女生却得了钢琴大奖……”

“这或许比获奖本身更有意思！”蒋记者微笑着，对接下来的访谈兴致盎然……

（**发稿编辑**：吕　佳）

（**题图**：佐　夫）

您手中有没有得意之作？本刊辟有二十多个原创性栏目，如新传说、我的故事和中篇故事等；您读到或听到什么有趣事可以和大家一起分享吗？3分钟典藏故事、外国文学故事鉴赏和脱口秀等都是本刊推荐性栏目。热忱欢迎来稿，可从邮局寄发，也可从网上传递。邮寄地址：上海市闵行区号景路159弄A座308室，邮编：201101；如为电子邮件，本期责任编辑信箱：lujia411@126.com。

奇特的画

一家上市公司的老板在办公室的墙上挂了一幅奇特的画——画框里裱了一块白布，白布上有一个大脚印。

有人以为这是一幅名贵的艺术品，老板却说："它的价值并不在于金钱，这幅画背后有一个故事。"

老板是经营连锁餐厅的。一次，他经过自家餐厅的洗衣房，忽然发现过道的地面上有一块餐巾。这时，迎面走来一名员工，一个没注意，一脚踩到了餐巾上。

老板不禁紧张地说："哎呀，这怎么能踩？"

那名员工是新人，不认识老板。

他撇撇嘴，无所谓地说："有什么不能踩的？一会儿我们会用高温高压清洗餐巾，洗完之后，一点痕迹都看不出来。"

老板急了，说道："这餐巾是顾客用来擦嘴的，当然不能用脚踩。如果没有敬畏之心，是不可能把服务做到极致的。"

后来，老板专门买了一个画框，把这块餐巾裱起来，挂在自己的办公室里。

正因为老板怀着敬畏之心去服务顾客，他的连锁餐厅才经营得有声有色。

（作者：流念珠；**推荐者**：余　娟）

病人在哪，岗位就在哪

曹医生乘坐高铁时，邻座是一家三口——一对夫妇带着5岁的儿子卓卓。

卓卓说话带着明显的鼻音。凭着医生的警觉，曹医生问卓卓的妈妈："你家孩子睡觉时打不打鼾？"

卓卓妈妈抱怨道："正是呢，才多大的孩子，居然天天睡觉都打呼噜。"

曹医生又问："卓卓说话鼻音这么重，你们带他去医院检查过吗？"

"去检查过几次，医生说卓卓有鼻炎，可是吃了一些药也没见好转……”

曹医生已然心中有数，便对卓卓的妈妈说：“我觉得卓卓可能不是单纯的鼻炎，很可能是小儿鼾症，拖久了会对孩子的健康造成影响。建议你们下车后尽快带孩子去大医院再检查检查。”

卓卓的父母听了曹医生的建议，真的带卓卓去看了专家门诊。医生发现，卓卓打鼾时呼吸暂停时长已经超过30秒，确诊患有小儿鼾症。小儿鼾症不仅会影响孩子的身体发育、行为性情，甚至还会令容貌变丑，给孩子造成多方面的危害。卓卓的父母庆幸，要不是在高铁上偶遇热心的曹医生，后果不堪设想。

后来，一家三口特意联系上曹医生，想当面致谢。曹医生说：“萍水相逢，也感谢你们对我的信任。治病救人是医生的天职，病人在哪，我的岗位就在哪。”

（**作者**：江东旭；**推荐者**：谁与争锋）

相信自己

有个年轻人去应聘编辑，顺利通过了面试。接下来的笔试内容非常简单——修改稿子，时间为半小时。

二十几分钟后，稿纸已被年轻人修改得一片鲜红。他又检查了一遍，觉得万无一失才放下笔。这时他抬起头，发现其他应聘者并不像自己这般忙碌，他们的稿纸上基本见不到红色，而且大家都用一种嘲讽的目光看着自己。

年轻人一惊：哪里不对劲？他忙拿起稿纸又看了一遍，这才发现，稿纸的背面写着一行小字：此稿选自《海明威作品集》。

年轻人想，难怪他们那样看着我，海明威的文章需要这么多改动吗？可年轻人想了想，还是坚持自己的判断。

不一会儿时间到了，秘书收走了应聘者们修改的稿子。

过了一会儿，秘书请年轻人去主任办公室。主任对年轻人说：“您被录用了。不好意思，这次笔试我跟大家开了个玩笑，故意把与文稿内容不相关的一行文字打印在了稿纸背面。”

经过此事，年轻人常对人说：“在胸有成竹时相信自己，就会拥有精彩的人生。”

（**作者**：乔治·鲍威尔；**翻译**：王庄林）

（**本栏插图**：佐　夫）

黑白配

□侯晓琪

镇店之宝

秦岭脚下有个卧龙寺镇，镇中有个“容和堂”药馆。药馆老掌柜年事已高，他自觉大限将至，忙派人将在外求学的少掌柜叫了回来。临终前，病榻上的老掌柜对少掌柜吩咐道：“容和堂创业至今正好九十九年，即将能成百年老堂了。这些年，我们容和堂生意做得实在‘霸道’，偌大的卧龙镇，竟没人敢来开第二家药馆，只怕……”

少掌柜接话道：“怕什么？没有对手才好嘛！九十九年都过来了，要成百年老堂，又有啥难？”老掌柜听了直摆手，还想再说什么，却再也没了力气。

不久，老掌柜就去世了，少掌柜接手了药馆。这天，他来到药馆后山——那里是制药重地，栽满了鸡枫树。树下铺着成片的草席，席上晾着刚用蜂蜜炮制过的“黑白配”的原药坯。这“黑白配”可了不得，成药是一方黑纸，正中粘着坨白泥似的药饼，以此得名。无论跌打损伤、头痛脑热，贴在患处，症状立减；更神的是，肠胃不调、腹逆脘胀，合酒服下也有奇效。如此内外兼治，可谓容和堂的镇馆之宝。

眼下正是三伏天气，晾药的伙计不知跑哪儿歇凉去了。少掌柜走近一瞧，立时气得七窍生烟：只见席上黑压压一片，是林中蚁群倾巢而出，正享用药坯上的蜜汁大餐。

少掌柜找来伙计大发雷霆，伙

计回话道："这个……过去老掌柜在时，都、都是这样……"

少掌柜主事未久，最恨别人抬老掌柜来压他："那是他老人家生性宽和，不愿为此责罚你们。眼下，你们再敢有所怠慢，别怨我翻脸不认人！"

见少掌柜欲以此事立威，众伙计不敢多言。少掌柜见众人脸上多少都有些不大情愿，不由得心一沉：老掌柜将容和堂的生意做得风生水起，临终前还嫌没对手；自己现在寸功未立，也难怪下面人不服了。他正暗叹，就听街上一阵鞭炮响。过了一会儿，有伙计来报："是对街新开了一家药馆，名叫恒利生！"

少掌柜一听，皱起了眉头：按规矩，新药馆开张前，都要来与老药馆知会一声，拜一拜码头，日后同行也好相安无事。像恒利生这般全然不理会这些礼节的，显然是欺他年少，没把容和堂放在眼里。

少掌柜暗下决心：既然你不仁，莫怪我不义，咱们就二虎争山，好好斗一场！

半真半假

说起来，恒利生药馆倒沉得住气，几个月了，就是本本分分地做着生意，并无异动。难道是憋着坏心要出狠招？少掌柜正寻思，馆外传来阵阵叫嚷——来了一群伐木的山民。山民们以往进山，都随身带着黑白配。碰到山上水源不干净，烧茶煮水时，就往壶里丢一坨黑白配，好消毒清污，可这次却喝坏了肚子。见少掌柜出来，有山民捂着肚子诉苦道："喝坏了肚子，我们又内服了黑白配，没想到雪上加霜，肚子闹得更厉害了。少掌柜的，这黑白配以前百用百灵，现在好像不大对路了呀！"

少掌柜忙从众人手中接过没用完的黑白配一看，全是最近制售的新药。他问道："各位，你们这药是从哪儿买的？"

山民们的家远近不一，买药渠道也五花八门：有的是从容和堂买的；有的是托人捎的；还有的是在村医游士手中买的，等等。看来从渠道上，是不好溯源了。

黑白配是近百年的老验方，从没出过纰漏，难道是假药？少掌柜猛然意识到什么：好哇，一定是有人暗中制假来污损容和堂。这假药制得也见功夫，从药纸到药饼简直一模一样。一般小作坊可没这实力，远思近想，只能是恒利生了。

少掌柜沉吟片刻，冲众人一拱

手："诸位，是我容和堂不幸，被宵小所嫉。你们手中的药我看了，全是假的！"这下，众人叫开了，吵着要赔钱。对手如此卑鄙，容和堂也只有不惜血本回击了。想到这，少掌柜登高一呼："容和堂在此立业，全凭众乡亲多年扶持。我们感念众乡亲恩德，绝不让大伙吃亏！这样吧，诸位手中的假药，我们容和堂以双倍价格回收销毁！"

众人欢呼声中，少掌柜瞧了一眼对街，只怕恒利生药馆是"做贼心虚"，还不到中午，竟打烊了。

少掌柜这一招实在豪气，虽然损失不小，容和堂的名气却更响了。恒利生那边呢，生意一天比一天难做，蔫了不少。

正当少掌柜以为占了上风、松了一口气时，山民们却又吵上了门——伐木时一不留神，好几个山民被倒下的大树砸伤了。伤者敷了黑白配却不见好，还痛得更厉害了。

少掌柜见状，只觉头皮发麻："怎么，又是假药？"领头的山民口气不善："就怕遇假的，所以这次都是从容和堂柜台上买的。"

自上次出了假药的事，再制的黑白配都有新设的暗记。少掌柜接过山民递来的黑白配一看，全有他亲手标的暗记。这又是怎么回事？

少掌柜疑虑重重，从柜台上取了才制成的黑白配给伤者换上。伤者们一阵痛号，还是没用。山民们不乐意了："还有什么说的？是不是暗中偷工减料制假药了？"

"不对，我这全是真药啊！"少掌柜没辙了，"难道你们是恒利生指使的？"

"什么，到这节骨眼了你还胡言乱语？"山民们火了，有人忍不住要去砸容和堂的牌子，被一个老年山民拦住了。他小心地撕下胳膊上的黑白配，冲众人一亮："等等，我的胳膊也伤了，我贴的黑白配明明有效啊！”

领头的山民接过他手中的黑白配细瞧，一抬眉，道：“叔，也许这药本来就半真半假，这样才好浑水摸鱼捞钱。你看，你这可是老掌柜当年制的老药，现在黑市上可贵着呢，自然有效了！”他气恼地把那黑白配往堂下一丢，上前揪住了少掌柜：“贪心不足，坏了老掌柜一辈子名声事小，误了伤患你可缺大德了。走，咱们去见官！”

成就百年

一场官司下来，容和堂输了，少掌柜也被拘进牢里大半年。等他回到容和堂，这里已被搬空，伙计们也都走光了。少掌柜神情黯然地独自来到内室，从暗墙夹层取出个小匣，匣内正是黑白配的配方。一想到祖传神方竟毁在自己手上，少掌柜羞愧难当，掩面而泣。

这时，堂外传来动静。少掌柜走出去一看，竟是恒利生的叶老板，身后还跟着昔日容和堂的全体伙计。有伙计开口道：“少掌柜，您出事后，容和堂闭馆，我们也无处可去，是叶老板收留了我们。他说了，只要您回来，我们随时都能回容和堂！”见叶老板笑着微微点头，少掌柜立时红了眼眶。他忙将叶老板请进内室，细说心里话。

少掌柜十分惭愧：“怪我心胸狭窄，害了叶兄！”从一开始，少掌柜就把恒利生当成了死敌，一出事，就怀疑是恒利生在暗中捣鬼，引得众人也对恒利生心生芥蒂，担心恒利生真是为了独霸药市，而不择手段地搞垮容和堂。这么一来，恒利生的生意自然旺不起来。

见少掌柜诚心道歉，叶老板也说得实在：“当初恒利生也是新店新开，缺少人手，所以我就留下了那些伙计。如今少掌柜既然回来了，想必容和堂复业是理所当然。我今日特意拜访，一是将伙计们领回来；二是跟少掌柜道个别。”

少掌柜惊问：“叶兄要走？”叶老板无奈道：“恒利生在此地扎不住脚，只能另往它处了。”

少掌柜想了想，拿出一纸方子，说道：“叶兄，这是我容和堂的镇馆之方，近百年来享誉百姓间。只怪我学艺不精，竟未能继承祖传之技，容和堂近百年基业毁于我手啊！如今，我把这方子交给叶兄，还望叶兄承此良方，早日制出好药，继续造福此地百姓！”

叶老板婉言推辞道：“少掌柜

一番好意，我心领啦！这黑白配方子是容和堂的祖传之宝，我实不敢占为己有啊！不过，少掌柜说当初按方子制药，却出了纰漏？若是信得过我，我倒是可以看看方子，帮着找找缘由。”

少掌柜赶紧将方子递了过去，叶老板细细一读，一思量，指着方子上的一句，问道：“这方子可谓字字珠玑，步步精妙，但此处说‘三伏之期，将药坯置鸡头枫林下，随后不必多管，三五日风干后取之合药。’这‘随后不必多管’一句，岂不多余？”

少掌柜一听，猛然想起那天他在后山训斥伙计的事，顿时心头一震：难道问题就出在那儿？他将那日之事与叶老板一说，叶老板立即拍腿说道：“对啊，关键就在蚂蚁身上啊！”原来，原药坯三伏天置于鸡枫林中，是有意在招蚂蚁！鸡枫树分泌一种有微毒的甜树胶，蚂蚁吃多了反胃，等它们爬上原药坯吸食蜂蜜时，会分泌蚁酸以及经过半消化、已无毒的枫树胶液——这才是黑白配的关键一环。

“黑白配的‘黑’，恰指蚂蚁，而我不明其中奥妙，连一星半点的蜜汁都不容蚂蚁分享，结果生生地把真药变成了假药。”少掌柜颤声道，“家父临终前担心容和堂没有对手，难以成就百年，其实他是要教我懂得包容的道理啊！”

那一日，少掌柜与叶老板促膝长谈了很久。两人终于达成一致，将容和堂和恒利生合二为一，集两家之长，再开新馆，叶老板则坚持将新馆取名为“新容和堂”！

三日后，新容和堂首日开业，但过路百姓无不在说，这“容和堂”终成百年老堂喽！

（**发稿编辑**：丁娴瑶）

（**题图、插图**：杨宏富）

镖局奇案

□刘　蕾

这一早，镇海镖局刚开门，一位衣着华丽的年轻公子走了进来。公子说，自己是慕名而来，想请总镖头赵无忌为他保一趟镖。

副总镖头李光听了通传，迎出来，说总镖头外出未归。

年轻公子闻言一笑，说："昨天赵总镖头就回城了，不少人都看到了。副总镖头如此说，分明是推托之词。"

李光一下子被噎住，不知说什么好。公子自我介绍，说自己是省城俞家的三公子俞茂之，有要事想见赵总镖头。俞家是省城首富，生意遍布大江南北。李光犹豫片刻，命人进后院禀报。

原来，总镖头赵无忌这次出门，是协助官府前去剿匪，虽然伤了不少匪徒，可惜没有捉住匪首"独山龙"，自己还受了内伤。昨天，他一回来就进卧房打坐调息，闭门拒客。此时听了禀报，他只得换衣服出来。

俞茂之和赵无忌寒暄过后，拿出一沓银票，开门见山地说："这纹银三千两是定金。赵总镖头如能亲自走一趟，将东西送到家父手里，家父会将剩下的镖银一万两一次结清。"

一万三千两银子！赵无忌一怔，心想，俞家有自己的商队和护

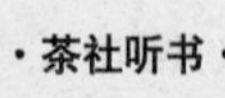

卫，从不找镖局押运货物，今天怎么突然找上门？而且一出手就是天价，想来这位俞三公子要保的镖很麻烦。

如果在平时，赵无忌一定会先问清楚要保的镖是什么，再考虑接不接。可是，今日不同以往，这次协助官府剿匪，镖局损失不小，死了好几个兄弟，受伤的人更多。死者的抚恤金，伤者看病养伤的钱，接下来招募镖师和趟子手的花费，加起来要一大笔银子。如果接下这趟镖，这些难题都可迎刃而解了。

想到此，赵无忌笑道："请公子放心，我一定快马加鞭亲手把东西交到令尊手里。不知公子要押运的是何物，什么时候送到镖局？"

俞茂之说："是我的侍女。她会打扮成我的模样，只要将她护送到我家就行。"

赵无忌心想，为了把一个侍女送回家，花费如此巨款，这麻烦多半就在她身上，嘴上却说："这好办，我一定把人不掉一根头发地送到府上。"

俞茂之沉吟了一下，说："路上会有人截杀。"

赵无忌问："是什么人？"

俞茂之苦笑道："什么人我也不知道，他们行事诡秘狠毒，否则我也不会请赵总镖头走一趟了。"

接着，俞茂之说出了事情的原委：不久前，他带着一支十多人的商队出门采买货物。在一家珠宝店，俞茂之看见有人在变卖一把镶金嵌玉的宝刀，他一眼看中，买了下来。货物采买完毕，回程路上，有一天早上，大家起床后发现，喂马的马夫不见了。大家都以为他年轻贪玩才会一夜未归，就在原地等他一天。第二天，马夫仍没回来，赶车的车把式又少了一个。

俞茂之觉得不对，叫所有人出去找，找了一天没找到。晚上睡觉的时候，他叫大家穿着衣服聚在一起，还命令随行的护卫轮流值夜。即便这样，天亮以后，商队还是少了一个人。

大家都害怕起来，俞茂之也顾不上找人，命令即刻出发。昼夜不停地走了四天，什么事也没发生，大家的心慢慢放了下来。

到了第五天，一伙人拿着刀把他们拦下来。领头的人戴着面罩，说他的传家宝刀被人偷了，几经打听，得知刀就在俞茂之手上，只要交还给他，他就把绑走的三个人还回来。

俞茂之权衡之下，把自己买的那把宝刀送了过去。蒙面人拿着刀翻来覆去看了半天，突然把刀往地上一扔，说是假的。话音一落，一把刀架在了俞茂之的脖子上。俞茂之连忙解释刀是怎么来的，那伙人却根本不信，强行搜查了商队。一无所获后，蒙面人对俞茂之说，如果不归还宝刀，就叫他日夜不宁，生不如死。说完，一眨眼的工夫，一伙人消失得无影无踪。

大家吓坏了，马不停蹄地赶路，遇到集市就换马换车；嫌货物累赘，能便宜卖就便宜卖，卖不掉就扔。一行人拼命往家赶，可是，不论跑得多快，每天都有人消失。昨天赶到本地时，商队竟只剩下俞茂之和侍女两个人。

听俞茂之说完，赵无忌暗想：俞茂之不懂武功，手下的护卫又是脓包，碰上几个轻功高强的匪徒就吓破了胆。那些人行事虽然诡异，但只掳人而不伤人，应该也不是什么穷凶极恶之徒，容易对付。

想到此，赵无忌问道："如此说来，俞三公子要保的镖应该是自己。现在为什么是侍女，还让她打扮成你的样子？"

俞茂之说："我总觉得那些人以宝刀为借口，其实另有目的，所以我想先去邻县表叔的军营里躲一阵。请赵总镖头护送侍女回去，一是给我家里报个信，看能不能查到他们是什么人；二是引开他们的注意力，方便我悄悄离开。"

赵无忌点头，原来是金蝉脱壳之计。两人又商量一阵子，最后约好明天一早去客栈接人。

送走俞茂之，副总镖头李光目露忧色，对赵无忌说："大哥，你身受重伤，我已经派人去省城请周神医，明天应该就能回来了。这趟镖还是我替你去吧。"

赵无忌摇头道："我既然答应，就要言而有信。你如果不放心，就多点几个好手跟我去吧。"李光无奈地答应了。

第二天一早，赵无忌按照约定去客栈接俞茂之的侍女。侍女已经女扮男装，赵无忌让她单独乘坐一辆马车，轻易不要出来。一行人展开镖旗，浩浩荡荡往省城而去。

本地与省城有山相隔。到了第二天傍晚，一行人来到一个谷口。山谷不长，过去了就是平坦大路，再走半天就能到省城。赵无忌眉头一皱，山谷内地势狭窄，两边全是密林，如果有人埋伏，进去就是任人宰割。于是，他命令众人原地休息，天亮后再走。

半夜，赵无忌正在打坐调息疗伤，突然听到一阵马蹄声，睁开眼一看，只见一群人骑着马从山谷里奔出来，转眼间将他们团团围住。

镖局众人听见声响，都一跃而起，持刀拿枪围住马车。赵无忌走到马车边，轻轻说了句"不要怕，千万别出来"，随后向前几步，一抱拳，说："镇海镖局赵无忌，请问是哪一路的好朋友？"

只听到一声阴森森的冷笑："好朋友？还是等下辈子吧！"

赵无忌头皮一麻，这声音，听起来怎么是逃掉的匪首"独山龙"？

夜色中，只听"独山龙"继续说道："都说赵总镖头视金钱如粪土，怎么有人拿了几两破银子，你就眼馋心痒，不在镖局疗伤，不要命地亲自来跑腿了？你之前中了我的寒冰指，一动内力，全身就会冷得直打战，枪也拿不稳。"

赵无忌横枪而立，毫不理睬"独山龙"的讥讽，怒道："原来劫持俞家商队的人跟你是一伙的。"

"是不是一伙，跟你不相干。我与你无冤无仇，你却帮着官府毁我山寨，杀我兄弟，此仇不报，天地不容！"说着，"独山龙"跳下马，提刀朝赵无忌砍来。

赵无忌吃了一惊，听"独山龙"话里的意思，他不是来截杀俞茂之，而是专程来找自己报仇的。赵无忌连忙挥舞长枪，催动内力，却发现丹田中空空荡荡，内力全无。他双腿一软跌倒在地，回头去看其他人，竟全瘫坐在地上一动不动。

赵无忌大惊失色，刚才打坐调息，内力明明已经恢复得差不多，怎会突然就没了？这时，一股淡淡的香气向他的鼻尖传来，赵无忌蓦地明白了——

他刚才在马车旁也闻到了这香气，当时以为是侍女身上的脂粉香，

现在想来，这“侍女”定是个下毒高手，一路上早已无声无息地给所有人下了毒。等到“独山龙”现身，她再释放出毒气，让药生效。看来，这“侍女”和所谓的俞茂之都是“独山龙”找来的……

赵无忌想到这些只是一瞬，“独山龙”已经走到近前。只见他满脸狞笑，挥刀朝赵无忌的头上砍来。赵无忌眼睁睁看着刀朝自己的面门狠劈下来，却无力阻挡……

“当”的一声，千钧一发之际，一支短箭打中刀身。“独山龙”手上一个不稳，刀落在地上。与此同时，一阵箭雨从树上落下，一时间惨叫声此起彼伏，“独山龙”和他的手下全都中箭栽倒在地，动弹不得。

赵无忌又惊又喜，只见树上跳下来不少官兵，带队的正是副总镖头李光。赵无忌一把抱住李光，问：“兄弟，你怎么来了？”

原来，赵无忌刚走不久，李光派去请周神医的手下就回来了。手下垂头丧气地说，省城俞府的三少爷俞茂之病重，周神医和其他名医都被俞府请去看病了。

李光闻言，如遭晴天霹雳：三少爷俞茂之既然重病卧床，那来镖局的“三少爷”定然是假冒的！他故意用离奇的故事骗受伤的赵无忌离开镖局，必有阴谋！想到此，李光立刻禀报官府，带领一队官兵从小路抄近道追赶镖队。当他们到达谷口时，正逢“独山龙”一伙从山谷里冲出来。官军万箭齐发，“独山龙”等猝不及防，全部落网就擒。

（发稿编辑：吕　佳）

（题图、插图：佐　夫）

家乡有个老规矩：立秋瓜，满地摸。立秋那天，不管谁家的瓜地，大人孩子都能下地摘瓜，这叫摸秋。

阿彩

□徐凤清

我12岁那年，立秋前一天，队长，也就是我爹，他一声令下，队里的西瓜地最后一次摘瓜。此时，摘瓜的往往会留一手，藤里藏几个大一点的西瓜，留给孩子摸秋。我爹从来没给我藏过瓜，我同娘对他很有意见。

那天，我站在田岸上，竟然发现爹在一堆瓜藤里悄悄塞进两只笆斗大的西瓜。我心里大喜，爹终于想通了，为我藏了瓜！

爹没有告诉我，我想他藏瓜时看到了我，就不再和我多说了。那晚，我兴奋得满脑子都是摸秋。

第二天一早，大人小孩背着割草的竹篮，拥到西瓜地头。八点整，“嘀”的一声长哨，大人小孩冲进瓜地，快乐的叫喊声此起彼伏。

我呢，奔到爹藏瓜的那一畦，双手伸进瓜藤，却空空如也。我吃了一惊，转头望去，看到五六步远的地方，阿彩背着的破竹篮里装着两个大西瓜。显然，瓜被她摸去了。

阿彩比我小两岁，长得瘦小，头发黄黄的。她家里是富农，她爹前年死了。由于家庭成分不好，队里孩子都不愿意同阿彩玩。我看她可怜，倒也不去疏远她，有时上后山割草拾柴，看她背不动，会替她背一段。队里孩子在一旁笑，让我长大了娶她做媳妇，我就追过去揍。每当这时，阿彩看着孩子们的狼狈相，就开心地替我鼓掌。

我想阿彩一定是摸错了，笑着说："西瓜是我爹藏的，还给我吧。"

哪知阿彩不念情分，一摇头，说："不还，是我摸到的。"

我有点生气，双手伸进阿彩的竹篮里，想把瓜抢回来，左手却被她狠狠地咬了一口，痛得我哇哇叫。当我愤怒地朝阿彩举起拳头时，我爹跑了过来，狠狠地拉住我，大声对阿彩说："快回家！"

我哭着喊："爹，你藏的瓜为什么让阿彩摸？她家是富农啊！"

这声喊让队里的赖皮听到了，他立刻四处散布，说我爹同富农婆娘乱搞，偷队里的粮食送给她，还在地里藏了西瓜让阿彩摸。

赖皮手脚不干净，多次被我爹撞上，不是教训就是罚工，因此怀恨在心。当时我年纪小，当然不清楚个中原因，也信了他的话，更加恨爹。我娘也信了，又哭又闹。

爹承认为阿彩藏瓜，背地里关照她去摸；他也承认，去年阿彩家实在揭不开锅，就瞒着我娘背了一小袋米过去，根本没偷队里的种粮，正巧让赖皮撞上了。爹说："这女人拖着一身病，带着两个孩子真是不容易。我作为队长，看着也揪心，只好暗里帮一把。"

我娘见爹都承认了，只好作罢，只是许多天没给他好脸色看。

让我和我娘万万想不到的是，不久，队里开大会，大队书记铁青着脸宣布：撤去爹的队长职务，去后山看林，原因是爹站错了立场。

那年头去后山看林的都是"坏分子"，一年四季吃住都得在山上，风霜雨雪巡视山林，十分辛苦。

从此我娘恨死了阿彩娘。有回我同我娘去后山送东西，碰上阿彩娘拎着只竹篮，上面盖着块干净毛巾，肯定也是送东西给爹。我娘像头发怒的母狮，冲上去抓住她的头发又哭又骂："狐狸精，害我男人……"

阿彩娘被我娘揪着，一点也不反抗，只是流着泪说："你男人是好人，救了我一家。"

我娘咬牙切齿地警告她："我男人再好，也不是你的男人，以后再让我碰上你去后山，同你拼命。"

阿彩娘木然地点点头，拎着竹篮转身下山，一面跑一面擦眼睛。

我也恨咬我一口的阿彩。去后山拾柴遇上她，对她一个白眼。她背不动柴草，用眼光恳求我，看着楚楚可怜，可我狠狠心，转身就跑。

从此，我在山上再没碰见过阿彩娘，我娘紧绷的心终于放下了。

我自以为同阿彩一家都绝交了，谁知命运之神又把我们两家纠缠到了一起。

那是第二年初夏的一天，我同我娘一起上后山看爹，竟遇上了阿彩。她正从通向我爹住的小屋那条弯弯曲曲的山路下来，手里挎着竹篮子，盖着块干净毛巾。我娘一看傻眼了，那竹篮子和毛巾正是阿彩娘上回给爹送东西挎的，这女人对我爹还是不死心？这时阿彩也发现了我们，想拐进树林子避开，娘跑上去拦住喊："阿彩，谁叫你上后山的？"

阿彩头一扭，护住了竹篮，一声不响。

娘起了疑心，难道这竹篮子里有什么秘密不成？不管阿彩答应不答应，娘伸手掀开毛巾，发现是一只钵头，冲出一股香气，原来装着半只炖烂的野山鸡。我娘气得指着钵头厉声问："是不是阿顺送你的，带回去给你娘吃？"

阿顺是我爹的名字。

阿彩咬着牙，没有回答，推开娘就跑。我娘追上去，一手扯住阿彩，一手去抢钵头。阿彩拼命护住不放，我娘拼命夺，"砰"的一声，钵头摔到山路上，半只煮熟的野山鸡滚得满是黄泥。阿彩"哇"的一声哭了，拎着空竹篮跑了。

阿彩的哭声一直回荡在山林里，我有种心惊肉跳的感觉。

娘把滚满黄泥的野山鸡带回家，说洗洗干净再烧烧，还能吃。

整个下午，我一直心神

不宁，也不想吃娘夺回来的半只野山鸡，总感到要发生什么事。果然，太阳快傍在西山头的时候，阿彩娘突然气喘喘地赶到我家，焦急地问："她婶，你们有没有上过后山？"

我娘回："关你什么事？"

阿彩娘哭了出来，说阿彩上后山拾柴，打着一只野山鸡。阿彩娘见两个孩子少营养，炖了让他们吃。阿彩说，不，炖了送后山阿顺伯吃，她忘不了阿顺伯摸秋那天给她藏的两个大西瓜。阿彩娘说："这丫头得了人家好处，记到了骨头里。野山鸡炖好，她就送后山了。可太阳快滚西山了，她还没有回家……"

我一听，脑子里"轰"的一声。我娘大声喊："快去后山找！"

"阿彩……"

我们三个在后山满林子喊，一点也听不到阿彩的回应。

林子慢慢地暗下来，急得阿彩娘快晕过去了，这时才见我爹背着瘦弱的阿彩从林子里奔出来。

阿彩娘眼睛一亮，扑上去喊："阿彩，你怎么啦？"

阿彩慢慢睁开眼睛，顿时委屈得眼泪滚出来，告诉我们：她上后山送野山鸡，我爹留下半只，剩下的半只无论如何要她带回去，想不到半路遇上了我们。娘误会，对她说了重话，让她受不了，跑到山林深处，伤心地哭了半天，却碰上了毒蛇，被咬了一口，昏了过去。

我爹对阿彩娘发火了："我说过多少回了，不要让阿彩来后山。要不是被我巡视时发现，捣烂一把药草给她敷上，这孩子命真丢了！"

一切都明白了，我娘吓得脸色煞白，扶住阿彩哭着喊："阿彩，好闺女，婶对不起你！"

我也满脸羞愧，说："阿彩，我以后再也不恨你了……"

日子一晃，我爹在后山看林就是十多年，平平安安。后来大队书记告诉我们，要不是他把我爹弄到后山看林，恐怕爹要坐牢。我大学毕业回了家乡，一半是接替爹，一半是冲着阿彩……

新婚之夜，我把阿彩搂在怀里，无限幸福地说："没有那回摸秋，我哪能娶到你？"

阿彩故意虎着脸，问："你就不怕我再咬你一口？"

我伸出左手说："我情愿。"

阿彩拉过我的左手，眼含柔情，在被她咬伤的一块浅浅的疤痕上，轻轻地抚摸……

（发稿编辑：陶云韫）

（题图、插图：陶　健）

穷嫁女和摇钱竹

□阿荣志

从前有一户人家，这户人家有一个女儿，名叫林玉。

林玉从小就懂事又孝顺，转眼她已经到了嫁人的年纪，可家里实在是穷，也没有人来提亲，没办法，只能“穷嫁女”了。

这“穷嫁女”啊，是穷人们为了嫁闺女想出来的办法。给要出嫁的女子一头牛，女子跟着牛走。牛朝哪个方向走，人就要朝哪个方向走。如果牛在有人家的地方停下来，那么女子就停下来在那里成家，牛则作为嫁妆。

这天，林玉牵着家里仅有的一头牛，挥泪向父母道别，一个人一头牛，走向了远方。

话说，这头老牛走得不紧不慢，路过一处村庄，村庄里盖着漂亮高大的楼房，老牛却没有停；不久，又路过一个村子，村子里盖着坚固整齐的瓦房，老牛仍然没有停。林玉跟着老牛走啊走啊，来到一处绝壁下，老牛停了下来。

绝壁下面有一户人家，茅屋的烟囱里正冒着缕缕炊烟。听到有动静，从茅屋里走出一个英俊的小伙子。小伙子看见老牛和跟在牛身后的林玉，一下子就明白了，忙让林玉进屋。

就这样，林玉嫁给了这个叫李安的小伙子。

老牛停下来是对的。林玉走进茅屋后，看见屋子的一角堆满了金子和银子。林玉嫁给李安后，李安在绝壁下盖起了新房，又买了几亩田地。李安踏实又能干，林玉手巧又贤惠，两人过上了男耕女织的生活。

说来也是奇事，李安每天出门，回家时都能背回来一背篓的金银。一天晚上，林玉忍不住问李安哪来这么多金银。

李安说，这是从悬崖后面那棵开花的竹子上摇下来的。有一天傍晚，李安从悬崖后面的竹林经过，见其中一棵竹子有些不同寻常，原来，那棵竹子开花了。李安走过去轻轻摇了摇那棵竹子，地上顿时掉满了金银，他把金银都捡起来，足足有一背篓。后来，李安每天傍晚都去摇一次竹子，每次都能摇下来一背篓金银。

李安和林玉不知道，他们说话时有一个人在门外偷听，这个人就是李安的哥哥李平。

李平是个狠心的哥哥，父母离世后，他把李安赶出了家门，李安不得已才在绝壁下面安身。李平听说李安娶了媳妇，虚情假意地来探望，正巧听到这个秘密，这可把李平高兴坏了。

第二天一早，李平偷偷来到李安家附近。李安在地里干了一天活儿，李平就在旁边的树林里睡了一整天。到了傍晚，李安背起空背篓向悬崖后面走去，李平连忙悄悄地跟着他。到了那棵“摇钱竹”跟前，只见李安轻轻地摇了摇竹子，金子银子立刻“噼里啪啦”地掉了一地。

李安捡起地上掉落的金银，回

家去了。

等李安走远了，李平迫不及待地来到“摇钱竹”下，也轻轻地摇了摇。他抬着头，满心期待金银掉落，没想到，掉下来的竟然全都是鸡蛋大小的石头，把抬头张望的李平砸得鼻青脸肿、鬼哭狼嚎。

挨了一阵石头雨之后，李平“哎哟哎哟”呻吟着回家去了。

第二天一早，气急败坏的李平来到悬崖后面，用斧子砍倒了那棵“摇钱竹”。他心想，我不好过，谁都别想好过。

李安还不知道发生的这一切呢。白天，他仍然在地里踏实干活儿，到了傍晚，他背起背篓来到悬崖后的竹林里，一看，傻眼了：“摇钱竹”不知被谁砍倒了。

李安叹了一口气，想了想，拾掇了一下，把被砍倒的“摇钱竹”劈短了，捆成一捆拖回家去了。

林玉看见李安拖回来一捆竹子，心想可以用竹子做篮子和背篓，于是着手编起来。她很快编好了几个竹篮，刚好家里的母鸡正下蛋，林玉就在编好的竹篮里铺上些稻草，往鸡舍旁边一放，便算是给母鸡孵蛋的鸡窝了。

说来也怪，没多久，附近村子的母鸡都跑来李安家的鸡窝里下蛋。早上空空如也的鸡窝，晚上就装满了鸡蛋，李安家的鸡蛋多得都吃不完了。

李平家里也养了一只母鸡。他发现，母鸡好几天没下蛋了，再一查，才知道原来母鸡把蛋全下到了李安家的鸡窝里。

这下李平坐不住了，这到底是怎么回事呢？难道李安家的鸡窝有什么名堂？

李平找到李安，打听起鸡窝的事来。李安没有防备，一五一十地说了事情的经过。李平心想：这竹子真是太神奇了！他一合计，跑去悬崖后面的那片竹林，又砍了几棵竹子，拖回了家。

到家后，李平立刻关起门来，开始编竹篮。他平时好吃懒做，费了半天工夫，好不容易才编好一个竹篮，也还算马马虎虎吧。

李平在竹篮里放上稻草，安置在鸡舍旁。他想，到了晚上这篮子里就该装满鸡蛋了。

傍晚，李平迫不及待地来到鸡窝旁边，一看，傻眼了——只见鸡窝里的稻草被翻了出来，篮子里屙满了鸡屎……

（发稿编辑：吕　佳）

（题图、插图：佐　夫）

偶得的美人，吃醋的太太，让原本平静的家再无安宁，殊不知这背后还有一场意想不到的密谋……

两个半女人

□忍者文身

1.三房太太

清末民初时，滦州城有位商人叫秦冬生，四十多岁，为人仗义耿直，但有个男人都容易犯的毛病：见了好看的女人，两条腿迈不开步。秦冬生家中本来已有两房太太，最近，他却不惜血本，从一个跑江湖的马戏班里买来一个耍蛇的丫头。

此女名叫杨爱爱，生得那叫一个“美”！毫不夸张地说，凡是生理正常的男人，只要看她一眼，就能馋个半死。那天，秦冬生在大街上看杨爱爱耍蛇，不但眼睛看直了，哈喇子也流了下来。更要命的是，杨爱爱在耍蛇的间隙，也似笑非笑地看了秦冬生两眼。这可不得了！秦冬生顿时感觉浑身酥麻，魂儿“嗖”的一下就上了天。若不是旁边有随从及时呼唤，秦冬生的魂儿险些就回不到肉身了。

杨爱爱自称南方人，父母于大前年双双病故，她才将自己卖给了马戏班，混口饭吃。秦冬生把杨爱爱领回家后，就急三火四地想成亲，但杨爱爱说她老家有个规矩：父母去世三年内，子女不得成婚，即便成婚，夫妇也不能同房。秦冬生问她还有多长的守孝期，杨爱爱说还有半年。秦冬生咽了口唾沫，说：

“中，我等你六个月！”

杨爱爱的右嘴角有颗黑痣，仿佛一根小钉子钉住了嘴巴——她平日极少说话，却总是把笑容挂在脸上，所以秦家上下，除了两位太太，都对她印象极好，秦冬生更是将她视若珍宝。杨爱爱不让秦冬生晚上进自己的房间，秦冬生就搬一把躺椅，半宿半宿地守在杨爱爱的门口，像条狗一样。

日子久了，两位太太就生出了许多怨气，她们不敢把这气往秦冬生身上撒，就一致将矛头对准了杨爱爱。

秦冬生的大太太叫杜百合，原是官宦之女，长得丰满端庄，又精通琴棋书画，颇有大家闺秀之风范。两人唯一的儿子秦家俊，长相随母亲，从小就粉鼻子粉脸，如白玉雕刻的一般。不幸的是，秦家俊八岁那年，在外玩耍时突然失踪了。秦冬生对儿子感情一般，尤其是见他粉鼻子粉脸的，总觉得不像个男孩。一开始，秦冬生也急着出去找，后来见一直没什么消息，渐渐地也就不抱什么希望了。这一晃快二十年了，始终没有半点音信。杜百合受此打击，整个人性情大变，对人喜怒无常，对事疑神疑鬼，对待秦冬生也是不冷不热。

二太太刘雨林，年龄倒是不大，但长得豹头环眼、凸嘴龅牙，说话粗门大嗓，走路脚底生风，从远看就像一个生猛的大老爷们，从近瞧也找不出半点女人味。她本是秦家一个打扫庭院的丫头，只因有一回秦冬生在外面多喝了几杯酒，半夜回家醉倒在大门外，正巧刘雨林出来方便，听到了动静，便打开门将秦冬生扛回了自己的小屋。

等秦冬生清醒过来，已是第二天中午。他见自己赤身裸体地躺在一个陌生的被窝里，一抬头又见刘雨林守在床边，吓得大惊失色。正要发问，刘雨林羞答答地说：“老爷，昨晚您可真够猛的……”

秦冬生脑子里一片空白，他实在想不起昨晚到底发生了什么，但“罪证”摆在眼前，想来也抵赖不了。秦冬生报了一个刘雨林这辈子也花不完的数儿，让她收拾行囊远嫁他乡。没想到刘雨林把头摇得像个拨浪鼓，她说自己只喜欢秦冬生这个人，决不贪秦家一分钱，这辈子只要能守在秦冬生身边，当牛做马也心甘。

秦冬生懊悔得直抽自己嘴巴，抽完了又苦口婆心地劝，说只要刘雨林不逼婚，提啥条件都答应。刘雨林却啥条件也不提，只要秦冬生娶她。秦冬生好话赖话说尽了，软的硬的也都施展了，可刘雨林就是油盐不进，甚至以死相逼。后来，此事闹得秦家上下众所周知，秦冬生万般无奈，只得捏着鼻子将刘雨林纳为二房。但是，从洞房那天起，秦冬生几乎从未拿正眼瞧过刘雨林。刘雨林似乎并不在意，整天大大咧咧、嘻嘻哈哈的，仿佛拾了狗头金。

杜百合也有些瞧不起刘雨林，嫌她出身卑贱、言行粗鲁，但她知道，刘雨林对自己的地位构不成威胁，所以，两个人平日里井水不犯河水，倒也相安无事。

杨爱爱就不同了，自从她在秦家一亮相，杜百合就感觉到巨大的压力。现在见秦冬生如此娇宠她，杜百合就好像喝了一坛放了辣椒的老陈醋，酸溜溜的，浑身冒火。杜百合毕竟是有身份的人，表面上和风细雨，背地里却撺掇刘雨林挤兑杨爱爱。

刘雨林比杜百合的醋劲儿还大呢！现在有大太太在背后撑腰，她就摩拳擦掌，想给杨爱爱一点颜色看看。

2.离奇劫案

秦冬生经常出门谈生意，刘雨林逮住机会就对杨爱爱鸡蛋里挑骨头，说话阴阳怪气，没事找事地打狗骂鸡。杨爱爱却不争不辩，始终笑脸相迎。秦冬生不在家时，杨爱爱除了吃喝拉撒，几乎不跨出门口半步。更难得的是，秦冬生回来后，杨爱爱也不向他诉委屈。如此几次，刘雨林自己都觉得无趣了。

还有一个多月就到中秋节了，秦冬生每年这个时候都要雇船去南方进水果，出行时间也比较长。离家这天，秦冬生特意嘱咐两位太太，要对杨爱爱多加照顾，回来有丰厚的礼物相赠。然后，他又对杨爱爱

好一番温言细语的安慰，让她在家里耐心地等待。

正说着话，滦州衙门的赵捕头来了。他平日与秦冬生私交甚好，此次是受知州大人之托，求秦冬生帮忙从南方捎几箱私货。秦冬生自然是满口应承。

秦冬生走后，两位太太对杨爱爱果然很是“照顾”。她们不让杨爱爱每天来大客厅吃饭，而是特意派一个叫孟小的男孩去伺候杨爱爱的饮食起居。这孟小是杜百合的远房表侄，虽然只有十六岁，但是聪明伶俐、能说会道，尤其是那长相，标准的美男坯子，女人们见了，十个里有九个会动心。

杨爱爱偏偏就是那一个不动心的，无论孟小如何挑逗，两位太太在背地里怎样支招，杨爱爱就是不上套，跟所有人都保持着不远不近的关系。而且，她的脸上总是带着让人不忍伤害的笑。

刘雨林寻不到捉奸的机会，就急三火四地去找大太太商量。杜百合心里也急，她怕等秦冬生从南方回来后，再想赶走杨爱爱就没那么容易了。可这个杨爱爱也太不好对付了！别看她见人就笑眯眯的，但杜百合总感觉这个女人不一般。

“软的不行，就来硬的！”刘雨林气急败坏地嚷道。

杜百合白了刘雨林一眼，说：“怎么来硬的，硬把她撵走吗？老爷回来你怎么交代？”

刘雨林赌气道：“就说她自己走了、丢了，让土匪抢走了！”说完，她又被自己这话逗乐了。

杜百合听了，心中不由得一动，只见她沉思片刻，随即嘴角也微微翘了起来。

转眼到了农历八月初一，一大早，杜百合就让身边的丫头把刘雨林叫到自己屋里，说：“今儿个是横山庙会，你带她出去散散心。”

刘雨林明白大太太说的“她”是杨爱爱，但不明白大太太演的这是哪一出，便疑惑地问：“您是让我……带她……去散心？”

杜百合解释说：“人家还没过门呢，就是咱家的客人，老爷临出门不是嘱咐咱们好好照顾她嘛。”

刘雨林眨巴着大眼睛，寻思了好一会儿，才恍然大悟地说：“是不是带着孟小一块儿去？然后找机会让他俩……”

杜百合笑道：“随你便吧。”

“中！”刘雨林答应一声，转身就走。刚到门口，杜百合叮嘱一句：“让她坐我那顶小轿！”

“知道了！”刘雨林回着话，已经快步走到了院子里。

刘雨林来到杨爱爱居住的西厢房，只见孟小正唾沫横飞地瞎忙活呢，杨爱爱则端坐在小土炕上，眼观鼻，鼻观口，口问心，俨然一尊入定的菩萨。孟小回头看见了刘雨林，忙叫一声“二姑”——这辈分是从杜百合那里论来的。杨爱爱闻声也忙着下地笑脸相迎。

刘雨林以少有的热情对杨爱爱嘘寒问暖一番，然后又说今天天气这么好，干脆一起去逛庙会吧。杨爱爱一开始找各种借口不愿出去，但经不住刘雨林软磨硬泡，加上孟小在一旁敲边鼓，也只好答应了。

刘雨林忙叫两个家丁去抬大太太的小轿。大太太的轿子精致舒适，轿帘上绣着一朵大大的百合花。杜百合以前是不允许别人坐她轿子的，今日也算破了例。刘雨林扶着杨爱爱上了轿，她自己却感觉坐轿憋屈，就骑了匹马在后面跟着。孟小也去马厩里选了一匹大白马，骑着追了上去。

一行五人出了东城门，就来到了滦河西岸，顺着河岸往北走数十里就是横山庙会了。杨爱爱掀开轿帘，见外面景色怡人、道路宽阔，便来了骑马的兴致。刘雨林想把自己的坐骑让给她，杨爱爱却要骑孟小的大白马，孟小巴不得献媚呢，就把大白马让给杨爱爱，自己坐进了小轿里。那杨爱爱飞身上马，双腿一夹马肚子，喊了一声“驾”，大白马竟像箭一样射了出去。刘雨林这才想起杨爱爱是从马戏班里出来的，知道自己追不上她，索性任她玩命跑吧，最好来个马失前蹄，摔死了，她和大太太都省心。

刘雨林他们走了近一个时辰，两个轿夫累了，正好经过一片杨树林，刘雨林就让他们停下歇一会儿。

谁知轿子刚落地，就从树林里蹿出五六个大汉，他们手中拿着刀枪，口中高喊："把轿子里的人留下，其他人都赶快滚！"

刘雨林扯着嗓子说："你们想干什么？光天化日的，还有没有王法了！识相的，快离姑奶奶远一点！"

为首的大汉走过来，一把将刘雨林从马上拽下来，用刀架住她的脖子，恶狠狠地说："臭娘们，再叫唤，老子把你脑袋砍下来！"

刘雨林"吭哧"着运了两回气，最终没有发出声来。那两个抬轿的只是秦家雇来的长工，犯不着为了工钱跟人拼命，于是都乖乖地躲到一边去了。轿子里的孟小，别看平时挺机灵，可长这么大哪儿见过这阵势呀，此时他已吓得缩成一团，连屁也不敢放一个了。

就这样，几个大汉用轿子抬着孟小，牵着刘雨林的马，大摇大摆地走了。

3.另有隐情

刘雨林和两个家丁连滚带爬地跑回家，一见大太太，刘雨林咧开大嘴就哭开了："大姐，我们遇上劫道的了……"

杜百合端坐在太师椅上，品着茶水，倒是不慌不忙："咋回事呀？慢慢说。"

刘雨林一把鼻涕一把泪地诉说起来，当她讲到孟小被人用轿子抬走时，杜百合"噌"的一下站了起来："什么！怎么搞成这样？那、那个小贱人呢？"

"哪个小贱人？"刘雨林一时没反应过来。

一个家丁还算机灵，上前答话："回禀大太太，杨姑娘骑马跑远了，到现在还没回来呢。"

"那还不赶紧去找！一群废物！"杜百合气得将桌子上的茶碗打翻在地。

准备找人的还没出大门口呢，杨爱爱骑着大白马回来了。她见秦家乱哄哄的，诧异地问："怎么了？出啥事了？"

刘雨林一见杨爱爱就气不打一处来："怎么了？要不是你一定要骑孟小的大白马，他也不至于被恶人绑走！"

"啊？怪不得等你们半天也不见人影呢！"杨爱爱一脸内疚地来到杜百合近前，说，"大太太，实在对不住，我真没想到会发生这样的事。"

杜百合沉着脸，从鼻孔里发出

“哼”的一声。杨爱爱更加惭愧了，她搓着双手说：“那咱们赶快去找找吧，或许还没跑远呢！”

杜百合脸色稍缓一些，叹了口气，说：“大半天的时间了，黄花菜都凉了，上哪儿去找？”

杨爱爱说：“那也不能在家干等着呀！要不去衙门报案吧？”

刘雨林一拍大腿，叫道：“对，我咋没想起来呢！”

谁知杜百合一听这话又火了：“报什么案！还嫌家里不够乱吗？不用你们管了，我自有办法。”

刘雨林和杨爱爱互相看了看，都觉得无趣，便都退下了。她们哪里知道，这其实是杜百合私下里安排的一出戏，只是演砸了而已。

那天，刘雨林在谈论杨爱爱时，提到了“土匪”的字眼，杜百合因此受到了启发。她早就听说青龙山上有一伙土匪无恶不作，就打发一名亲信联系了江湖上的人，再让那人转告青龙山上的土匪：八月初一那天上午，会有一个美人乘轿去赶横山庙会，轿帘上绣着一朵大百合花，让他们在半道上把美人劫了，当压寨夫人或卖给外地的妓院都行，就是永远别再进滦州城了。杜百合还承诺：事成之后，愿付五百两银子作为酬劳。

可没想到弄巧成拙，土匪竟然把孟小给劫走了。不过，杜百合也没太担心，因为土匪把一个半大小子带回山寨也没啥用，大不了再花一笔银子赎回来。于是，杜百合又悄悄叫来那名亲信，让他赶快找中间人向土匪说明情况。

天擦黑时，杜百合终于等到了回信，让她想不到的是：青龙山的土匪根本就不承认劫了孟小！他们说，今天早上的确派了十几名弟兄去绑票，可是在去横山庙会的必经之路上，足足等了一上午，也没见

到什么绣着大百合花的轿子，感觉自己被耍了。土匪头子放下狠话，说秦家坏了道上的规矩，限三日之内拿出五千两银子摆平此事，否则必有血光之灾。杜百合听完，浑身像被剔了骨头似的，一下子瘫成了肉泥。

三天的时间转眼就到了，可是秦家大部分现银都被秦冬生拿去进货了，大笔的银票也都被秦冬生锁了起来。杜百合正犯愁呢，她那远房亲戚——孟小的父母，听说儿子被劫后，登门向她要人来了。杜百合被逼无奈，只好道出实情。谁知孟小的父母一听更来劲了，他娘满地打滚，他爹寻绳上吊。

刘雨林和杨爱爱听到动静后，也跑过来好言相劝。不料孟小娘头脑发热，嘴巴一松，就把杜百合想让土匪绑架杨爱爱的事说了出来。虽然杨爱爱表示不信，但杜百合彻底被气疯了，她吩咐几个家丁，连拖带拽地将孟小父母轰了出去。

当天下午，青龙山的土匪又让人捎话来，说三天期限已到，如果今天晚上之前还不把五千两银子交上，以后再给多少也不要了。言外之意就是：要秦家付出血的代价。

当时，三个女人都在场，听了此话，全傻眼了！

家里正乱成一锅粥的时候，秦冬生终于从南方进货回来了。可谁会想到，他也正装着闹心的事呢！

4.祸不单行

话说秦冬生在南方采购完货后，正指挥着雇工装船，忽然有两个人赶着马车来找他，说：“您是秦掌柜吧？车上有几箱东西是给你们知州大人的，麻烦捎一下。”

因为出门时赵捕头曾嘱托过此事，秦冬生便爽快地叫人卸车装船。不料那两人却死活不肯让别人帮忙，一定要亲自动手抬到船上，还叮嘱秦冬生用别的货物将那几个箱子盖上。秦冬生随口问道：“什么东西呀，这么小心？”

那两人神色有点慌乱，其中一人支吾道：“哦……是花生米。”

开船后，秦冬生越想越觉得不对劲，那两人的行为太可疑了！再说，花生米是滦州地区的特产，知州大人怎会千里迢迢地往回运呢？

晚上，秦冬生带着一名贴身随从溜进了货舱。两人搬开上面的货物，几只神秘的箱子就露了出来。从表面看，几只箱子十分普通，但钉得非常结实，随从用刀撬了老半天，才将一只箱子撬开一条缝。秦冬生提马灯一照，只见里面裹着好几层桐油纸，将油纸拨开后，下面就露出了一堆黑不黑黄不黄的块状东西，还发出阵阵刺鼻的尿碱味。“啊！”秦冬生吓得倒退几步，手中的马灯险些掉到地上。

随从问：“老爷，怎么了？”

秦冬生并不答话，也没再看另外几只箱子。他让随从把那箱子恢复原样，失魂落魄地回到了客舱。

秦冬生认出来了，那东西是鸦片。堂堂的知州大人——老百姓的父母官，竟然贩卖鸦片！怪不得滦州的鸦片屡禁不止，大烟鬼也越来越多呢！秦冬生一夜未眠。

几天后，秦冬生的货船从渤海驶入滦河口，一路北上，很快就要到达滦州码头了。秦冬生最终一咬牙，命令货船拐弯驶向了滦河东岸。滦河东岸是永平府的驻地，直接管辖滦州衙门。

秦冬生雇车将那几只装满鸦片的木箱拉到了永平府衙，不过他并没有见到知府大人。只有一位师爷模样的人对他说，此事非同儿戏，要详细调查，让他先将东西留下，然后回家等消息。

秦冬生预感到事情远没有他想象的那么简单，但事已至此，也只好先回家了。

谁知家里还有这么一大桩祸事等着呢！秦冬生气得大骂了两位太太一顿，就找银票要给土匪送去。

正在这时，一个家丁嘴里喊着“老爷”，身后跟着一个年轻的后生走进来。秦冬生并不认识此人，那后生却慌忙将他拉到房间的一个角落，低声耳语了几句，只见秦冬生脸色“唰”的一下就白了。接着，他身子晃了晃，险些晕倒在地。那后生道一声“保重”，就急匆匆地走了。

两位太太和杨爱爱叫喊着冲上来，七嘴八舌地询问怎么了。秦冬

生有气无力地摆摆手，吩咐道："快，收拾东西，赶紧逃命！"

原来，永平知府与滦州知州是一丘之貉，知州贩卖鸦片，知府也有好处。秦冬生前脚刚离开永平府，知府后脚就派人骑快马去滦州衙门报了信。

滦州知州没想到秦冬生竟敢在太岁头上动土，气得暴跳如雷。他正想找个理由出口恶气呢，却听外面有人击鼓喊冤。

你道是谁？原来，孟小的父母被杜百合赶出门后，就到衙门里状告秦家勾结土匪绑架他儿子来了。知州一看乐了，真是想睡觉就来了个枕头，他忙命赵捕头带人去捉拿秦家嫌犯归案。

赵捕头虽然在衙门里当差，但为人还算正直，与秦冬生也有些私交，就悄悄派一名亲信去给秦冬生报信，自己则带人在后面故意磨蹭。

且说秦冬生得到消息后，匆忙划拉了一些财宝和银票，又让两位太太找些吃的东西。杨爱爱也想跟着跑路，杜百合和刘雨林都极力反对，但秦冬生舍不得，于是，一行四人便从后门逃了出来。

他们东躲西藏地出了东城门，见不远处有一片玉米地，便慌忙钻了进去。

秦冬生把气喘匀了，才把得罪了狗官的事简单说了。他说打算带着她们去闯关东，但杨爱爱说南方水土肥沃，利于安身，秦冬生点头答应了。正抬腿要走，杜百合从鼻孔里"哼"了一声，讥讽道："啥都听狐狸精的，早晚害死我们。"

"够了！"秦冬生不耐烦地一挥手，"都啥时候了，还在这儿吃闲醋？要不是你招惹土匪……"

"老爷，您消消气。"刘雨林尽力装成淑女的样子，说，"土匪和官府的人可都在找咱们呢！"

杨爱爱连忙乖巧地说："还是依老爷的意思，咱们闯关东吧。"

就这样，四个人绕道过了滦河，不敢走官道，就钻树林走小路，饿了吃口干粮，渴了从河沟里舀点水。秦冬生哪里遭过这个罪呀，加上心里窝着一股急火，没几天就病倒了。

三个女人倒是没啥事，尤其是刘雨林，外表傻大憨粗的，但对秦冬生照顾得极其细心，不但嘘寒问暖，还跑出去老远寻医买药。杜百合养尊处优惯了，这几天也累得够呛，但她寸步不离地守着财物包裹，还时不时地瞟一眼杨爱爱。杨爱爱还是很少说话，也不怎么笑了，一副心事重重的样子。

几天后，秦冬生的身体恢复了很多，但刘雨林怕他累着，就扶着他前行。

这天中午，几个人走进了一座荒山，从山梁上往下一瞅，不远处有一个小镇子。自从带的干粮吃完后，总是刘雨林到处去买饭，甚至是要饭。这些日子见她忙前跑后的，秦冬生心中也有些不忍，就对杜百合说："今天中午就让雨林歇歇脚，你辛苦一趟吧。"

杜百合不乐意了："老爷可真瞧得起我，放着年轻力壮的不使唤，让一把年纪的老太太出马！"

刘雨林明白这话是冲着杨爱爱说的，便也酸溜溜地附和："人家脸蛋好看，瞅着就能当饭吃。"

秦冬生咳嗽了两声，说："得了，你们都是姑奶奶，今天都坐着别动，我下山去给你们买饭。"

"那哪儿行啊！"三个女人难得异口同声。

沉默片刻，杨爱爱说："还是我去买吧，早就想出点力了，只是一直不放心老爷的身体。"

秦冬生赶紧说："我跟你一起去。"刘雨林一把将秦冬生摁坐在石头上，说："把您累坏了，还是我的事。"

杨爱爱一笑，拿了一些碎银子，就下山了。

可是，一个多时辰过去了，杨爱爱还没有回来。刘雨林不耐烦了："那小妖精跑了吧？"

秦冬生厉声道："别胡说！"

刘雨林吐了吐舌头，瞅瞅杜百合，杜百合却没有吭声，眯着眼睛似睡非睡。

眼看过了晌午，秦冬生实在坐不住了，他在原地转着圈，嘴里不禁说道："爱爱不会有啥事吧？"

刘雨林是不敢搭腔了，杜百合幽幽地来了一句："她要是回来就该有事了。"秦冬生瞪了杜百合一眼，扭过头去，他越来越烦杜百合这阴阳怪气的模样了。

这时候，杨爱爱终于露头了，手里拎着一只竹篮子，大老远就忙着解释："实在抱歉呀，让你们久等了！我寻思老爷在家时就喜欢吃驴肉火烧，就跑遍了那个镇子的大街小巷，好不容易买到手了。"

秦冬生忙迎了上去："爱爱呀，辛苦你了，快坐下歇歇。"

刘雨林大眼珠子一翻，嘟囔道："办点事磨磨叽叽的。"

杨爱爱一脸歉意，赔着笑给大家分火烧。原来，竹篮里的火烧早就用草纸包好了，每人一包。

刘雨林饿急了，打开纸包，拿

起来着驴肉的火烧就要张嘴，杜百合冷冷地来了一句："小心有毒！"刘雨林愣住了，看看杜百合，又瞅瞅杨爱爱。

杨爱爱正笑得灿烂，一听这话立马拉下脸："大太太，您这玩笑开得大了点吧？"

秦冬生冲杜百合怒道："你别没事找事，天天疑神疑鬼的！"

杜百合冷笑一声："我疑神疑鬼？就怕有人被鬼害了都不知怎么死的呢！"

杨爱爱拿起竹篮里剩下的那包火烧，说："好吧，既然您怀疑这火烧里有毒，那我就吃给您看。"

"慢着！"杜百合将自己手里的那包火烧往前一递，说，"咱俩换着吃。"

5.半个女人

秦冬生用手指着杜百合："你呀，成事不足败事有余！不整出点事来你不死心哪！"说着，他就剧烈地咳嗽起来。刘雨林忙放下火烧，走过去为秦冬生捶背。

杨爱爱没有争辩，爽快地与杜百合交换了火烧，然后抓起一块咬了起来，三口两口下了肚，又继续吃第二块……杜百合这才打开手中的纸包，慢慢地吃了起来。

刘雨林好不容易帮秦冬生止住了咳嗽，又给他倒了点水喝，转过身想去拿火烧，却见杜百合"扑通"一声栽倒在地，手刨脚蹬了一阵，七窍中便流出血来。"啊！"刘雨林惊骇地望向杨爱爱，"这是怎么回事？"

杨爱爱突然变得十分陌生，目露凶光，说："老妖婆子，我就知道你会跟我换着吃。"

秦冬生也被眼前的情景惊呆了，清醒过来后，大叫着奔向杜百合："百合……"

秦冬生哪里想到，杨爱爱已拾起一块碗口大的石头，恶狠狠地照着他的脑袋砸来。刘雨林一见，尖叫着飞身护住了秦冬生，"啪"，那石头正好砸在她的后脑勺上。刘雨林闷"哼"一声，软塌塌地倒了下去。秦冬生眼睛都红了，大吼一声："我跟你拼了！"然后，他一个虎跳，将杨爱爱扑倒在地，两人撕打着翻滚起来。

杨爱爱远比想象中强壮，加上秦冬生的身体尚未完全康复，几个回合下来，杨爱爱占了上风。此时的杨爱爱，已经由一个秀色可餐的美人变成了心狠手辣的恶魔，她双手死死地掐住秦冬生的脖子，整张脸扭曲得变了形。

正当秦冬生感觉呼吸越来越困难的时候，刘雨林苏醒过来。她吃力地抱起那块石头摸到杨爱爱身后，照准杨爱爱的脑袋用力猛砸，一下，两下，三下，杨爱爱的头顶血流如注，终于翻身瘫倒在地。刘雨林见杨爱爱还在喘息，就将石头高高举起，用尽全身力气要往下砸。秦冬生突然将她一把推开，叫道：“等一下！”

秦冬生抓住杨爱爱的肩膀，用力摇晃：“你说！这是为什么呀？我哪点对你不好？”

杨爱爱冷笑一声，断断续续地讲起来。

原来，杨爱爱是那个马戏班放出来的“鱼鹰”。所谓鱼鹰，就是马戏班通过各种手段弄来的一些年轻貌美的男子，经过特殊的缩阳术改变了男性特征——但也只能算半个女人，再经过训练和化妆打造成“美女”。然后找机会潜入有钱人家，并以守孝为由不与男主人同房，趁主人家不备之际，再将金银珠宝偷盗出来。可惜，杨爱爱在秦家碰上了克星，两位太太由于嫉妒盯她太紧，所以始终没机会得手。

马戏班放出一个鱼鹰后，过段时间就会派几个人在附近监守，以便随时接应。那次，秦家的两位太太“好心好意”地劝杨爱爱去赶庙会，她就知道准没好事。于是她故意要骑孟小的马，跑远后偷偷找到马戏班的人，让他们劫走轿子里的孟小，然后坐船从滦河去了南方。孟小模样俊俏，正适合做鱼鹰。

秦冬生疑惑地问：“你们为什么不直接用女人，偏偏要用男人做鱼鹰？”

杨爱爱声音微弱地说：“以前用过女人，但是她们很容易与主人家产生感情，一旦生了孩子，就很难上岸了。”

秦冬生想了想，又问："你们是怎么瞄上我家的？"杨爱爱一笑，说："是你儿子指的道。"

"啥？"秦冬生把耳朵贴近了杨爱爱的嘴巴。

"是你儿子秦家俊。"杨爱爱的声音越来越微弱了，"他开始也做鱼鹰，现在是我们的副班主。"

"你胡说！我不信！告诉我他现在在哪儿？"猛然听到儿子的消息，秦冬生一下子就急了。

"他不会见你的，既然干了这行，就得学会无情……况且他还记恨你贪图美色，一直觉得是你没费全力去寻自己呢。要不是他指路，我们也不会……"杨爱爱再也说不动了，脖子一歪，合上了双眼。

秦冬生一屁股坐到地上，整个人都傻了，他怎么也不敢相信眼前的一切都是真的。

"老爷、老爷……"一声声急促的呼唤，让秦冬生想起不远处还躺着个刘雨林。秦冬生三步两步爬过去，一把将刘雨林抱在怀里："雨林，你怎么样啊？"

刘雨林失血过多，脸色惨白，她无力地摇摇头："我不行了。"

"不！你一定要挺住，我这就带你去找郎中！"说着，秦冬生就要将刘雨林抱起来。

刘雨林挣扎了一下，说："老爷，你别费劲了，听我说点心里话，好吗？"秦冬生犹豫了一下，点点头，说："你说吧，我听着。"

刘雨林缓了一口气，把憋在肚子里的话一股脑儿地倒了出来："老爷，我知道你不喜欢我，一点儿都不喜欢。跟了你好几年，仅仅……同房三次，我知道你是不想跟我有孩子，我的心……像被刀子割啊！背地里不知掉了多少眼泪，多少次想离开你远走他乡，可我……实在是放不下你呀，老爷……不过，现在挺好，最后能死在你的怀里，我知足了。"

秦冬生的眼泪像断了线的珠子一样，"吧嗒吧嗒"地滚落下来："雨林，是我错了！我们俩从此再也不分开了，好吗？"

刘雨林笑着流下了眼泪："如果有来世……我等你……"话未说完，她便咽下了最后一口气，但那双大眼睛依然痴痴地望着秦冬生，似有万般不舍，难以闭合。

"老天爷啊！"看着眼前发生的这一切，秦冬生仰脸向天，像狼一样哀号起来……

（发稿编辑：曹晴雯）

（题图、插图：杨宏富）

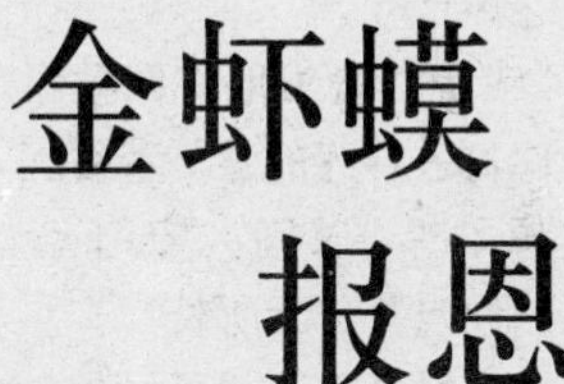

金虾蟆报恩

□沈　淦

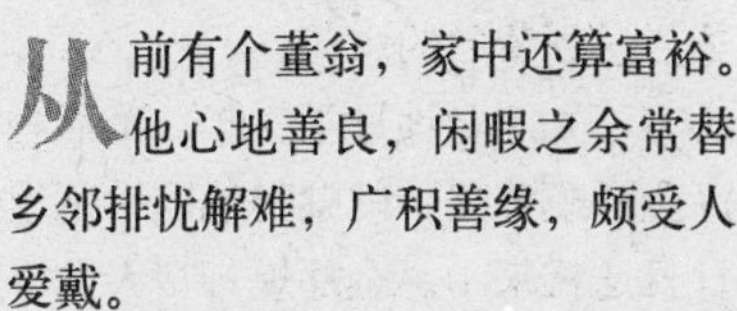

从前有个董翁，家中还算富裕。他心地善良，闲暇之余常替乡邻排忧解难，广积善缘，颇受人爱戴。

董翁他们县里有个大无赖，叫金虾蟆，年近三十，孤身一人，住在城外的一间破草棚里。金虾蟆整天四处游荡，干着坑蒙拐骗的勾当，附近的人见了他都绕道走。也有脾气火爆的，吃了金虾蟆的亏，回头就把他打了个皮开肉绽、满地找牙。可有什么用呢？金虾蟆总是好了伤疤忘了疼，本性难移。

一天，金虾蟆喝醉了酒，躺在街上发酒疯。他糊里糊涂地冲撞了县官老爷的轿子，被衙役五花大绑地押走了。第二天一早，县里的百姓就见到金虾蟆被囚在站笼里，拉出来游街示众了。这站笼又称“立枷”，是一种残酷的刑具，受刑的人往往数日间就会一命呜呼——看来这次，县官老爷是打定主意要除掉这个大无赖了。

就在这时，董翁听到了消息，他赶紧拿了钱，到衙门里找人替金虾蟆说情。果然钱能通神，没过几天，金虾蟆当真被放了出来。

金虾蟆死里逃生，好像变了个人似的，他顶着香烛，诚心诚意地到董翁家登门拜谢。见了董翁，金虾蟆跪在地上“咚咚咚”地直磕头。董翁将他扶起，说：“身体发肤受之父母，你不该如此糟蹋！今后如何打算呢？”金虾蟆顿时泣不成声：

“我沦落到这般田地，还能有什么打算，不如一死了之啊！”

“我费心费力地将你救出，就是让你再去寻死的？”董翁沉下脸来，想了想，又问，“天下营生这么多，你当真一无所长？”

金虾蟆低着头想了好久，才说：“我幼年时曾学着蒸茯苓糕，家里人倒是都爱吃，只不过……若是以此为营生，我一无所有，难起炉灶……”

董翁拈须笑道：“这好办！”董翁二话不说，将自家的三间草屋送给了金虾蟆，里面还备了锅、灶、蒸笼等器具。他另外拿出十贯铜钱，说是借给金虾蟆，用来打点食材。他再三叮嘱金虾蟆：“从今往后好好做人，千万不可重蹈覆辙！”

自那以后，金虾蟆就做起了茯苓糕。他的糕味道虽然很好，却没人敢买——谁敢无端招惹他呢？金虾蟆并不灰心，每天天不亮就起床蒸糕，然后用担子挑了沿街叫卖。经过董家时，他总要盛一碗热气腾腾的糕，送到董翁的床头。董翁一尝，果然又香又软，不由得赞不绝口，并嘱咐金虾蟆每天都送一碗来，就算抵了所借的十贯钱。

董翁尝了糕，还不忘在左邻右舍、亲朋好友面前替金虾蟆说几句好话。时间一长，大伙儿开始来买糕了；再一尝，味道果然好极了，于是争先恐后地来买。金虾蟆的生意做起来了，董翁很是欣慰。他看金虾蟆起早摸黑地劳作，屋里连个烧饭的人也没有，就将自家婢女珠儿许配给了他。这下，金虾蟆干活劲头大增，糕也做得更好了。

就这样过了一年多，金虾蟆和老婆在临街开了爿糕店，店里每天顾客盈门。当然，无论多忙，也无论严寒盛暑或是刮风下雨，金虾蟆每天早晨都要将一碗热气腾腾的茯苓糕送到董翁的床头。

不知不觉地过了三年，董翁心疼金虾蟆劳累，就嘱咐他以后不用日日送糕来了。金虾蟆却指天发誓道：“我金虾蟆的一切都是恩公赐予的，只要我活一日，就要送一日糕，如有间断，天打雷轰！”董翁见他一片诚意，也就由他去啦！

转眼，董翁七十岁了，虽然须眉皆白，却饭量不减，精神矍铄，宛若老神仙。有一次，他受了点风寒，卧床了几日，吃别的东西都觉得没滋没味，只想尝尝金虾蟆的茯苓糕。可是说也奇怪，金虾蟆一连几天没见人影，连那珠儿也不见过来。董翁捶着枕头嘀咕道：“都说久病床前无孝子，可我才病了两三天呢，人家就把我忘了？未免太薄情寡义！”他越想越气，就唤来仆人，吩咐道：“去把金虾蟆叫来，我要把这几年欠他的糕钱全都算清了，还给他！”

仆人回来后，说：“老爷，大奇事！金虾蟆僵卧炕头，像死了一般，胸口倒还有些温热。珠儿守在一旁哭个不停，说是金虾蟆像这样已经三天了。”董翁一惊，挣扎着要亲自去看看，却被家人拦住了。

次日，董翁的精神好些了，正打算下床去看看金虾蟆，却见金虾蟆夫妇送茯苓糕来了。他俩还将前几天未送的糕都补上了。董翁急问：“你得了什么病，如此凶险，又这么快好了？”金虾蟆低着头，不出声。珠儿便道：“半月前，他梦游泰山，见到了东岳神君。神君念他改恶从善，让他当勾魂使者。这事，他醒来后也没怎么在意，哪知三四日前，他突然僵卧不动，直到昨夜二更时分才醒来，说是在阴曹地府当差。以后每月都要去一趟，每趟都需三四日呢！”董翁一听，好奇地问起阴间之事，金虾蟆却不敢多说。董翁又问他都勾了些什么人，金虾蟆答道：“地点有远有近，年龄有老有少，为人有善有恶，只要名册上有的，都得一一勾往冥府。”

过了几个月，一次，金虾蟆来送糕的时候心事重重，一副欲言又止的样子。董翁再三问其缘由，金虾蟆眼泪汪汪地说道：“我……昨日接到阴间簿册，恩公的姓名已列在第三位了！”董翁惊问：“真有此事？”金虾蟆跪下连连磕头，道：“这种事怎敢欺骗恩公？”董翁倒也爽快：“俗话说生有时辰死有日，

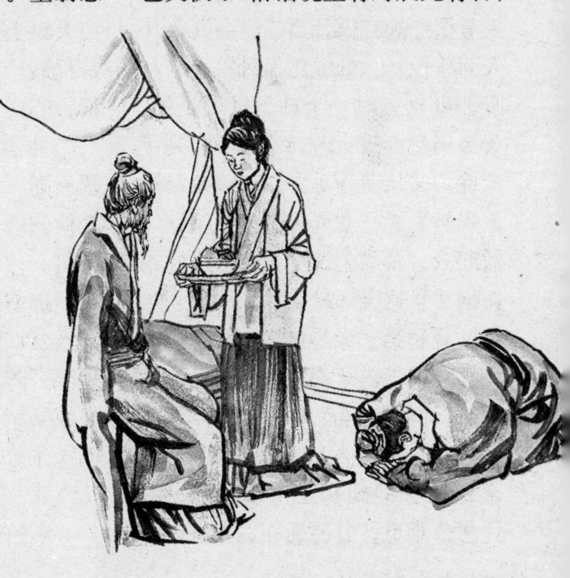

我已年逾古稀，死已是注定之事，什么时候勾我去？”金虾蟆说：“我要先往滁州的一家旅店勾一旅客，往返约需五天。第六天午时三刻，就是恩公仙逝之时了。”董翁点头道：“好，我知道了。”

金虾蟆去后，董翁一边吩咐家人赶制殓衣，备好棺材；一边广招至亲老友，饮酒话别。席间，董翁倒也豁达，索性穿上殓衣，把酒听曲，坐待瞑目之时。不觉到了第六天，亲朋好友都来给董翁送行，董翁神情坦然地对着棺材，坐在大厅里，儿孙们则围着他号啕痛哭。

将至正午，董翁忍不住派仆人去看金虾蟆在做什么。一会儿，仆人回禀说，金虾蟆正僵卧家中，与以往办冥差时一个样。过了正午，董翁仍然谈笑自若。不知不觉到了黄昏，又从黄昏等到深夜，董翁还是安然无恙。众人都哄堂大笑，一散而去。董翁羞愧至极，心里忍不住嘀咕：这金虾蟆搞什么！

直到第三天早晨，金虾蟆一跛一拐，但笑容可掬地来了。董翁骂道：“你为何言而无信？亏你还好意思笑，戏弄长者，该当何罪？”金虾蟆伏地磕头道：“虾蟆失约，让恩公难堪，甘愿受罚。不过，虾蟆喜的是，恩公已逃过此劫！”

董翁惊道：“快说个明白！”

金虾蟆说道：“那天恰逢冥间阎王外出，经过恩公家门口时，见到恩公身着殓衣等死的模样，便知道是我向您泄漏了死期。阎王一怒之下，罚了我一百阴棍，问我为何要这么做。我说因感念恩公的再生之德……阎王听我讲了恩公这些年来待我之好，又检视了恩公的簿籍，果然所载善行甚多。他便如实禀报东岳神君，为恩公加了阳寿。”董翁大喜，忙问：“加了多少年？”金虾蟆只说寿享遐龄，不敢再说出具体的数字。为了证实自己所言不假，他捋起了裤腿——只见他的两条大腿上被打得青一块紫一块，都是棍痕。董翁看了，不由得老泪纵横，心疼不已。

过了几年，金虾蟆一病而逝，董翁则一直活到一百二十三岁，看着他的两个玄孙都考进县学，成了生员。

那日，董翁高坐后堂，正接受亲友们的祝贺时，忽然向门外凝视了一阵，只听他高声说道：“哟，虾蟆来了！”说完，老人家便一笑而逝了。

（发稿编辑：丁娴瑶）

（题图、插图：陆小弟）

被诅咒的王子

□ [日] 桑烟绢子

很久很久以前，在一个王国里，有一位喜欢恶作剧的王子。

王子从小就以捉弄家臣、刁难城里的人为乐，全国的百姓都很讨厌他。但是，国王和王后很溺爱王子。没有任何人敢规劝王子，王子就这样任性妄为地长大了。

王子十五岁那年，第一次和家臣外出猎狐，这也是王族的一项消遣。虽然家臣说王子只要在旁边看着就行，王子却并不满足，他趁家臣不注意，一个人跑去追狐狸。王子一直没有抓住狐狸，他穷追不舍，渐渐地进入森林深处。

在森林深处，有一座小屋。王子透过窗户，看见架子上摆放着一排又一排的瓶子，里面装着颜色可怖的液体。到处都挂着晒干的药草、蝾螈和青蛙，屋子正中间还放着一口大锅。

这大概就是传说中的女巫的家吧。王子在好奇心的驱使下，确认女巫不在之后，走进了小屋。他缓缓地往前走，耳畔突然传来“嘎”的一声惨叫。原来，他不小心踩到了角落里黑猫的尾巴。这只黑猫肯定是女巫的宠物，可是，女巫不在，它看起来就像是一只普通的猫。王子就像捉弄城里的动物一样，先是捅了捅它，又将它的胡子系在了一

起。

“你是谁？你对我的猫干了什么？”

王子一回头，就看见一个女人。她头戴黑色帽子，身披黑色斗篷，长着巨大的鹰钩鼻和快要咧到耳朵边的大嘴。她肯定就是女巫！

王子努力虚张声势，说：“原来你就是女巫啊，不就是个平平无奇、步履蹒跚的老太婆吗？谁允许你住在我的国家的？”

女巫不为所动，脸上挂着阴恻恻的笑容：“真是一个没教养的小子，就让我来教育教育你吧！”说着，女巫对王子下了一个诅咒：“从今往后，你再也无法开口说话，也不能用文字或手势来表达。你无法向任何人传递你的意思，哈哈哈！算了，我可怜可怜你，让你一年能说一个字好了。”

“你说什么？开什么玩笑！”王子想要开口叫嚷。

女巫微微一笑：“你就算开口，也只能说一个字。你要白白用掉这一个字吗？再等上一年，你就能说两个字了哦。”

王子刚要发怒，闻言慌忙闭上了嘴。

女巫又说：“也不是没有解开诅咒的方法，不过，我可没那么好心告诉你。”

女巫将王子从森林里赶了出去。王子想方设法回到了城里，但他无法对父母和家臣说出森林里发生的事。

王子终日生活在痛苦中，哪怕是很小的信息他也无法表达，就连这是女巫的诅咒，他都无法告诉别人。

区区一个字，什么都无法表达。想要向对方表达自己的意思，只有等好几年，攒够需要的字数。

后来，王子无数次前往森林，但都没有找到女巫。王子渐渐厌烦了与人相处，便将自己关进了湖畔的别墅。他读了很多书，想找到解开诅咒的方法，却始终没能找到答案。

所有人都注意到王子的异常变化，但是，没有一个人知道原因。有人担心他“或许生病了”，不过，现在的王子远比从前的王子讨人喜欢。没有人希望王子变回从前的样子。

有一天，王子出门散步，看见一位在湖里洗澡的少女。金色的秀发随风飘扬，红润的双唇微微含笑，淡蓝色的瞳孔熠熠生辉……

王子对少女一见钟情。她好像是附近村子的姑娘，经常会到这里打水、洗澡。渐渐地，少女也喜欢上了这个经常来这里跟自己相会的青年。

少女觉得，青年有些似曾相识，但完全没有想过他会是王子，因为传说中的王子和青年的性情截然不同。

王子几乎要说出“我爱你”了，可是他做不到，甚至无法写情书。所以，他只能静静地等待时间的流逝。为了攒够“我爱你”这三个字，他决定三年内一言不发。

三年过去了，少女稚气未脱的脸上已多了几分成熟的风韵。此时，面对这个始终不对自己表达感情的青年，少女开始有些着急了。

王子虽然察觉到了少女的情绪，但他觉得自己必须问她：“嫁给我好吗？”于是，他又多等了五年。

从第一次见面起，已经过去了八年，少女已经是大姑娘了，王子终于下定决心求婚。

“我爱你，嫁给我好吗？”

王子在心里不断重复着这八个字，然后向湖畔走去。

姑娘正在湖畔摘花，王子紧张地走向姑娘。谁知她的身后突然出现了一头熊，姑娘对此浑然未觉。

王子不由得高喊：“危险！快点离开那里！”姑娘发现了熊，却吓得双腿发软无法动弹。王子拉住姑娘的手，带着她逃离了那里。

两人好不容易逃掉了，王子却突然回过神来。

“危险！快点离开那里！”正好是八个字。

王子必须再等八年，可他不能再让姑娘苦苦等待了。王子无比沮丧，姑娘却很感激他。

“谢谢你救了我！”姑娘说。然后，她在王子的脸颊上吻了一下。

王子满脸通红地从姑娘身边逃开了。看到他这副样子，姑娘也一脸羞涩。

“对不起，我太不知羞了……”

“没、没有！”

王子竟然顺利地说出话来。

原来，心爱之人的吻就是解除诅咒的方法。

王子由衷地高喊道：“我爱你，嫁给我好吗？”

没过多久，两人就结婚了。

后来，王子变成了一位深受人民爱戴的国王，从此过上了幸福的生活。

（推荐者：离萧天）

（发稿编辑：曹晴雯）

（题图：陆小弟）

罗大炮算卦

□王士朝 搜集整理

清朝道光年间，镇平城南有户人家姓罗。罗家有个独生子，叫罗光宗。罗光宗小时候聪明异常，但长大后吃喝玩乐，很快把家产败尽。为了谋生，他便树起了招牌，招牌上写着“小诸葛再生，罗大仙问卦”。

街坊邻居见了都十分意外：这个小混混还会算卦？有人说：“什么‘罗大仙’，我看是‘罗大炮’吧！”从此，“罗大炮”这外号就传开了。

罗大炮的算卦摊摆在中药铺门前，中药铺的高掌柜坐不住了，他想：这小子说他能让人不吃药就消灾除病，那老子的药卖给谁？不行，趁他立脚未稳，得想个法儿撵走他！

高掌柜主意已定，就走到罗大炮的卦摊前。罗大炮一见，连忙起身作揖：“我借门前宝地，挣俩小钱养家糊口，还望见谅。”

高掌柜说：“好说好说……只是，你这卦灵不灵啊？”

罗大炮信口说道：“不是我吹牛，要是算不准，你砸我这摊子！”

“好！”高掌柜等的就是这句话，“既然你有这么大的神通，我倒要算一卦试试。灵，任你在我店铺门前摆摊；不灵，砸摊子的话，可是你说的啊！”

罗大炮暗暗叫苦，表面上仍不动声色：“行，你想算啥？”高掌柜说：“你算算，我今天有几个主顾，买多少钱的药？”

罗大炮一愣：这怎么算，不是故意挤对人嘛！没法子，他随口胡诌："我算你今日有一个主顾……"

高掌柜问："啥时辰来买药？""午时三刻。"

"买多少钱的药？""两个铜板的。"

高掌柜一听，拍手笑道："好！一个主顾，两个铜钱，午时三刻，我记住了！"说罢，他转身进店去了。

过了一会儿，街前匆匆走来一个老汉，他看到罗大炮的算卦摊，停下脚步打量一番，问："小子，你会算卦？我的驴丢了，你算算我的驴在哪儿，那驴身上还有一个新买的鞍子呢！"

罗大炮抬头一看，原来是东村的王老汉，不由得心想：我要是能算出驴在哪儿，我早就拉去卖钱了，还在这儿摆啥摊呀！他紧锁双眉，无意中往中药铺那儿一看，眼睛一下子亮了，心想：头痛医头，先把高掌柜对付过去再说。于是他对王老汉说道："驴丢了，这驴嘛……"他闭上眼，装出若有所思的样子。

王老汉忙问："能不能找着？"

"能倒是能，不过要想找着这驴嘛，你就得先……先吃药。"

王老汉一听蒙了："想找驴，先吃药？这都哪跟哪呀？"

罗大炮说："你既然找我算卦，就得按我说的办，不然神仙也帮不了你！你吃了药，这驴不用找，今天晚上它自己就能回来。要是回不来，我明天赔一头驴给你！"

王老汉一听，行，那就试试吧，拔腿就要走。罗大炮急忙拦住他，说："我还没说完呢，这药啊，你得上街边这家药铺去买，才能灵验。"王老汉点点头，正要去买药，罗大炮又道："别忙，还有讲究呢！"

"啥讲究？"

"买药的时辰有讲究，早不行，晚不行，一定得在午时三刻。买多少钱也有讲究，必须买两个铜板的药，多一点儿少一点儿，都不行。"

王老汉把这些都记在心里。他来到药铺门前，等了好一会儿，愣是等到午时三刻，这才走进药铺，恭恭敬敬地递上两个铜板。

高掌柜一看，顿时火冒三丈：早不来晚不来，偏偏这个时候来；不多买不少买，恰好只买两个铜板的药，真是见鬼了！他压住火，问王老汉："买啥药？"

王老汉愣住了，罗大炮交代这交代那，就是没交代买啥药啊！他只好答道："啥药都行。"

高掌柜一听，啥药都行，还有这么买药的？既然这样，你坏了我的好事，我也收拾收拾你。他摊开一张大纸，把黄连、当归、巴豆这几味泻药称了一大包。王老汉掂掂分量，想：不管驴能不能找到，这么大一包药只卖两个铜板，可怪便宜的。

回到家，王老汉就让老婆赶紧熬药。老婆走进灶间，打开纸包一看，这么大一包药，一气儿熬了怪可惜的，就只往锅里倒了一半药，把另一半收了起来。

没病喝药，真不是滋味，为了找到驴，王老汉也顾不了许多了。他刚喝完药，就听肚里打雷般“咕噜噜”一阵响，王老汉边解裤子边往茅房跑，刚蹲下，就拉开了。

转眼的工夫，来来回回拉了七八次，拉得王老汉气喘吁吁，直不起腰来。他恶狠狠地骂道：“拉！拉！拉不死，我明天找你算账！”

不说王老汉在茅房里骂罗大炮，再说王老汉的驴到底去哪了。原来，那驴子挣脱缰绳后跑到野地里，恰巧让王老汉的邻居五狗瞧见。这五狗一向贪财，就顺手把驴牵回家，想着藏一夜，第二天拉到外地卖了。谁知那驴一进门，认出不是主人的家，挣扎着不肯走，五狗抓住笼头拼命拉，拉了半天还是拉不动。恰在此时，墙那边传来王老汉的骂声：“拉！拉！拉不死，我明天找你算账！”五狗一听，妈呀，他都知道了，明天要找我算账呀！五狗不敢再拉那驴，手一松，驴就往外跑，但驴背上的鞍子让院里的树杈子挂住了，驴一使劲，挣断了带子，光着背跑回主人家。

王老汉正在茅房里拉得半死不活，忽听老婆在院里喊：“驴回来了，驴回来了！”王老汉顾不得拉屎，提着裤子跑到院里，激动地喊道：“罗光宗，你娃子真是大仙啊！”

老婆仔细一看，喊道：“鞍子咋不见啦？”

崭新的鞍子丢了，王老汉连连叹息。老婆见王老汉拉肚子拉得脸色苍白、蔫不拉儿，心疼地说：“要不是我，今儿个非把你拉死不可。”

王老汉不解地问：“咋啦？”

老婆说：“那都是些啥药呀，幸好我留下一半没熬，要不，拉死你个老东西！”“嘿，你这死老婆子！”王老汉一听，气得吹胡子瞪眼，“我说为啥驴能回来，鞍子回不来，原来是你这老东西没给我熬那一半药呀！”

（发稿编辑：吕　佳）

（题图：陆小弟）

拒绝慰问

□庞　栋

这天，老刘进城办事，看到有个小贼偷了一个姑娘的钱包。老刘追上去擒住那小贼，不料小贼身藏甩棍，抽出来就甩在了老刘的手腕上。老刘没有退缩，一番搏斗后，最终将小贼给制服了。

有人拍下了老刘的英勇举动，把视频发到了网上。视频被迅速传播，老刘成了网络红人。

这天，老刘正在家养伤，村主任跑来说："老刘，大喜事呀，你的英勇事迹被县里看到了，今天有两位领导要来慰问你啊！"

不多时，第一位领导来了，他亲切地握着老刘的手，对他的见义勇为称赞不已。老刘还是头一次得到领导慰问，他激动得热泪盈眶。下午，第二位领导也来了，又对老刘进行了一番热情的慰问。

第二天，村主任说有一个大老板也要来慰问。

老刘有些犹豫，说："可以拒绝慰问吗？"

村主任批评道："老刘，你这是啥意思？大老板来看你，也顺便看看我们村的情况，万一看中了啥，给咱投资一笔，全村人都会感谢你的。"老刘只能无奈地又答应了。

熬过大老板的慰问，老刘正打算歇会儿，村主任说，下午还有人来慰问，让老刘不要像上午那样吊着脸子。

老刘回绝了："不管谁来，俺是打死也不让慰问了！"

村主任很恼火："慰问一下怎么了，你又不吃亏！"

老刘含着泪，撸起袖子说："每次有人来慰问，总是带着摄像，他们在摄像机前也不管我哪个手腕受伤，握住后就不停摇晃，一个比一个手劲儿大。我是没吃亏，可我这手腕疼啊！"

（发稿编辑：陶云韫）

迈克的妙计

□张　希

新近选举中，迈克被选为洛克县县长。当然,这和州长的“提携”大有关系。

没高兴多久，烦恼就来了。这两年洛克县经济不景气，财政收入越来越少，迈克一筹莫展。这样下去，下一届选举，迈克肯定没戏。

这天，迈克灵机一动，想到了一个妙计。迈克叫来秘书，让他草拟方案：“告诉全县居民，未来肯定会发生的款项，可以先收。比如‘土地使用费’，只要继续使用土地，就可提前收取。对于未来可能发生的款项，可以先收取一部分，之后多退少补。”

这样做，可以增加迈克任期内的财政收入。迈克还多次召集政府各部门会议，强调道：“我的方案必须认真执行。各种预收款，我都会带头缴纳，我绝对会和全县居民保持一致的。”

方案开始执行，迈克县长非常满意。

一周后，迈克突然收到了县立医院发来的五折心脏手术费结算单。迈克糊涂了，自己根本没做过手术，为什么收到了这个？他叫来院长问个究竟，医院院长满面笑容：“您心脏一直不太好，以后有可能需要做手术。您不是说了吗，对于未来可能发生的款项，可以先收取一部分，所以我们打了五折。”

迈克想，院方这样解释有道理，就交了钱。

哪知两天后，迈克又收到了火化场的火化费催款单，被火化人一栏清楚地写着：迈克。这下子迈克县长急了，他立刻叫来火化场负责人，劈头就骂。火化场负责人不以为意：“县长，每个人都是会死的，您也不例外。火化费未来肯定发生，您还是按规定把钱交了吧！”

（发稿编辑：陶云韫）

帮个忙

□麻　坚

这天，老伴叫王大爷把家里的一只大公鸡拿去菜市场卖。到了地方，有人出价十五元一斤，可王大爷不会算账。正犯难时，王大爷看见了邻村的大毛和他新交的女朋友。王大爷眼睛一亮，赶紧说："大毛，快来帮我算算账！"大毛皱了皱眉，说自己没空。这时，大毛的女朋友说："大毛，算账耽误不了多少时间，你就帮他算算吧！"大毛这才同意了。

回到家，老伴问王大爷公鸡卖了多少钱，王大爷把数目说了。老伴一听，指着王大爷的鼻子骂道："死老头，公鸡六斤三两重，十五元一斤，一共是九十四块五，你才收了九十三，咋算的账？"王大爷挠了挠头，说："我不会算，账是邻村的大毛帮着算的……"

老伴说："既然是大毛算的账，他就得负责！你快去把我们的损失要回来！"王大爷说："这样不好吧？不就少算了一块五吗？"老伴急道："公鸡是我一把谷子一把谷子喂大的，容易吗？你不去，我去！"王大爷担心老伴跟大毛吵起来，只好亲自去邻村走一趟。

到了邻村，恰巧大毛刚从菜市场回来。他看了王大爷一眼，问："王大爷，你来这儿干什么？"

王大爷脸一红，说："大毛，你帮我算账时少算了一块五，你大娘让我找你把损失要回来……"

大毛一听，气鼓鼓地说："好啊，王大爷，我没找你要损失，你倒先找我要损失了。我告诉你，我的损失可比你的损失大多了！"

王大爷愣了，问道："你有啥可损失的？"

"我失去了女朋友！"大毛沮丧地说，"她说我连账都不会算，这样的人不值得托付终身……"

（发稿编辑：曹晴雯）

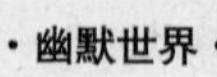

先见之明

□邵福军

林丽上了一所重点高中，母亲来陪读。赵同学和钱同学的母亲也来陪读，三家关系处得很好，每逢周末都在一起聚餐。

学校位于偏远郊区，附近只有一家商店，三位母亲总是结伴去。这天，店员极力向她们推荐羽绒服："受特殊寒流影响，过几天气温会骤降，还有百年不遇的大雪……"林母一听，就打算购买。赵母和钱母却不为所动，她俩附在林母耳边说："哪有他说的那么严重！"说完，两人拉着林母走了。

谁知几天后，店员的话得到了印证。因为孩子处于青春期，去年的羽绒服已经穿不下，需要买新的，赵母和钱母不约而同去了商店，发现羽绒服早已售空。她们对店员说："你们赶紧进货啊！"店员为难道："大雪造成交通阻断，人车都进不来……"两人看着窗外的大雪，后悔当初没听店员的话。

这天正好周末，轮到去林丽家聚餐，两人便直接过去了。途中，她们想：咋没见林母急着来买羽绒服呢？两人也担心，林母会不会怪她们当初阻拦自己买羽绒服啊？进屋不久，三家的孩子就推门而入，个个衣衫单薄，冻得瑟瑟发抖。看来林母也没给林丽买羽绒服啊！不过林母毫无怪罪之意，脸上笑意融融。倒是林丽不乐意了："妈，我都冻成这样了，你还笑！"

这时林母打开柜子，取出一件羽绒服。林丽穿上一试，简直是为她量身定做的！她笑道："妈，你太有先见之明了！啥时买的呀？"

赵母和钱母惊讶极了，她们也想知道林母是啥时买的羽绒服。

林母爱怜地看着女儿，微微一笑："你上初一的时候就买了，就等你长大后穿呢！"

（发稿编辑：曹晴雯）

英俊的小哥

□艾晨曦

小丽是个女大学生，经常叫外卖。因为是 VIP 客户，经常送外卖的总是那几个派送员小哥。

其中有一个小哥长得很帅，小丽每次不免多看他几眼。一晃小丽快毕业了，想到离开学校以后可能再也见不到那个英俊的外卖小哥了，小丽心里有些不舍。快到饭点，小丽又掏出手机，下了一单。

取外卖的时候，果然又是那个英俊的小哥。再看那个小哥，他也一反常态地盯着小丽多看了几眼，一副欲言又止的样子。

小丽回到宿舍对闺密说："唉，毕业以后可能再也见不到他了……"

闺密出主意："他不是刚给你打过电话吗？你回拨过去就行了！"

小丽大喜，连忙掏出手机回拨，谁知道回拨过去是空号——原来外卖应用为了保护隐私，双方手机上显示的都是虚拟号码。

闺密想了想说："那你再叫一单。"

小丽马上点开手机，又点了一单奶茶。

半个小时之后，电话响了，果然是那个英俊的小哥！

听到小丽的声音，那个帅哥说："我猜这一单是你，就抢下来了，果然是你呀！"小丽的脸"腾"的一下红了："对呀，是我呀！你找我有事？"

"我吧，我有些话想要和你说，以前想说，一直没好意思说出口。"

小丽含羞带怯地说："那个，你有什么话，就快说吧……"

"嗨，真要说了，我还有点说不出口……"小哥的声音听起来很不好意思。小丽的心怦怦直跳，按捺住激动的情绪，说："没事的，你说吧，我听着。"

小哥迟疑了一会儿，开口说："四年了，你是我看着长胖的！午饭刚吃完，你又喝奶茶，你看你都胖成啥样了？以后可要少吃点呀！"

（发稿编辑：孟文玉）

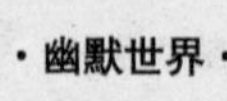

逃生秘诀

□柯 南

周武是个记者。这天半夜，城郊发生了一次地震，附近一个小区的几栋高层居民楼震感明显，所幸伤亡不大。

周武立马赶到了受灾现场，想要挖掘第一手资料。他了解到这次地震，这个小区里最先有逃生反应的竟然是一位七十多岁的老伯。要知道，地震发生在凌晨，大家都在熟睡，老伯为何反应如此之快呢？

凭着职业敏感，周武找到老伯，对他进行了采访。周武问道："老伯，您家住几层？"老伯指指头顶，回道："六层，顶楼。"

周武觉得意外："老伯，地震发生时是深夜，您当时还没睡？"老伯说："睡啦，我每天都睡得很早。"周武更好奇了："听说您逃出大楼时，震感还不是很强烈，您为何会对地震那么敏感呢？"老伯回答："还不是因为我儿子……"

周武想了想，说："是儿子跟您普及过地震逃生知识吧？看来他教您的东西很有用，您要不要说出来，跟大家分享一下？"

没想到老伯倒也干脆，摸出手机给周武："他可没教我啥，就给我留了这手机！"周武觉得奇怪：留了手机？据了解，这次地震前并没有发布什么预警短信啊……

这时，只见老伯站起来，叹着气说："我儿子在国外，平时都特别忙。他走时给我留了这手机，说会打电话给我，可这手机从来没响过！我耳朵不好，所以把手机调成了振动模式，贴身放着，晚上睡觉也放在枕头底下。昨晚，我还以为是臭小子终于来电话了呢！"

（发稿编辑：丁娴瑶）

（本栏插图：小黑孩　顾子易）

夏季增刊 故事会® 2022

CONTENTS —STORIES— SEMIMONTHLY

2022增刊·夏

社 长、主 编 夏一鸣

副社长 张 凯

副主编 朱 虹 吕 佳

本期责任编辑 田 芳

电子邮箱 greygrass527@126.com

发稿编辑

朱 虹 王 琦 赵媛佳

美术编辑 王怡斐 郭瑾玮

红版编辑部电话 021-5320 4059

绿版编辑部电话 021-5320 4048

地址 上海市闵行区号景路159弄A座3楼

邮编 201101

主管、主办 上海文艺出版总社

出版单位 《故事会》编辑部

发行范围 公开

出版发行部

发行业务 021-5320 4165

发行经理 钮 颖

媒介合作 021-5320 4090

广告业务 021-5320 4161

新媒体广告 021-5320 4191

融媒体中心

《故事会》微博 @故事会

《故事会》微信 story63

故事中国网 www.storychina.cn

《故事会》网店

shop36332989.taobao.com

故事会公众号 故事会小程序

国外发行 中国图书贸易总公司

印刷 上海四维数字图文有限公司

发行：中国邮政集团公司报刊发行局总发行

国内代号 4-225 定价 6.00元

·绝对笑话·

东方笑场

@笑熬浆糊　老法医对徒弟说："智能手机的普及让我们的工作量减少了，我很感谢这个时代！"徒弟问他为什么，老法医解释说："现在不用开膛破肚，就能知道死者最后一顿吃了啥，翻翻他的手机就好了！"

@红蓝CP　三个实习生在一家公司实习了半年，有两个人离开了，剩下的那个实习生和部门经理开玩笑说："我这边没啥任务了，咋还不辞退我？"

经理回道："那可不行，没个临时工，万一出事了咋办？"

@小情歌　在拥挤的火车车厢里，很多人没有座位。一个男生坐在自带的小板凳上，站在他旁边的女生掏出一个石榴，对他说："我用石榴换你的板凳，好吗？"

（本栏插图：小黑孩）

男生同意了。两人交换后，男生刚要剥石榴，女生抬头说："先别吃，待会儿我还要换回来的。"

@一一　二柱出生在一个小山村，好不容易考上了城里的大学。拿到录取通知书的那一天，二柱忍不住向朋友炫耀："我再也不用过脸朝黄土背朝天的日子啦！"

朋友看了他一眼，幽幽地说："要是背朝黄土脸朝天，就该埋起来了。"

@樱桃小肉丸　一个健身教练最近生意不好，于是就到街上派发广告，但一整天过去了都没人加他微信。就在他垂头丧气之时，忽然有个陌生人加了他，他连忙通过，主动发消息说："你好，我是健身教练，有什么可以帮你的吗？"

那人很快回复道："快帮我在朋友圈里点个赞，就差一个人了！哎，还好我没把你的广告扔了……"

雷人囧事

@吃饱了减肥 快考试了，大刚为了能在考试时作弊，就把答案都抄到腿上。室友问他："这么多答案，你这腿上抄得下吗？"

大刚头也不抬地答道："打肿就能抄下了！"

@九宫格吃火锅 小明总爱欺负同桌。有次，同桌的老爸来学校送伞，小明看对方一副彪悍的样子，就问同桌："你老爸是干什么的？"同桌答："贩毒的。"

小明吓了一跳，再也不敢欺负同桌了。直到有一天，他听见同桌跟别人说："听说你家有老鼠？我爸卖老鼠药，你要不要买点？"

@小白 老婆总说老公有外遇，老公忍无可忍，想说老婆多疑了，一气之下说成了："你真的是多余了！"

@郑宗不正宗 一个男孩向女朋友求婚，他从口袋里掏出了两个首饰盒。女朋友一看，两个盒子里各有一个戒指，不禁纳闷地问道："求婚都是送一个戒指的，你为什么要送我两个？"

男孩不好意思地笑笑说："这两个戒指一个是钻石的，一个是玻璃的。我知道你一向粗心大意，所以特意多买了个假的，好让你平时戴。"

@胖胖糖 一天晚上，大李开车经过一段没有路灯的小路，看到前面一对男女摸索着走路。大李心想，肯定因为太黑了，他们不敢走得快。于是，大李放慢车速，一路在后面用车灯照着他们走。

开出这段小路，大李来到他们身旁摇下车窗，得意地刚要开口，只听那男的怒道："我们就想找个黑灯瞎火的地方谈谈恋爱，全让你给搅和了！"

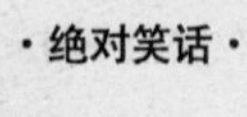

诙谐家庭

@好吃的车厘子 老爸感叹道："你们现在的答题卡怎么像彩票一样？"儿子说："其实性质差不多。"

@我说了不算 甲："我老婆是个女强人，成了一名企业家。"乙："我老婆更厉害，她集诸家于一身，是数不清的'家'！"

甲："那她都是哪些家啊？"乙："如果和我发生冲突，她立马成了武术家；如果数落我的不是，她立马成了历史学家；如果外出旅游，她立马成了地理学家；如果算计我的零花钱，她立马成了数学家；如果回她娘家，她立马成了慈善家；如果想要无赖，她立马成了气象学家……"

@刘振 佳佳是个八岁的小姑娘。这天，她和妈妈一起逛公园，看到有个人被树杈卡住了头，怎么也拔不出来，佳佳着急地说："妈妈！快把你的手机给我，我要救这个叔叔！"

妈妈说："你要报警吗？我可以帮你打电话啊！"佳佳说："我不打电话！我想用美颜相机帮叔叔瘦一瘦脸，说不定他就能从树杈里出来了！"

@马里奥的奥利奥 这天放学，妈妈去接儿子时下起了大雨，她只好在路上买了两把伞，花了好几十块钱。儿子得知后，抱怨道："这伞太贵了，妈妈，你不是老教育我不要乱花钱吗？"

妈妈解释说："如果不买伞，淋了雨要感冒的。"儿子皱着眉头说："可是感冒药只要十几块呀，买伞太不划算了。"

@发际线突出 儿子对老妈说："我给你讲个笑话。从前有个人很傻，总喜欢说'没有'，别人问他什么，他都说'没有'。妈，你听过这个笑话吗？"

老妈正想说"没有"，忽然反应过来儿子是在套话，于是她想了想，不答反问："你这个月的生活费还有吗？"

@桃花一朵朵 小吴去一家公司应聘公关经理的岗位，他的笔试和面试成绩都是第一名，却没被录取。小吴不服气地问这家公司的负责人："你们既然是公开招聘，为什么要暗箱操作？"

负责人解释说："我们没有暗箱操作，只是更注重应聘者的实际公关能力。"

小吴追问道："打败我的那个人到底有啥实际公关能力？"负责人理直气壮地说："人家都把你打败了，这还用解释吗？"

天下趣闻

@凹凸曼 库尔特在酒吧里忧伤地喝着酒。酒保见了，问："怎么了？和太太闹矛盾了？"库尔特叹口气说："我俩大吵了一架，她跟我说，她打算一个月都不跟我说话。"

酒保笑着说："这样她就不会来烦你了，你应该开心才对啊。"库尔特捂住了脸："你叫我怎么开心？今天就是这个月的最后一天了！"

@流浪地球 一家银行被同一个劫匪抢劫了三次，警察问银行出纳："这个家伙有什么特别之处吗？"

出纳答道："有，他好像每次来都比上次穿得好了。"

@对牛弹琴 小静在一家网红店排队买奶茶。队伍很长，忽然有个女生跑来插在小静前面。小静见状，拍了拍女孩的肩膀，说："这么巧啊，你也来买奶茶？对了，这些年你过得还好吗？和他快结婚了吧？房子买在哪儿了？多大啊？"

插队的女孩愣了，问："那个……我们……认识吗？"小静把她挤到一边，笑了："既然不认识，你插什么队？"

本栏欢迎来稿，读者、作者可将有新鲜感、有精彩细节的笑话佳作投寄给我们。来稿一经采用，最高稿费为一则100元。本期责任编辑电子信箱：greygrass527@126.com。

世上没有打不开的锁

□徐树建

黄大开自小在一家专业锁厂工作，退休前已是高级技师，现在开了间小店，既开锁也制锁，尤其是他亲手制作的锁，固若金汤，没有人能打得开。为此他特地在门脸旁贴了一副对联：世上没有打不开的锁，此处就有锁得牢的门。

这天，黄大开正在店里和几位街坊邻居聊天，突然闯进来一个人，怒气冲冲地叫道："黄师傅，你的锁被人打开了，你赔我损失！"

黄大开脸上挂不住了，说："你确定是我的锁？确定是打开的，而不是用武力撬开的？"来人怒道："你当我是三岁小孩说着玩呢？"

黄大开让来人赶紧带他上门查看，那几位老街坊也跟着一起去看热闹，很快就来到那家的门前。黄大开仔细一打量，不由倒吸了一口凉气，那门开着，锁完好无损，明显是内行高手四两拨千斤，用技巧拨开的，而且千真万确是自家的锁，此刻有警察正忙着取证。

黄大开面如土色："确实是我的锁，放心好了，是我的责任，我绝不推脱。"

有个邻居看看黄大开，说："万一不是你的锁呢？"黄大开苦笑一声，只有自个儿清楚：这已不是第一次让人拨开他自制的锁了，

最近一连发生了好几起。

回去后，黄大开就撕了对联，关了小店，对老街坊一拱手："我招牌砸了，没脸再开店了，告辞！"众人要挽留，哪里留得住？

一晃几个月过去了，那个门面也一直关着。这段时间人心惶惶，因为不断有毛贼拨开居民家的门锁入室盗窃。就在这时，那间门面由别人租下重新开业了。

一阵惊天动地的鞭炮响过后，大伙儿闻声赶来，一看装饰一新的新店，都是大吃一惊。店门口的对联换成了：世上真有打不开的锁，此处没有进得来的贼。

原来这是一家卖锁的。店主是个年轻人，一脸憨厚，客客气气。众人问他这对联上写的是什么意思，年轻人低调但不失自信地说："我家的锁世上就没有人能打得开，包括我。"

黄大开曾经夸下海口，说自制的锁除非他本人，世上就没人打得开；这个年轻人更进一步，说什么自制的锁，即便是他本人也打不开。众人纷纷摇头，黄大开那么大本事都失了手，你这个乳臭未干的小子，口气未免也太大了，就不怕招贼吗？至少会得罪同行吧？

众人猜对了，不久就有同行找上门来，可是一天天过去了，也没有人能参透机关。

原本大伙儿都忍受着毛贼的无形威慑，正惶惶不可终日，这下好了，门神来了！这么一来，年轻人的生意一下子火了。装了锁的居民欣喜地发现小偷真的进不来了，因为小偷还在开锁作案，但那些装了年轻人的锁的人家，无一被盗。

年轻人显然不满足于现状，他在各个平台上乘胜追击，竟然广撒英雄帖：本人钢锁天下第一，你若打得开，奖你一万；若打不开，也无惩罚。这个帖子无异于火上烧油，一时间街谈巷议，热火朝天。尽管挑战者越来越多，可依旧无人成功。

年轻人得意地笑着，继续加码，当悬赏增加到五万元时，来了一个怪人。

这人瘦削如柴，走路轻飘飘的，像猫一样无声无息。最关键的是，他一直戴着口罩，架着墨镜，一副深不可测的样子。街坊们见了，忍不住议论纷纷："这人骨轻肉少、畏寒怕光、阴盛阳衰，这是鬼气啊！"

正议论着，怪人冷冷地说道："锁呢？拿来让我试一下。"

他的声音像是寒冰，没有一丝热气，连卖锁的年轻人也忍不住一

个激灵，当即拿出一把大锁。众人围过来，个个预感到今天有事发生，默不作声地看着。

怪人接过锁，仔仔细细地盯着看，一看就是十分钟，如老僧入定，纹丝不动。

众人乏了，正要打哈欠，怪人行动了，他打开随身带的工具箱，刚一打开，众人一片骚动。那箱子简直就是个百宝箱，里面什么巧夺天工的工具都有，小巧玲珑、精巧坚硬，全是纯钢打造。

卖锁的年轻人脸色变了变，不用说，他也被这些工具吓着了。怪人从箱子里一下子挑出两件工具，细如发丝，闪着寒光，似钩、似针，一起伸到锁眼里。相比以前那些锁匠，他们每次只伸进一件工具，怪人明显胜人一筹。

此时，怪人把耳朵凑近锁眼，左手稳住锁，右手轻轻拨动。

现场鸦雀无声。过了半晌，怪人抽出工具，锁没有开。一时之间，众人心里什么滋味都有，既希望开，这样就有谈资了；又担心开，因为憨厚的年轻人会失去五万元。

怪人额头有细汗渗出，可他没有放弃，而是摘下了手套，之前他一直戴着副薄如蝉翼的手套，可手套再薄，毕竟手感差了些。等他摘下手套，众人不由吃了一惊：只见这人十指又细又长、白皙细腻。

然后，怪人又取出一件工具，这件工具更加奇怪：精钢打造，前端左右分开，一侧是个小小的钩，另一侧是个尖。然后他再次把耳朵贴近锁眼，众人又是大吃一惊：三件细长的工具一起伸进锁眼，怪人仅需一只手的五根手指，三件工具就似灵蛇一样交叉着探寻、尝试起来……

小半天过去了，怪人再次抽出工具，尽管众人看不到他的表情，但从身体语言可以看出他很沮丧，又一次失败了。

怪人说了声“我输了”，正要走，身后有人说道：“学艺不精，丢人现眼。”怪人浑身一颤，站住不动，这时从众街坊身后走出一人，竟是久未露面的黄大开。

黄大开从自己的工具箱内取出工具，不是三件，而是四件！接着，黄大开张开粗大的左手遮住右手，不让人看到他的操作，片刻间，只听“嗒”的一声轻响，锁开了。

众人欢呼声四起，虽看不清怪人表情，但他显然震惊不小，一拱手，粗声粗气地说：“领教了！”转身要走，黄大开缓缓说道：“你

还想走吗？”

怪人一颤：“什么意思？”

黄大开冷冷地说道：“你不懂？你只懂入室盗窃是不是？道德败坏、违法乱纪！”

众人大惊，怪人身形一闪，正想跑，早被两人扑上来牢牢摁住了，那是两名警察。

黄大开冷笑道：“你不要再做无谓的挣扎了！有一户居民装了我自制的锁，你在拨锁时因为怎么也拨不开，一时情急摘下了手套，结果留下了指纹。你敢说那些指纹不是你的？”

怪人一下子瘫了。很快，他脸上的墨镜、口罩被摘下，露出一张苍白扭曲的脸来，叫道：“师父，你为什么害我？”

黄大开一脸的愤怒，又一脸的可惜，说：“天作孽，犹可违；自作孽，不可活！不是我害你，是你自己害了自己，天堂有路你不走，地狱无门偏进来！”

不久有消息传来：最近发生的一连串入室盗窃案，疑犯正是那个怪人，他竟是黄大开在锁厂时收的大徒弟！

原来，大徒弟嫌锁厂收入不高，又仗着一身本领，一时鬼迷心窍开了一户人家的锁，没想到首战就所得颇丰，从此他便坠入深渊，从人变成鬼。

黄大开见自家的锁频频被人打开，震怒之下关了小店，回家潜心研究，终于成功研制出新锁，并让新徒弟——那个年轻人重新开店布下鱼饵，终于引得大徒弟上钩。

众街坊问道：“黄大开，你就不怕新徒弟再蹈覆辙？”

黄大开一笑：“现在我只研制锁、卖锁，再不教人开锁。开锁、卖锁，本是一对矛盾，我选择能保护千家万户的盾。”

（**发稿编辑**：朱　虹）

（**题图、插图**：陆小弟）

· 情节聚焦 ·

鸟儿和人井水不犯河水，有一天这种局面被打破了……

斗鸟

□ 吴水群

村东头有老孟头家的半亩菜地，老孟头的老伴秀琴一辈子和土地打交道，今年在这里种上了花生。可让人气愤的是，花生刚刚发芽，还没拱出地皮呢，就被一群群飞过来的鸟，用尖尖的长喙从土里叼出来吃掉了。

种花生不行，那就种玉米吧！可种玉米也不行，还是免不了被这些该死的鸟祸害。为了保住下到地里的种子不再被糟蹋，秀琴想尽了办法，又是绑稻草人、敲脸盆，又是举着红旗吆喝轰赶……可都无济于事。

实在没办法，秀琴只能求老孟头："老头子，你闲着没事，买把弹弓来打鸟呗！这样既能赶走那些害人的鸟，又能锻炼身体，说不定还能练成神射手呢……"

可老孟头是个一根筋，他立刻反对说："这些鸟都是国家二级保护动物。打鸟，你想害我进拘留所啊？"

实在没有办法，秀琴一咬牙，就偷偷买了些老鼠药，打算拌进麦粒中，毒死这些鸟。可让她没有想到的是，她头天晚上偷偷搅拌好的毒麦粒，第二天突然不见了。秀琴知道，这肯定是老孟头捣的鬼，就找他兴师问罪，两人大吵了一场。

眼看这些鸟成了老伴的心腹大患，老孟头沉思了一阵，说："老婆子，你就不要瞎折腾了，干脆再种上花生吧！我向你保证，我有办法让那些鸟不再来祸害咱的地！"

秀琴还是很相信老孟头的，结婚这些年来，还真没有他做不到的事，于是她就答应了。

可让秀琴意外的是，这天晚上，村里大昌的父亲老魏突然找上门来，骂道："好你个老孟头啊！我儿子不就是闲了没事，到北边林子里打了几只鸟嘛，你为啥要到派出所去告发他？"

听了一会儿，秀琴终于知道咋回事了。原来，最近一段时间，大昌经常和一些人到村北那片林子里用弹弓打鸟。打鸟是犯法的，老孟头就到派出所把大昌告发了。今天下午，大昌正在林子里打鸟时，被派出所民警当场抓获，拘留了。

知道咋回事后，秀琴也生气了，骂起了老孟头："你不是说有办法让那些鸟不再来祸害吗？原来你的办法就是阻止大昌打鸟？那些鸟都是害人精，死光了才好呢！可你倒好，自己不去消灭它们，竟然还去告发大昌……"

老孟头默默地听着秀琴和老魏的指责，一句话都不说。毕竟大昌打鸟是不合法的，最后老魏骂了一阵子出完气，也就回去了。

秀琴却余怒未消，隔几天就要念叨老孟头几句，老孟头也只是讨好地笑笑，不说话。可让秀琴疑惑不解的是，从此以后，那些鸟都不见了，竟然真的再没有来祸害过她种的花生。

一周后，看着地里齐刷刷的花生苗，秀琴心中好奇，忍不住问老孟头："老头子，难道那些鸟有灵性，知道你告发了大昌，保护了它们，为了报恩，所以就不再来祸害我们了？"

望着老伴好奇的样子，老孟头忍不住笑了："你想想啊，这么多年来，咱们种咱们的庄稼，鸟儿在林子里捉它们的虫子，井水不犯河水，鸟儿们啥时候来祸害过咱们？可后来，大昌他们天天打鸟，毁了它们的家，那些可怜的鸟儿不敢回林子里捉虫子，不得到处找食吃吗？不过，现在好了，警察又替鸟儿们夺回了家园，它们才懒得来祸害你的花生呢！"

（**发稿编辑**：赵嫒佳）

（**题图**：陆小弟）

最后一搏

□ 马海涛

高小宝爱打牌，但牌技不行，输了很多钱。最近他新结识了一个牌友老罗，说有个捞本的机会，但新朋友要“现过现”，也就是现金交易。老罗让高小宝带够“子弹”在茶楼等着，说会有一辆宝马车接他去目的地，老罗就在那里等他。

这天早上，高小宝拎着皮包来到茶楼，皮包里是他东拼西凑借来的几万块钱。很快，高小宝看到一辆银色宝马开到茶楼前，他便迎了出去。一个中年男子探出头来：“你就是高先生吧？”高小宝点点头，拉开后车门坐了进去。

车上有两个人，坐在副驾驶座的中年男子自称大毛，开车的是他兄弟二毛。转眼的工夫，宝马车就出了城，来到郊外一片高端别墅区。高小宝定睛一看，这不是大名鼎鼎的天鹅湖别墅吗？他问：“老罗就在里面吗？”不料大毛警觉起来，反问他：“老罗是谁？”

两人都是一惊。高小宝先说了自己的来由，大毛愣了一会儿，苦笑着一拍脑袋，原来彼此都认错了人！大毛说他们是来和一位钟老板谈生意的，但两人口才稍欠，又托朋友介绍个姓高的小伙子帮忙，谁知接人的时间地点跟老罗和高小宝

约的恰好一致，更巧的是高小宝和对方描述的人还挺像，就被稀里糊涂地带到别墅来了。

高小宝着了急，打老罗电话却已经关机。大毛想了想，说如果高小宝愿意帮着谈，生意谈成能分好几万。高小宝眼珠子一转，答应下来。

敲开一家别墅的门后，高小宝还来不及反应，就见二毛将别墅主人钟老板打翻在地，捆了个结实。大毛则掏出匕首，扭头看着高小宝，冷笑说："你这个倒霉蛋，还以为我们真来谈生意？"

原来这哥俩竟是上门抢钱的。两人都好赌，最近手头紧，便盯上了一个人住豪宅的钟老板，担心没经验，就想再找个更厉害的帮手。大毛在网上暗中试探，还真的有人接招，交流后发现对方果然是老手，便商定今天一起行动，但对方很谨慎，只透露自己姓高和大致的外貌，没想到却被误会成了高小宝。大毛已经把高小宝带到钟老板家门口了，不敢放他走，才临时撒个谎，把他也骗了进来。

大毛先威逼钟老板把钱都交出来，哪知钟老板大声喊冤："搞错对象了，我比你们都穷！"钟老板说自己其实早就负债累累，连别墅也抵押给了银行。

大毛查看钟老板的手机，上面全是讨债信息，顿时火冒三丈，吩咐二毛先将这家伙关进地下室。他一转身，正好瞅到了高小宝的皮包，抢过来发现里面居然有一大笔钱。这时，高小宝的手机突然响了，是老罗打过来的。大毛示意他接听，高小宝不敢呼救，只好支支吾吾，问老罗为啥要关机，老罗解释之前手机没电了，反过来抱怨对方没接到他，手机也一直打不通，搞得牌搭子都散了伙。高小宝不敢多说，挂了电话。

大毛拎起高小宝的皮包，正准备和二毛离开，想不到门铃突然响了。屋内的三个人顿时都紧张起来。大毛控制着高小宝，示意二毛去开门，出乎高小宝意料的是，来人摘掉口罩和墨镜，竟然是老罗。老罗一进门就大笑着对高小宝说："我就猜到你小子在这儿！看样子是三缺一，咱们赶紧开始呗。"不光大毛二毛愣了，连高小宝也弄不清楚，这老罗是来救自己的吗？他怎么知道自己在这里？

大毛给二毛使眼色，让他先不要轻举妄动，因为他观察到老罗腰间鼓鼓的，看上去像是别着手枪。高小宝的大脑快速转动，那哥俩有

凶器，但就他们对老罗的态度来说，看来老罗也是不好惹的，拼起命来结果真不好说。于是他定了定神，介绍大毛就是别墅主人。

说着话，四人坐到了客厅的一个麻将桌旁。牌桌上的较量没多久，局面就一边倒，大毛哥俩和高小宝根本不是老罗的对手，接连输了好几万。大毛气急败坏，给二毛递了个眼色，两人就要起身动手。哪知老罗早有防备，他快速拔出一把手枪对着大毛，说自己是警察。

说着，老罗扔给高小宝一副手铐，让他过去将两人铐在一起。高小宝照做之后，迟疑着拿起自己的皮包想出门，不料后脑遭了重重一击，人就倒在地上了。

他身后的老罗诡异一笑，迅速拿起皮包，戴上口罩和墨镜走向门口。出乎意料的是，一群持枪警察冲了进来："不准动！"老罗不由自主地举起了手……

到底怎么回事？原来当初大毛在网上找的同伙，就是老罗。对老罗来说赌博只是爱好，抢劫才是老本行。他跟大毛一拍即合，行动前一天却犹豫了：大白天进别墅区抢劫还是很冒险，他想到了输红眼的高小宝，就让他先"冒充"自己参与团伙作案。

于是，老罗一边骗高小宝去搭牌友的车，一边又让大毛以为是去接同伙，造成双方的"误会"。他料定真相暴露后，要么高小宝跟着一起干，要么大毛也不会轻易放人，等他们拼出个结果后自己再来个"黑吃黑"。之前老罗守在别墅外看他们进去，后面再给高小宝打电话，刺探情况。他知道兄弟两人也嗜赌成性，不如放个烟幕弹，先在牌桌上会会这两个"网友"。

老罗很是狡猾，他还准备了一把假枪，在关键时候冒充警察抓贼。他本想搜刮一空后溜之大吉，谁知遇上了真警察。

高小宝摇头苦笑，今天还多亏了他的"最后一搏"。他恨老罗将自己赢得太惨，早就跟朋友合计，如果自己再输，就通知对方报警抓赌，大家都别想好过，哪知却摊上了一档子怪事。当听到老罗说自己是警察，他更觉蹊跷，于是悄悄将定位发给朋友报了警。

真相大白，高小宝也看透了，赌博都是尔虞我诈，更可怕的是，还不清楚牌友的真实面目。以后还是改邪归正，老实过日子吧。

（**发稿编辑**：王　琦）

（**题图**：陆小弟）

神回复

◆ 去买手机，手机店店员问我怎么不买翻盖的。我说我特别讨厌用翻盖的东西，麻烦死了。

神回复：翻盖马桶你用不？

◆ 我羡慕两种女人：一种是自己干事业贼牛，谁都不搭理的那种；一种是娇滴滴会撒娇，任谁看见都想拼了老命保护的。刚好，我卡在中间了，既不牛又不会撒娇，一天到晚还死犟死犟。

神回复：那你肯定扛揍！

◆ 儿子一大早不舒服，我连忙和老公把他送到医院检查，得知没大碍后顿时轻松了，就和老公一路说笑着从急诊室走了出去。不想身后传来医生冷冷的声音：“把孩子带走！”

神回复：这孩子充话费送的，所以不要了。

（推荐者：笑熬浆糊）

奇葩的离职申请

◆ 听起来最心酸的：忘了老公长啥样，想去看一看。

◆ 听起来最诗意的：我的梦想太大，这里装不下。

◆ 听起来最励志的：彩票中了1000万。

◆ 听起来最玄学的：和领导八字相冲，和公司风水不合。

◆ 听起来最土豪的：家里拆迁，需要人手。

◆ 听起来最悲剧的：卖房，回家炒股。

◆ 听起来最单纯的：公司暖气不热。

◆ 听起来最简洁的：请辞，望批。

（推荐者：木小沫）

民国报纸的标题党

◆ 何应钦任湖南省代省长时，有一年扫完墓，要求各报必须及时配发新闻，指令标题为《何省长昨日去岳麓山扫其母之墓》。不料，某报却把标题改为《何省长昨日去岳麓山扫他妈的墓》。这个标题一语双关，令当事人啼笑皆非，令读者忍俊不禁。

◆ 国民党政府陪都重庆，物价暴涨、产品偷工减料，连烧饼、油条也纷纷涨价。《新民报》编辑程大千将一条物价飞涨的新闻框了一个花边，仿宋词佳句拟了一条标题："物价容易把人抛，薄了烧饼，瘦了油条。"见报后，读者纷纷叫绝。

◆ 1947 年，金元券大贬值，民不聊生，工薪阶层苦不堪言。武汉《大刚报》曾在头版头条刊出大字标题："公教人员不是东西，是东西也应当涨价！"该标题以诙谐幽默的口气，为广大公教人员的生存发出了一声呐喊。

◆ 1948 年，美国驻中国特使马歇尔奉命回国，接替马歇尔职务的是华莱士。当时南京某大报纸以《马歇尔歇马,华莱士来华》作标题报道了这条新闻。此标题运用"回文"手法，正读反读都一样，巧妙至极，至今为报界称道。

（**推荐者**：冯忠方）

让法官无言以对的回答

◆ 法官问："你一生中有没有做过一点好事？"惯犯答："有！我使阁下和警察们不至于失业。"

◆ 狱吏对刚入狱的惯犯说："我们终于又见面了！"惯犯说："有什么办法呢？我在任何地方都找不到如此便宜的住所。"

◆ 法官："在偷东西的时候，难道你没有想过，你的老婆该怎么办？"小偷："想过了，可这家商店里面没有女士衣服！"

◆ 一个镶牙付假钞的人受到了审讯。他这样为自己辩护："牙医给镶的是假牙，也不是真的呀！"

（**推荐者**：青　青）

（**本栏插图**：陆小弟）

路怒症

□阿毛

最近，马小亮快过生日了，往年过生日一家人都会找个饭店给他庆祝，今年因为疫情，母亲前两天就给他打电话，让他到时带着未婚妻秦婷一起回家吃饭。

到了马小亮生日这天，秦婷一大早就去超市买了点给未来公婆的礼物，然后赶到了马小亮的住处。进门一看，他竟然还在睡觉，叫了几次才把他叫起来，直到快十一点了，两人才开车出发。

马小亮因为睡懒觉耽误了时间，有点着急，见路上的车比平时还多，不禁开始抱怨："大周末的，怎么还有这么多车？真是烦人！"

马小亮是个出了名的"路怒症"患者，坐过他车的人都深有体会。秦婷作为他的女朋友，更是个资深"受害者"，每次坐在副驾驶位子上，不仅要忍受马小亮不停的抱怨，有时候甚至还会出现一些危险状况，为此两人经常吵架。

就在上周末，马小亮开车带父母去医院体检，秦婷也一起去了。经过一个路口时，旁边直行车道上有一辆车因为要左转，加速变道开到了自家车的前面。秦婷觉得，这是个再正常不过的事情，对方打着转向灯，也没有硬插，如果是自己开车，稍微让一下就过去了，可马

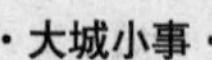

小亮偏偏认为对方是在挑衅自己，过了马路后又故意开到人家前面，还摇下车窗要跟人家“理论”，别提多危险了！

一家人都被他的举动惊出了一身冷汗，秦婷更是生气地说道：“马小亮，你怎么这么冲动？一家人都在车上，出了车祸怎么办？”

马小亮却露出一副不以为意的样子，说：“我这车技，怎么会出车祸？他凭什么硬插到我的前面？这种人，就该好好教训教训！”车上的父母也被他气得不轻，可又拿他没办法。

眼看又到了上次的那个路口，马小亮刚准备变到左转车道上，没留神旁边一辆摩托车一下子超过马小亮的车，蹿到了前面，在左转红灯前停了下来。果不其然，马小亮又一次被激怒了，他一脚油门冲上去，把车并排停到摩托车旁边，按下车窗，气呼呼地对摩托车司机说：“你会不会骑车？”

摩托车司机打开头盔盖子，一脸莫名其妙地说：“我这么骑车，有什么问题吗？”

马小亮吼道：“没看到我要变道吗？就烦你们这些摩托车，整天钻来钻去的，没素质！”

摩托车司机一听马小亮这么说，也有点生气了：“我在自己的道上走，明明是你变道不打转向灯，还倒打一耙，谁没素质啊？”

马小亮想继续回击，被坐在副驾驶座上的秦婷拦住了：“行了，别说了，一天到晚老跟别人吵，让一下不就行了！”秦婷的劝阻不仅没有平复马小亮暴躁的情绪，反而引火上身，导致马小亮转而把矛头指向了她。

马小亮看着秦婷，不满地说道：“你怎么胳膊肘往外拐，你到底是哪头的？”秦婷不甘示弱地说：“我就是不想让你老跟别人吵架，你不要上纲上线！”

“到底谁是你男朋友？你不帮我的话，就别坐我的车，你去坐他的车啊！”马小亮情绪上头，失去了理智，开始口不择言。他本以为秦婷会跟以前一样，叨叨两句就没事了，可没想到的是，她竟然打开车门下了车，气呼呼地走到摩托车旁边坐了上去。

马小亮一时愣在那里，瞪大眼睛惊讶得说不出话来。就在这时，信号灯变成绿色，摩托车司机递给秦婷一个头盔，载着她扬长而去。

直到后面的车不停地按喇叭催促，马小亮才回过神来，此时摩托车早已没影了。马小亮十分郁闷地回到家，母亲见只有他一个人回来，忙问道："怎么就你一个人，婷婷呢？"马小亮往沙发上一坐，一言不发，满脸的不高兴。

在父母的再三追问下，马小亮才把事情的来龙去脉说了一遍，本以为父母会站在自己这边安慰自己，可没想到话还没说完，父亲就"噌"地站了起来："什么！你把婷婷气走了？你这一天天的，能不能管管你的脾气？"母亲也开口数落道："你怎么一开车就跟别人吵？上次带我们去体检就差点出车祸，当着婷婷的面，我和你爸不愿意说你，这次你居然还把婷婷气跑了，我看你上哪儿找媳妇去！"二老说完，转身走进卧室，把马小亮一个人晾在了那里。

此时的马小亮已是"众叛亲离"，他蔫头耷脑地坐在沙发上，如果说刚回家那会儿，他还有点委屈，现在的他已经开始后悔了，后悔自己为什么脾气这么大，情绪一点就着。他越想越懊恼，忍不住捏紧拳头朝自己的大腿重重捶了几下，然后拿出手机拨通了秦婷的电话："婷婷，你在哪儿呢？"马小亮的口气和刚才在路上时简直判若两人。

"你管我在哪儿，咱俩没关系了，我不想跟脾气这么差的人结婚，我看你也改不了了！"电话里，秦婷语气冷静，态度坚决，看来是要彻底放弃马小亮了。马小亮一听慌了神，秦婷这是要跟自己分手的意思啊！他语无伦次地不停道歉，秦婷默默听完后，说了一句："你好好反思吧，不过已经跟我没关系了，希望你的下一任女

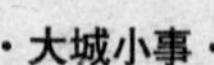

朋友不要和我一样，整天坐在你的车上提心吊胆！”说完，她便挂了电话。

等马小亮再打过去，发现秦婷已经把自己拉黑了。人不知道在哪里，电话也打不通，马小亮急得都要哭出来了。

母亲在卧室里听到他打电话的声音，出来时看到他哭丧着脸，便没好气地说：“瞧你那没出息的样子，跟人吵架的时候不是挺厉害的吗？今天你不把婷婷找回来，就别吃饭！”

马小亮双手抱头，挠了半天后钻到自己的房间里。过了一会儿，他拿了一张纸出来，递给母亲说：“妈，婷婷把我的微信和电话都拉黑了，我写了一份保证书，你帮我用微信给她发过去吧。”

母亲的脸色这才缓和下来，她看了一遍保证书，拍了照给秦婷发了过去。马小亮还想拿母亲的手机给秦婷打电话，母亲一把抢过手机说：“帮你发保证书就不错了，你别用我的手机打，自己犯的错自己想办法！”

马小亮只好跟在母亲身后，等着手机响，可等了半天也没见秦婷给母亲回复，他便准备出去找找，没想到刚打开门，就看见门口站着一个人。那人手里拿着蛋糕正准备敲门，不是秦婷又是谁？

马小亮又惊又喜，一把抱住秦婷，声泪俱下地又是一顿道歉和保证。母亲走到门口，接过秦婷手里的蛋糕，说道：“快进来吧，别站门口了，让邻居看笑话。”说完，她去厨房把做好的饭菜端了出来。

饭桌上，马小亮不停地给秦婷夹菜，态度好得让她都有点不适应。秦婷趁马小亮不注意，悄悄给二老使了个眼色，三人心照不宣地相视一笑，一切尽在不言中。

原来，这一切都是三人安排好的，上次马小亮把父母气得不轻，秦婷心想，这样下去可不行，马小亮的这个“路怒症”早晚得出事。回去后她苦思冥想，心生一计，和二老商量并征得同意后，找了自己的一个同事帮忙，也就是刚才的那个摩托车司机，一起演了这出戏，打算给马小亮一个教训，改改他这个臭毛病。

幸运的是，马小亮还不算“不可救药”，至少认错态度良好。就算下次再发现他跟别人吵架，秦婷也不怕，毕竟保证书还在自己手里呢。

（发稿编辑：朱　虹）

（题图、插图：陶　健）

难通的下水道

□ 孙国彦

住一楼最让人头疼的恐怕就是下水道堵塞了。这不，家住一楼的丁一刚搬来不到半年，厨房下水道就堵了，脏水溢得满地都是。他检查一番后发现，排污口在底楼一间空荡荡的储藏室里，真正堵塞的是地下部分，只能找物业来处理。

谁知到物业一问，人家却说室内的堵塞问题由业主自行解决。按目前的标价，疏通一次费用一百元，一般由几家均摊。丁一只得赶回家，在楼道里找到疏通下水道的广告，准备联系师傅。

媳妇拦住他："慢着！你就这么不声不响地闷头干，谁知道是你花钱请人通下水道的？就凭你上下嘴皮一碰，谁又会认这个账？"丁一拍拍脑袋，连说还是媳妇考虑周到。

四层的楼房一共入住了三家，三楼是张三，四楼是李四，二楼空着。几家虽然是上下楼的邻居，却没有任何来往，顶多就是见面点个头。

丁一先到三楼，敲了半天的门也没人应。他又到四楼敲门，一个大妈开了门，自称是李四的岳母。丁一客客气气地说明来意，但话刚说一半，大妈就嚷嚷道："你快别说了，这个下水道我们已经通过一次了。那时三楼的刚搬来，我寻思让人家出钱不太合适，就自己花一百块钱找人通了。"

丁一没想到会是这样，忙说：

“实在不好意思，是我不了解情况。”想想人家大妈都这么说了，他便表示这一次由自己花钱解决。

丁一找的师傅很快到了，他撬开窨井盖，指着下面的排污管道说：“这么细的管道，不堵才怪呢！人家小区的都是一百一的口径，你们这里却是七十五的，开发商偷工减料了。”

丁一气得在心里直骂，但也没办法，堵就堵吧，反正疏通一次也就一百块钱，大伙儿轮流出钱就是了。可是事情并不像他想的那样简单。

又过了几个月，下水道又堵了，这一次自然得轮到张三了。谁知丁一到张三家一说这事，张三却不买账：“你说你们都通了一次，那我说我也通了一次了，你信吗？”

丁一有些不快，说：“四楼的邻居也知道这事，不信你去问问。我这么大个人，还不至于为一百块钱说谎。”

张三摇摇头：“我才不会去问呢，他通下水道我也没看见。再说就算堵，也不是我的原因，我家的下水滤子滤得可干净了。”

丁一见张三这么不讲理，心头的“火”腾地起来了，转身“噔噔噔”地下楼回家，把刚才的事告诉媳妇，放狠话道：“从今天开始，厨房不用了，咱们下馆子，我就不信治不了他个狗东西。”说着，丁一马上动手，抽出水槽的排水软管，把入户管道口封了个严严实实。这么一来，楼上再排水的话，管道中的水无处可去，只能顺着管道逆势上行了。

果不其然，到了第二天，张三就着急忙慌地把通下水道的师傅喊来了。丁一心里别提多解气了，虽然杀敌一万，自损八千，但总归是获得了胜利。

一晃半年多过去，这一天，下水道再次堵塞。

这一次是张三先不淡定了，他跑上跑下地叫来丁一和李四，然后每人敬上一支烟，满脸堆笑说：“哥两个，该死的下水道又堵了。之前是我不懂事，咱商量商量，这事咋办合适？”

看张三态度这么好，丁一心里释然了，抽了口烟说：“早这样多好，有事大家商量着来。以后咱们就轮流吧，大家互相监督，谁也别亏了谁。这次我先来吧！”

张三和李四都点头同意。

问题圆满解决，几个人心里别提多舒畅了，立马准备叫师傅。但等他们来到那间储藏室，却意外地发现，门上不知什么时候落了锁。这个储藏室是二楼的，由于没入住，门一向虚掩着。

不用说，肯定是二楼业主把门给锁了。大家到物业查电话，得知二楼业主名叫牛二。

没过多久，牛二来了，正想开口说什么，丁一却抢先把事情说了一遍，接着道："为了通这下水道，我们三家都出过一次钱了，按道理说，这次应该轮到你，但你暂时没住进来，所以这次还是由我来。"说完，他看了眼牛二，一副给了他大恩惠的模样，张三和李四也在一旁连连点头。

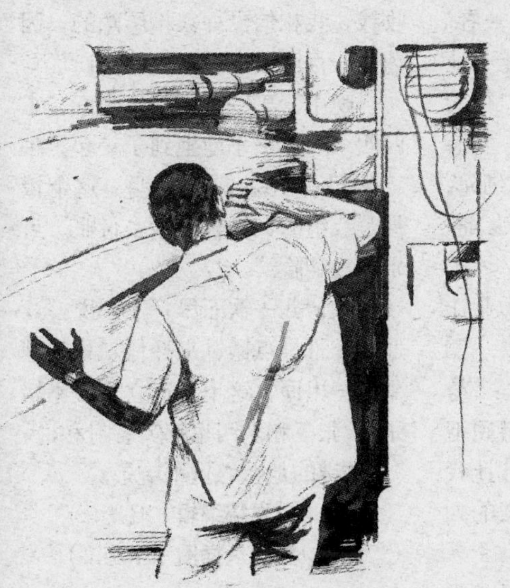

牛二平静地说："要通下水道，行啊，给我一百块，我这就开门。"

几个人都一愣，感觉没听懂。张三忍不住说："大哥，你这是啥意思？没问你要钱，你倒收起过路费来了，可真够牛的！"

"我人还没搬进来，储藏室就已经被搞得脏兮兮的，以后我搬进来，麻烦就更大了，我不问你们收钱问谁收？"牛二淡淡一笑，伸出手来，"前面三次，加上这一次，一共四百块钱，交齐了我立马开门，不然你们就另想办法。"

几个人一听急了，这不是明摆着要无赖吗？丁一压了压火，说："大哥，俗话说，远亲不如近邻……"

牛二打断他，笑眯眯地说："快别说这话了，你水淹三楼的事儿在小区里都已经传遍了。"

丁一闹了个大红脸，张三和李四也被弄得一脸没趣。

双方谈不拢，只好找物业。工作人员劝了半天，累得口干舌燥，但牛二就是寸步不让。工作人员无奈地两手一摊："要不，你们打官司吧，我是真没招儿了。”

为这点事打官司，至于吗？牛二走后，三个人你一言我一语商量起来。下水道一直这么堵着，终究不是个办法呀！

丁一想了想说：“依我看，打官司就打官司，不然这事以后会闹得没完没了。这种人，我就不信法律会任由他胡来。”

张三和李四没有更好的办法，只好点头答应。大家商定，明天上午一块儿去律师事务所找律师咨询。下水道不通，谁都没好意思再用厨房，草草地对付了一顿饭。

第二天一大早，丁一就被一阵刺耳的电锯声吵醒了，出门一看，只见两个工人正在切割混凝土地面，旁边地上还放着一根大口径的PVC管。趁着他们停下来的当儿，丁一惊异地问他们在干什么。那两个人回答说：“这个下水管太细，我们给换个大口径的。”

丁一似乎明白了：“是物业让你们来换的？”

其中一个工人摇摇头说：“是物业就好了，不至于一大早就硬把我们揪来。是牛二这家伙，非让我们现在就过来不可，说一栋楼的人都等着做饭呢。”

丁一彻底明白了，心里一下子热烘烘的，同时又觉得脸上热辣辣的。想想自己，看看别人，这心胸和格局确实不一样啊！忽然，他想起了什么，忙问工人工钱是多少，牛二付了没有。工人回答说：“工钱是说定了，三百块，不过还没给呢，他说要先验质量再给钱。”

丁一点点头，转身回了屋。这时媳妇已起床了，问他外面咋那么吵。丁一不停地感叹着，把工人告诉他的事讲了一遍。媳妇听完，也跟着感慨了一番，问他接下来咋办。丁一说：“还能咋办？咱三家把这个费用平摊呗，不能让牛二大哥花这钱！过一会儿，我就出面去收钱，我相信没一家不愿意的，因为这一百块钱出得心里痛快！”

晚上，丁一、牛二、张三、李四四个人热乎乎地坐到了一起。牛二端起酒杯说：“先声明，这个饭局是我组的，谁再偷偷去付账，可别怪我翻脸。”

大伙儿一饮而尽，丁一说：“欢迎牛二哥早点搬过来呀！二哥就是牛，一出面，这下水道立马就不堵了。”张三和李四也都笑着附和说：“最关键的是，心里不堵了。”

（**发稿编辑**：赵嫒佳）

（**题图、插图**：张恩卫）

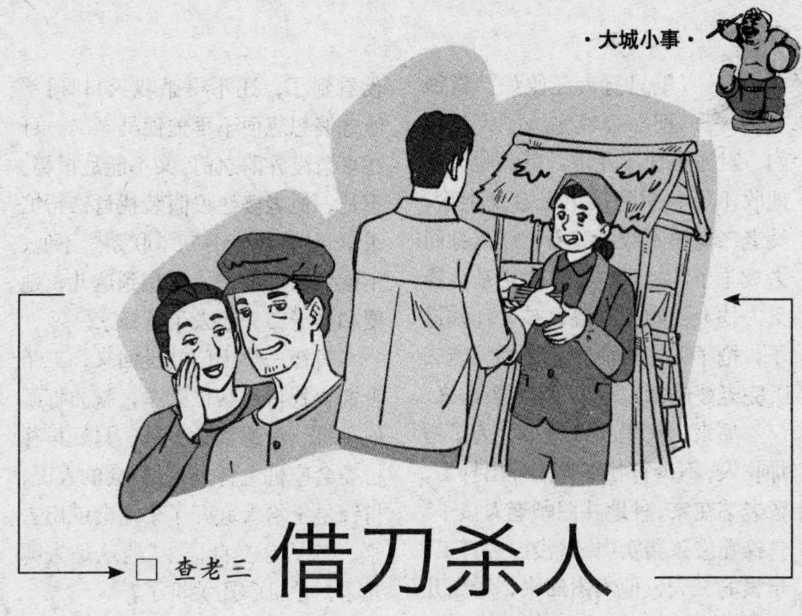

借刀杀人

□ 查老三

这天，村民吴老二想宰羊，就到曾经当过屠户的村主任家去借刀。借好刀刚出门往回走没多久，迎面就遇上了另一个村民孔大江拎着木棍火急火燎地跑来。

那孔大江见吴老二手里拎着一把杀猪刀，说："野猪跑进我家香瓜地了，把刀借给我用用！"说着，他一把夺过杀猪刀，向北山坡跑去。吴老二冲着孔大江的背影气愤地说："有你这么办事的吗？我还等着用刀宰羊呢！"

但孔大江很快便跑远了，吴老二只好悻悻地回到家，他老婆见他空手回来，就说："你不是出去借刀了吗？刀呢？"吴老二气急败坏地说："半道上碰见孔大江，说野猪进他家香瓜地了，把刀抢走杀野猪去了！"

他老婆愣了一下，突然一拍大腿，惊呼道："不好！孔大江抢刀，十有八九是杀人去了！这刀虽说是他从你手里抢的，真要杀了人，你肯定也有责任！你快去北山坡找孔大江，把刀追回来！"吴老二说："孔大江疯了吗？没事杀什么人？"

他老婆这才说出了原委。她之前在北山坡树林边放羊时，无意中看到村主任肖锋钻进了孔大江家的看瓜窝棚。孔大江在外打工，窝棚

里只有大江媳妇。肖锋把一沓钱塞给了大江媳妇，对方推让了几下，就满脸笑容地收下了。想到接下来会发生啥，吴老二老婆不敢继续看，就返身回去放羊了。她觉得这次肯定是肖锋又去找大江媳妇厮混，被大江知道了，抢了刀去拼命呢。谁知吴老二听完老婆的话，竟然开怀大笑起来。

原来，村里人多地少，为了增加收入，不少青壮年男人外出打工，留老婆在家，种地并照顾老人孩子。肖锋在家杀猪卖肉，就没出去打工。年根的一天，他卖肉回来，看到几个孩子在结冰的河面上滑冰，有个孩子不小心掉进了冰窟窿里，就见义勇为救出了孩子，因此被老村主任推举参加下届村主任的竞选。因为肖锋平时没少帮助村人，在村里口碑极好，村民们一边倒地都投了肖锋的票。这让一同参加竞选的吴老二忌恨不已，现在听说肖锋还有这样的花花事儿，心想他要是被孔大江一刀宰了，主任一职说不定就轮到自己了，所以才大笑起来。

老婆看透了吴老二的心思，说："你这人就是心术不正，你还不赶紧上瓜地看看？"

吴老二摇着头说："不能去，万一孔大江真把奸夫淫妇杀了，被我看到了，还不得杀我灭口呀！"他老婆想想便不再催促吴老二。可在事情没弄清之前，又不能乱报警。于是，他老婆建议假装找肖锋帮忙杀羊，让肖锋老婆二丫联系一下他，不就什么都清楚了？想到这儿，她便和吴老二一起去了肖锋家。

肖锋一早出门就没回来，二丫听说要找肖锋帮忙杀羊，就先打了他手机，没想到是关机，只好再往村委会座机上打。但村委会的人说，肖锋早上给大家开了个短会就出去了。二丫自言自语："他这是去哪儿了？手机咋还关机了？"

就在这时，吴老二赶紧鼓动老婆把瓜棚看到的事儿说了，自己又把刚才孔大江抢走杀猪刀的事儿也说了，然后问二丫："是先去香瓜地看看，还是先报警？"

二丫摇着头说："你们两口子可别瞎猜，俺家肖锋我了解，他永远都不会犯这种错！手机关机肯定有别的原因。你俩不是怀疑孔大江抢刀杀人吗？听说大江媳妇崴了脚，大江才回来看瓜卖瓜的，那咱们一起上孔家看看，不就什么都清楚了？"

吴老二两口子觉得二丫说得对，便和二丫一起去了孔家。进屋后，见大江媳妇正半躺在沙发上玩

手机呢，那只贴了膏药的脚搭在沙发扶手上，二丫先问了下她的脚伤情况，然后问起肖锋在看瓜窝棚给她钱的事儿。大江媳妇便说起了事情的来龙去脉——

原来，孔大江因为父亲生病，不仅花光了家里的积蓄，还欠下了一些外债。为了还债，孔大江只好到外地打工挣钱。为了让孔家的日子尽快好起来，肖锋拿出一笔钱，帮大江媳妇种了一片香瓜。第一茬瓜下来后，肖锋帮忙把瓜拉给一位卖瓜果的商贩朋友，让他帮忙卖掉。商贩卖完瓜把钱给了肖锋。肖锋到瓜地里看看二茬瓜熟了没，顺便把钱交给大江媳妇。大江媳妇觉得欠着肖锋钱，就推让着让肖锋把钱留下，顶她的欠账。肖锋说他家又不用钱，让她把卖瓜的钱攒起来，等秋天建个温室大棚，冬天也能种瓜卖。将来发展好了，种植面积扩大了，孔大江也就不用在外面打工了。俩人就是为这个才推让的。

二丫之所以要带吴老二两口子来见大江媳妇，就是想让大江媳妇当面讲清楚，免得吴老二两口子出去乱嚼舌根。

弄清事情真相，二丫他们就离开了孔家，二丫掏出手机，在全村的微信群里发了这样一条信息：有谁看到肖锋了，告诉他老婆找他，赶紧回家。

吴老二从孔大江家出来后，很不甘心，他想只要把老婆看到的事告诉孔大江，激怒他去找肖锋算账，男女之间的事儿，谁说得清？只要把这件事情闹腾开了，肖锋跳进黄河也洗不清，不说把肖锋搞臭，也能让他颜面扫地。

想到这儿，他到瓜地把老婆看到的事添油加醋地讲给孔大江听，末了还意味深长地说："肖锋为了当村主任，竟然连杀猪卖肉的挣钱生意都不干了，整天乐此不疲地帮留守在家的女人，他图的是啥？你说他咋不帮我家忙呢？"

本来，肖锋帮助他们家的事儿，媳妇早就跟他讲了，孔大江并没多心。今天因为野猪糟蹋了瓜地，孔大江心里就有火，听吴老二这么一煽风点火，火气"腾"的一下就上来了，他把杀猪刀往后腰一别，回家问媳妇要出卖瓜的钱，直奔肖家。

肖锋是在帮另一户村民干活时，被告知媳妇二丫找他回家的，他赶紧一路小跑回到家。进门就忙和二丫解释，说自己昨晚忘记给手机充电了。二丫说："我让你回来，不是因为这个，是想问你，你借给孔大江媳妇种香瓜的钱是从哪儿来

的？”

肖锋以为二丫知道他偷取家中存款的事了，只好实话实说：“我把杀猪时攒下的几十万元，分别借给村里的贫困户搞特产种植了。他们挣到钱后，肯定会还钱的。”

就在二丫气肖锋不该瞒着她时，孔大江一头闯了进来，将一叠钱“啪”地摔在了肖锋脸上，愤怒地说：“别打着帮人的幌子，打人家媳妇的主意。我送你四个字——什么东西！”

肖锋被打蒙了，不知孔大江哪来这么大的火气。一旁的二丫忍不住了，说：“大江你啥意思？俺家男人出钱出力帮你家搞挣钱项目，咋人情没赚着，还赚来不是啦？”

孔大江咬牙切齿地说：“你家男人缺心眼呀，拿钱白白帮助别人？他咋不帮吴老二这种老爷们在家的人家呢？我看他就是黄鼠狼给鸡拜年——没安好心！哪天让我知道他占了我媳妇的便宜，看我不一刀宰了他！”说着，他从后腰间抽出杀猪刀，一下扎到桌子上。

望着寒光闪闪的杀猪刀，二丫终于忍不住，眼泪瞬间涌出眼窝：“孔大江，你这么说俺家男人，就不怕遭雷劈吗？你知不知道，俺家男人冬天救人，把身体给冰坏了，他已经不是真正的男人啦！”

孔大江惊呆了！一时间不知如何向肖锋道歉，一扭头，看见吴老二正站在窗外看热闹，他一把从桌子上拔出杀猪刀，转身直奔吴老二，嘴里骂道：“我让你借刀杀人使坏！我先宰了你！”

吴老二吓得哇哇大叫，转身玩命般跑了。

（**发稿编辑**：田　芳）

（**题图、插图**：陶　健）

善念留一线

□贺小波

莫奇是福源公司的老总，他有一个生意上的竞争对手叫黄川，两人明争暗斗了数年。最近，黄川终于败下阵来，资金链断了不说，还天天被银行催债，只要莫奇再一用力，黄川就有破产的风险。

这天，莫奇和股东们商谈完吞并黄川公司的事宜后，就开车拉着老婆孩子回到乡下，给父亲老莫过生日。

一般情况下，莫奇很少和家人谈公司的事，这次大概是太过兴奋的缘故，他无意中跟老莫说了些会议的信息。老莫听后顿时沉默了，半晌才说："儿子，你是不是觉得自己打败了对手，特别有成就感？"

莫奇得意扬扬地点点头，老莫叹口气说："俗话说，凡事当有度，做人留一线，还是不要把人逼上绝路为好。"见莫奇一脸不以为然，老莫无可奈何地摇摇头，又说："儿子，你先别忙着否定我，听我给你讲个故事吧！"

故事发生在20世纪60年代末。那时候，连续两年大旱，村里还遭遇了蝗灾。家家余粮吃完了，就开始吃山吃沟渠，到后来凡是看见泛绿的和在地上跑的东西，大家的眼睛都会发出贪婪的光。

这天，村里有个叫二根的男人背着铁镐和筐子早早出了门，家里已经三天揭不开锅了，再寻不来吃的，年幼的孩子非饿死不可。然而他腿走麻了，眼睛瞅酸了，也没寻得半点收获，不由悲从中来，放声恸哭起来。

正在这时，只听“吱”的一声，一只硕大的田鼠从他身边蹿过，大概是被他的动静吓着了。二根立即止了哭声，两眼放光地朝它追去。坡地上因干旱，没有草木灌丛，田鼠的行踪尽收眼底，眼看二根就要追上了，田鼠却“吱”的一声钻进了一个碗口大小的鼠洞。

二根稳住神，找到鼠洞的另一个洞口，用石块堵住，然后仔细地在四周又找了一圈，确定没有其他出口后，用铁镐挖起鼠洞来。大约挖了十多分钟，他看见数十只大小不一的田鼠从洞中争先恐后地四散逃开。二根大喜，正要去追，猛然发现铁镐下有一堆五颜六色的粮食，原来这一镐挖到田鼠的粮仓了！

二根急忙跪下身，小心翼翼地扒拉开埋在粮食上的土块，开始往外捧粮食，结果捧了整整一大筐子还没装完。他正打算脱了上衣，再把剩下的包进衣服，却发现一只大田鼠正伏在鼠洞不远处，虎视眈眈地盯着他的动作，触须一抖一抖的，一副要拼个鱼死网破的架势。二根心里一惊：是啊，自己为了一家人活命，什么都不管不顾了，田鼠虽不是益鼠，好歹也是条生命，何况还救了自己一家人的性命。想到这儿，他立马停止了手上的动作，长叹一声，把鼠洞重新填了起来。

回到家，二根把今天的奇遇告诉了家里人。孩子们嘴漏风，很快把挖鼠洞寻粮食的消息散播了出去。一时间，村里男女老少都加入了寻鼠大军，田间地头、山梁土沟天天人声鼎沸，到处都留下了惨不忍睹的挖掘痕迹……

听到这里，莫奇忍不住插嘴道：“这个二根做了件好事，救活了一村子的人呢！”

老莫翻翻白眼，责骂道：“二根是你叫的？那是你爹的小名！”接着他叹了口气说：“还好事呢，是祸事。那些人可不像你爹当初那么想，把粮食挖走了，没给田鼠留下丁点儿……”

莫奇道：“那不正好吗？没了田鼠，以后田里的粮食就不会被糟蹋了。”

老莫“呸呸”道：“亏你上过大学，连起码的食物链都不知道，田鼠没了，那些以它为食的猫头鹰、蛇之类的动物还存在吗？生物链被破坏，对人类也是大灾难啊！第二年，村里就爆发了传染病，人畜还患上出血病，死了好多人呢！”

莫奇呆愣片刻，仍不服气地说：“爹，你说的这些跟我做生意有什么关系？”

老莫咳了两声说：“咋会没关系呢？当初村里人要是跟我一样，给田鼠留条活路，就不会断了食物链，更不会发生以后的那些事情了……我虽然不懂你们的生意经，但给人留点活下去的希望，总归是在积德行善。儿子，凡事留一线，于人于己都不是坏事啊！”

听了这话，莫奇没有再反驳父亲，只是若有所思地点点头……

十年后的一天，当地有两个大集团公司同时上市了。这一新闻吸引了各路媒体的关注，更吊人胃口的是，两家公司居然把活动发布会都安排在海天国际大厦。另外，据消息灵通人士透露，两家公司的老总莫奇和黄川曾是死对头。

于是有人猜测，两人肯定又杠上了，这下有好戏看了。但让人大跌眼镜的是，当主持人宣布发布会开始时，莫奇和黄川竟手拉手，微笑着走上了主席台。

两人葫芦里到底卖的是什么药？看着众人疑惑的目光，黄川先开口了：“大家一定很好奇，曾经的死对头，居然能走到一起来……在这里，我要感谢莫总当初的手下留情，在我快要走投无路的情况下，他及时收手，给我留下一线活下去的生机，也让我的企业得以存活。后来我明白了一件事，做人做事要相互帮衬，多补台、少拆台，与其竞争，不如合作，所以我们俩的事业做到了今天。”

莫奇笑吟吟地接口道：“十年前，我爹给我讲了一个食物链的故事，告诉我凡事留一线的道理。从那个故事中，我也收获了许多，最终成就了自己，也成就了别人！”说着，他用含笑的目光示意，这个“别人”指的就是黄川。

两人的对话赢得了台下一片掌声，其中拍得最响亮、最开心的是一对俊男靓女。

有熟悉的人私下说，那是莫氏集团和黄氏集团未来的接班人，两人正在热恋中，未来也许会联姻。那是后话，不过今天，两位父亲的对话也许会对他们往后的事业有所启示。

（**发稿编辑**：赵嫒佳）

（**题图**：佐　夫）

治红眼

□魏　炜

这一年，红眼病在京城肆虐，和珅不幸也得上了，每天睁着两只红眼睛，时疼时痒，别提有多难受了。他请了不少大夫，也吃了不少药，可就是不管用。

这天，下早朝后，刘墉叫住了和珅，笑呵呵地说："和大人，请留步。我看你这眼睛可越来越红了。哎，我有个外地亲戚，有治红眼病的偏方，你想不想试试？"和珅忙问："真能治？"刘墉笑道："试试总没坏处吧。"和珅一想也是，就答应了。

和珅刚到家，刘墉的表嫂就赶来了。她扒着和珅的眼睛看了看，说道："你眼睛里进了红虫。"和珅疑惑地问："啥红虫？"

表嫂说，有一种极其细小的红虫，最喜食人的眼泪。它进到人的眼睛里，把人的泪吸干，人再一眨眼，眼皮干磨着眼珠，可不就给磨红了嘛，又疼又痒。和珅拍手道："就是这症状！那小红虫你能取出来吗？"

表嫂点点头，从药箱里取出一个小瓷碟，端到眼前，眼睛一红，忽然哭上了，眼泪"啪嗒啪嗒"地掉下来。和珅看她哭得伤心，顿时慌了："表嫂，你哭啥？"表嫂说："我在取药引子。"她哭了一会儿，

瓷碟中已有了薄薄一层泪水，她才止住了哭。和珅惊奇地问道：“你这眼泪说来就来呀？”表嫂叹了口气说：“我老家陇西受了旱灾，颗粒无收，乡亲们都外出讨饭，有的饿死在路上。想起他们，我就忍不住伤心落泪呀。”

和珅又问：“你这药引子有何用？”表嫂答道：“这小红虫嗜泪。若闻不到泪味儿，只会越钻越深，等钻进眼珠，就难以挑出了。大人眼里泪少了，泪味儿也淡，我这里泪多，泪味儿重，吸引着小红虫，它会从眼睛里往外爬，我才好把它们挑出来呀。”

于是，表嫂让和珅躺下，她则把小瓷碟放到和珅脑袋边上，然后扒开和珅的眼皮，用一根小竹签裹了棉球在他眼珠上轻轻擦着。擦一阵，她就把棉球放到小瓷碟里蘸一蘸。擦了半个多时辰，表嫂才松开手，对和珅说：“大人请看。”

和珅向小瓷碟看去，只见泪水中有几个胀大的小虫子，似乎在缓缓蠕动着。

表嫂问：“大人，你感觉如何？”和珅眨眨眼，感觉好多了，高兴地说：“多谢，感觉好些了。我眼里的小红虫，你都给挑干净了吗？”表嫂说虫子太小，难保没有一两个漏网之鱼，她明天再给大人看看。当晚，表嫂就住在了和珅府上。

接下来，表嫂给和珅治了三天，把他眼中的小虫子都挑了出来。和珅的红眼病总算好了，他兴奋地对表嫂说：“表嫂啊，你给我治好了眼睛，你想要啥，尽管说！”表嫂摇了摇头，说刘墉早已吩咐过了，帮他治病是分内之事，啥都不许要。表嫂说完，就走了。

第二天，天刚蒙蒙亮，和珅兴冲冲地赶去上朝。这几天他告了假，没上过朝。和珅很想知道这几天发生了什么事，就忙着跟大臣们打听。大臣们告诉他，这几天皇上也没上朝。和珅大吃一惊，正琢磨着，见刘墉来了，他忙跟刘墉道谢。刘墉笑道：“小事一桩，不足挂齿。”

众大臣等了一个时辰，当值太监传下话来，说今天不上早朝了。大臣们七嘴八舌地议论了几句，就散了。和珅心中一动，悄悄地对当值太监说：“请你回禀皇上，就说我的眼睛已经治好了，我在这里等皇上的旨意。”当值太监就回宫禀报去了。

不一会儿，当值太监急匆匆地跑过来，对和珅说，皇上在南书房等他。

和珅忙来到南书房，跪下参见皇上，余光却瞥见乾隆皇帝也红着双眼。他暗自窃喜，自己果然猜对了，皇上也得了红眼病。他让太监传那句话，就是告诉皇上，红眼病能治，皇上自然会见他。

只听乾隆皇帝说道：“和爱卿，抬起头来。”和珅忙抬起头，乾隆皇帝盯着他的眼睛看了看，然后惊讶地问道：“你的眼睛是怎么治好的？御医们想尽办法，也没能治好朕的眼病！”

和珅忙说：“微臣认得一个老妇人，有治红眼病的偏方。皇上若信得过微臣，微臣就请她来给皇上治病。”乾隆皇帝忙说：“朕怎么会信不过你？快去请她！”

和珅转身正要出门，忽然一拍脑门，暗叫不好。表嫂若是治好了皇上的病，那还好说；若是治不好，皇上怪罪下来，那可怎么办呢？他可不能一个人兜着。对，那是刘墉的表嫂，得让他一块儿兜着。若是治好了，首功也是他和珅的呀。他转过身对乾隆说，那是刘墉的表嫂，要不要让刘墉一起来？乾隆皇帝想了想，一个乡下女人哪进过皇宫见过皇上呀？别因为害怕，把他的眼睛给治坏了，要是有刘墉在旁壮胆，那就保险多了。于是他示意叫刘墉一起来。

和珅立刻赶到刘墉家，宣了皇上的口谕，刘墉就带着表嫂进了宫。

表嫂给乾隆皇帝检查了眼睛，确认眼睛里进了小红虫，需要挑出来。乾隆皇帝躺好，等她来挑。表嫂打开小药箱，从中拿出了小瓷碟，举到眼前，哭了起来。乾隆皇帝惊问道：“你怎么哭上了？”和珅抢着说：“她得接半碟泪，让小红虫闻到泪味儿，才不会往深处钻，好往外挑。”

乾隆皇帝点点头说：“有道理。”表嫂哭得更凶了，眼泪哗哗地流。乾隆皇帝好奇地问：“她这泪怎么说来就来呀？”和珅又抢着说：“她老家陇西遭了旱灾，很多百姓外出讨饭，有的饿死在半路上，她想着这伤心事，就流出泪来了。”乾隆皇帝一听，“噌”地坐起来，怒视着和珅：“陇西遭了旱灾，都饿死人了，你怎么没有跟朕禀报？”

和珅顿时傻了眼。这些话都是表嫂给他治病时随口讲的，他这会儿也是为了卖弄，顺嘴说出来的，谁知却引火上身。他慌忙跪倒在地，叩了两个头，却不知道该说什么了。刘墉在一旁说道：“皇上几日没上朝，和大人没办法禀报啊。和大人

地躺下来，表嫂忙上前给他挑小红虫。

其实，乾隆皇帝与和珅都中了刘墉的计。陇西旱灾，各级官员都不如实上报，和珅更是压下了奏章。刘墉想上奏，但他不了解实际情况，刚好路遇一位从灾区逃难到京城的老妇人，他借机做起了文章。京西之地，产有一种草药，草籽极为细小，具有消炎作用。他就让老妇人扮作自己的表嫂，在给和珅和皇上治病时，将草籽藏在棉球里，放入眼内，再挑出来。草籽泡入水中，慢慢胀大，看上去似蠕动的小虫。

也怕饥荒闹大了，私自掏了二十万两白银，赈济灾民了。”

乾隆皇帝脸色好了些，说道："朕这眼疾，也耽误事儿啊。和爱卿自掏腰包先行赈济，做得好！二十万两……"

这时，刘墉"扑通"一声跪倒在地，高声说道："微臣替灾民谢谢皇上。"乾隆皇帝一愣："谢朕什么？"

刘墉道："皇上刚说二十万两，定是拨下的赈灾银两！"乾隆皇帝瞪了瞪眼，没再说下去，刘墉都这么说了，他也只能掏了。他气鼓鼓

至于那红眼病，先前已有御医给他们服了几天药，表嫂再用草籽一治，即刻病除。表嫂在给和珅治病时，说她以眼泪做药引子，和珅信以为真，接着带表嫂给皇上治病时，他忍不住卖弄一番。皇上听后震怒，刘墉借机说和珅已掏了银子，和珅哪还敢说半个不字？

就这样，刘墉巧施妙计，让和珅和乾隆皇帝各掏了二十万两白银来赈灾。

（发稿编辑：朱 虹）

（题图、插图：谢 颖）

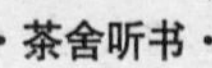

黑白阵

□杨哲

民国时，北大胡同的金二爷有福气，娶了个“眼不穷”的媳妇，就是那种在大宅门里待过，见过世面的人。

媳妇有手绝活，去鬼市总能捡到漏，然后当给当铺，吃中间的差价。而二爷呢，不是去剧社玩票，就是上茶社听书，嘛事儿也不操心。

立春后，媳妇带着孩子回保定娘家，说住俩月再回来。

一天，二爷在茶社听人说，升平宝局请来个老神仙，深谙阴阳八卦，新摆了个黑白阵，简单、好玩，又刺激。二爷自恃研究过几天《易经》，决定去瞧个新鲜。

宝局里面人头攒动，倍儿热闹。这黑白阵玩法很简单：老神仙在密闭的二楼阁子里封好宝盒后，送财童子用绳子把宝盒放下来，楼下的唱宝童子开始招呼赌客押宝，等大伙儿把钱押在赌桌的黑白阴阳鱼图案上，开宝童子再打开宝盒，亮出里面或黑或白的牛角圆饼，输赢立马见分晓。

二爷连瞧了三局，发现老神仙封的全是黑阵，便拿一块大洋押了白阵。谁知一开宝还是黑阵，二爷接连又押了三局白阵，结果全输了。

二爷不甘心，和老神仙较上了劲，一天时间就把家里的现钱全输光了，他又找票友、茶友去借，一心想赢回本钱。结果可想而知，他输得一塌糊涂。

二爷豁了个儿，在宝局老板赵三那儿借了一百块印子钱。宝局先扣了十块钱的“利”钱，他只拿到手九十块。转天，二爷到宝局后，先没急着押宝，而是一连观察了九局，见老神仙总共封了二黑七白，他觉得时机到了，出手押了白阵。谁知，老神仙却接连封了两局黑阵，就一壶茶的工夫，二爷手上的九十块钱全输了。

愿赌服输，二爷决定就此收手，但印子钱得按时还。根据契约，这钱是三日一还，每次还十块，分十期还完。刚开始，他想方设法还能凑够钱还上，但到了第三期，他就没钱可还了，怎么办？

没辙，二爷只好把两套冬衣当了，勉强还了第四期。眼瞅着离第五期的日子越来越近，他却一点辙也没了。要是不能按时还钱，十块立马变二十，娄子可就捅大了。

二爷琢磨来琢磨去，转天早上，他来到宝局，找到赵三，双手一拱，厚着脸皮说明了来意。赵三呵呵一笑：“二爷，您来找我，就是给我面儿。这么着吧，只要您在半个月内，把剩下的六十块一次还清就成，罚金我分文不收。”

二爷千恩万谢着离开了宝局。接下来的问题是，上哪儿去凑六十块钱啊？出去找个事由吧，自个儿嘛也不会，而且这事儿还不能让媳妇知道……二爷无计可施，只好觍着脸儿借遍了亲戚家，但亲戚们都知道他迷上了黑白阵，谁还敢借他啊？

离最后的还钱期限只有一天了，二爷正抓耳挠腮时，赵三忽然打发个人过来，请他去趟宝局。

赵三见到二爷后，问：“钱备得怎么样了啊？”二爷长叹一口气，沮丧地摇了摇头。

赵三问：“那您有嘛打算啊？话说在前头，今儿叫您来，就是想给您提个醒儿，明儿赶紧把钱还了。”

二爷无话可说，转头就走，就在他走出屋门时，忽听赵三喊：“等一下。我想起一个办法，您立马就能把欠款还清！”

二爷急忙转过身来：“嘛办法啊？三爷。”赵三回答说：“以债抵债。”

二爷却没听明白。赵三解释说：“是这样。您再从我手中借一百块，扣除利钱后，您拿其中的六十还了上次的旧账，剩下的钱拿去试试运

气，玩几局黑白阵。俗话说风水轮流转，没准儿您时来运转，赢了呢？这钱还按老规矩，三天一还，十期为限，一月内还清。您琢磨琢磨。”二爷一听，这倒是个办法，点头说琢磨琢磨。

回家后，二爷发现，媳妇突然回来了。他忍不住问：“你不是说要多住些日子吗？”媳妇回答说，她做了个不好的梦，不放心，就提前回来了。

二爷心里“咯噔”一下，知道印子钱的事瞒不过媳妇，就吞吞吐吐地全讲了出来，然后耷拉着脑袋，等着挨骂了。谁知，媳妇却像没事人似的，问：“你怎么没把房子卖了啊？”

二爷回答说：“那可不行，你跟孩子回来住哪儿啊？”媳妇白了他一眼：“算你还有点良心。既然赵三答应再借钱给你，你不如多借点，就两百吧。”

二爷一下子愣住了：“借这么多干吗？这可是驴打滚儿的印子钱啊！”媳妇一脸平静地说：“剩下的当本钱啊。”二爷这才愣过神来，媳妇是想拿钱上鬼市去捡漏啊！

转天上午，二爷就上宝局又借了两百块，还了旧账后，把剩余的钱全交给了媳妇。

第三天早上，媳妇对二爷说：“走，咱们去升平宝局。”二爷愣住了，又听媳妇笑嘻嘻地说：“怎么着，就兴你州官放火，不准我百姓点灯啊？”

二爷无话可说，只好陪着媳妇来到宝局。进门前，媳妇叮嘱二爷：“进去后，你只准看，不准说。”二爷点头答应了，但心里却在嘀咕，媳妇这是想干吗啊？

媳妇选了个离开宝童子最近的桌边坐下后，把全部的大洋码在了桌边。二爷站在她身后问：“你到底要干吗啊？”媳妇瞥了他一眼，没言声儿。

开始押宝时，媳妇一动不动，紧盯着开宝童子，直到开第六局宝前，她突然把大洋全押了白阵。二爷正要阻拦，开宝童子已打开了宝盒，他定睛一瞧，惊呆了，媳妇居然押中了！

接下来，媳妇时不时地出一次手，每押必赢。精明的赌客瞧出了门道，只要她押嘛，他们也跟着押嘛，每次都能赢，终于轰动了宝局。还没到晌午，媳妇面前就摞满了白花花的大洋。

这下，赵三坐不住了。他立马叫停了赌局，把两口子请到了一间屋内。照面后，赵三笑眯眯地说：“嫂

“你就甭打破砂锅问到底了。”

二爷又问：“要不，明儿再去押几局？”媳妇却瞪了他一眼：“你没听出来吗？赵三已经下了逐客令。去干吗啊？见好就收吧。”二爷只好作罢，但心里却一直在瞎琢磨，为嘛媳妇一押就赢，自个儿却一个劲儿地输呢？

子今儿好手气啊！”

媳妇微微一笑，问：“不知三爷请我们过来，有何贵干啊？”赵三回答说：“对不住了。刚才老神仙身体突然有些不舒服，今儿的黑白阵摆不了了。二位请回吧。”说完，他叫手下把媳妇赢得的大洋全送了过来。

媳妇点了点头，拿出两百块大洋：“三爷，这是问您借的印子钱。打今儿起，咱们就两不相欠了。”在护场打手的护送下，两口子离开了宝局。

回家后，二爷点完钱，嘴咧到了耳朵根上，居然足足赢了两千多块大洋！他好奇地问：“媳妇，你也看过《易经》？”媳妇摇了摇头。

二爷觉得有些不可思议：“那你怎么一押就赢啊？”媳妇笑了笑：

半年后，二爷忽然听到一个信儿：升平宝局被侯家后的混混儿给砸了个稀巴烂，开宝童子的脑袋还被当场开了瓢儿。

据说，是一个混混儿发现了宝盒里的猫腻：牛角圆饼上安着机关，可以上下翻转。开宝前，开宝童子根据赌客押黑白阵的情况，趁人不注意，轻轻摁两下宝盒背后的机关，牛角圆饼立马就能黑白颠倒。至于那个老神仙，只不过是宝局用来引诱赌客的幌子罢了。

二爷这才想起，媳妇每次押黑白阵前，俩眼都死死地盯着开宝童子的双手，原来是这样……

（**发稿编辑**：赵嫒佳）

（**题图、插图**：谢　颖）

善心

□ 卢树盈

从前有一个富商叫周文廷，曾经在京城为商，年老以后，回归故里，颐养天年。这天，周文廷正在家中看书，家丁来报，有个赵大善人前来求见。

周文廷一直乐善好施，听说是善人，就请他来见面。赵大善人本名赵蒿，长得矮矮胖胖，满脸笑容。赵蒿说自己曾经在县里为官，后来看到很多百姓生活困苦，就辞去官职，在此地修了善心堂，常给穷人施舍，又请吴秀才开了私塾，给贫苦人家的孩子们授课。现在他散尽家财，请周文廷帮助。

周文廷离开家乡多年，对赵蒿并不了解，就让他明天再来。等赵蒿走后，周文廷就让人去打听，本地认识赵蒿的人很多，都说他是个好人，一心做善事，因此，大家都叫他赵大善人。周文廷听了很是欣喜。

次日，赵蒿又来到周府，周文廷请他进了书房。赵蒿口才了得，侃侃而谈，讲的都是这些年他做过的善事，帮助了很多人。周文廷连连称赞，就拿出六十两银子给赵蒿。

过了几日，赵蒿又来到周府，拿出私塾里孩子们写的字，恭恭敬敬地请周文廷指点。纸上的字层层叠叠、密密麻麻，看得出是孩子们为了省纸才这么做。周文廷很是感动，又给了赵蒿一些银子，让他给孩子们买些笔墨纸砚。

就这样，赵蒿经常来周府，周文廷前前后后给了赵蒿一百多两银子。

这天，赵蒿又来了，说有个叫赵四的孩子，写了一篇好文章，请周文廷看看。周文廷看了以后却心生疑惑，他记得这篇文章是自己的一个远房侄子所写，他还亲自指点过，因此印象深刻，而眼前的这篇文章，除了字迹不同，一字不差。

此时，赵蒿仍在高谈阔论，说这文章是他亲自指点赵四写的，这孩子天资聪颖，值得好好栽培。

周文廷没有当场拆穿赵蒿，待他走后，动身去了吴秀才的家。透过窗户，他看见屋里有十多个孩子正在读书，他们虽然穿着破烂，但书读得很认真。再看吴秀才，手里拿着戒尺，十分认真，是一个好先生。

等到读书声停止，周文廷走了进去。吴秀才见到周文廷，受宠若惊地说："周老爷，您怎么来了？"

原来，当年吴秀才贫困潦倒，是周文廷资助他，才考取了秀才，做了教书先生。

周文廷拱拱手："我路过此地，听到读书声，就走了进来。这是你开的私塾吗？"

吴秀才点点头说："我以前在外乡教私塾，现在年纪大了，就回归故里，重修了房子，收了这些穷孩子……"

周文廷放眼望了望在座的孩子，喊了一声赵四，一个瘦弱的男孩怯生生地走了出来。赵文廷从袖中拿出那篇文章，问道："这是你写的吗？"

赵四接过文章，看了一眼，回道："这是赵大善人让我抄写的，他夸我写得工整，让我以后多抄这样的好文章。"

吴秀才也夸赵蒿，说他很是善良，每个月都会拿些好文章，让孩子们抄写。他还给了自己二两银子，说是给孩子们买些笔墨纸砚。

听了这话，周文廷怒火攻心，自己前前后后给了赵蒿一百多两银子，结果他才给吴秀才二两，还说自己散尽家财，这不是骗子是什么？周文廷决定讨一个说法，他让吴秀才带自己去找赵蒿。

赵蒿住的善心堂离得不远，是三进的大院子，里面雕花描金，很是气派。赵蒿正歪在榻上，还有丫鬟给他捶背，很是惬意。见周文廷带着吴秀才突然走进来，赵蒿一脸惊愕，赶快迎接："周老爷和吴秀

才大驾光临，待我安排酒菜，与您二人共饮一杯。”

周文廷冷笑一声，直截了当地说：“不必了，我只问你，到底给了吴秀才多少银子？”

赵蒿顿感不妙，眼珠骨碌转着，嘴上说：“这个，若要计算数目的话，一时难以算清楚啊……”

周文廷冷哼一声，又转向吴秀才：“赵蒿总共给过你多少银子？”吴秀才愣愣地说，赵蒿就给过他二两银子，孩子们也能证明。

周文廷的肺都快气炸了，他质问赵蒿，自己给的一百多两银子，到底去了哪儿。赵蒿稳了稳心神，拿出一本小册子，递给周文廷看，一本正经地说：“做善心也有成本的，我平日里奔波，要坐马车，要住客栈，要进饭馆吃饭；靴子破了要买，天气冷了要买寒衣；我雇了几个家丁专门做善事，还要给他们发月银……”

这个本子里记了一长串，都是赵蒿的开销，这一百多两银子被他花来花去，只剩下二两银子，最后才给了吴秀才。

见赵蒿不知悔改，周文廷说要送他去见官，赵蒿笑了起来：“周老爷，官府是讲证据的地方，我说没有收过您的银子，而您也拿不出证据，官府就无法治我的罪。”

周文廷还想说话，赵蒿已经安排家丁，把两人轰了出去。站在善心堂外，周文廷气得浑身颤抖。这时，吴秀才想到了一件事，他说赵蒿前几日曾说，邻县因为水灾，有很多灾民来村里乞讨，赵蒿说他已找几个财主筹了一些粮，明日会在善心堂施粥。

周文廷听了，心中一动，想到了一个好办法。接下来，他安排家丁去邻县，敲锣打鼓告知灾民，善心堂将施粥一个月。然后，他又命人准备十辆马车，还有大量装面粉

的布袋。

第二天，从邻县赶来了大批灾民，把善心堂围得水泄不通，几口大锅里的粥眨眼间就施完了，这让赵蒿措手不及，只好命人赶走灾民。此时，周文廷的马车队伍浩浩荡荡地来到了善心堂外，他站在马车上，大声说："我拉了十辆马车的面粉，来送给善心堂，请赵大善人施面疙瘩一个月！"

灾民见此情景，都大声欢呼。赵蒿不知周文廷葫芦里卖的是什么药，但送上门的粮食，他才不会拒绝，于是指挥家丁扛下几袋面粉，放在锅边拆开检查，只见里面果然是上好的面粉。赵蒿命人现场再熬几锅面疙瘩，剩下的面粉都拉到仓库去了。面粉太多，人手不够，灾民主动去帮忙卸货。扛下布袋的时候，地上漏了不少面粉，灾民感到可惜，都扫了装起来。

善心堂第二天施面疙瘩，灾民再次蜂拥而来。等赵蒿把锅边的几袋面粉用完，进仓库搬粮的时候才发现不对劲，绝大多数布袋里，装的不是面粉，而是沙子和锯末。赵蒿知道是周文廷搞的鬼，很是气愤，跑出去对灾民说："周文廷是一个大骗子，他说是送来十车面粉，结果里面都是锯末和沙子！"

这话却激怒了前一日帮忙卸面粉的灾民，有人吼了起来："不可能！我们扛布袋的时候，里面都有面粉漏出来。肯定是赵蒿调包，不想把面粉给我们吃，要自己私吞！"

灾民们气愤极了，冲进仓库，发现里面堆着大量的布袋，一部分布袋里装着沙子和锯末，但还有很多装着面粉和大米。大家一边痛骂赵蒿，一边纷纷动手搬起粮食来。

赵蒿慌了，那些粮食是别的财主送来的，绝不能让灾民搬走，他连忙跑上去，想要拦住灾民，但饿疯了的灾民一拥而上，赵蒿被推倒在地……

得知赵蒿被人踩死的消息，周文廷颇感意外。他送去的十车面粉，只有第一车上面的几袋装了面粉，其他装的都是沙子和锯末的混合物。为了骗过赵蒿，布袋里外都扑了面粉，在扎口袋的地方，还塞了几把面粉，这样，在搬运布袋的时候，面粉就会撒出来。

周文廷以为，赵蒿吃了个哑巴亏，就会用自己的面粉施一个月的面疙瘩，没想到赵蒿竟如此贪心，舍不得粮食，最后丢了性命。

（发稿编辑：王　琦）

（题图、插图：豆　薇）

相通的绝技

□吴 滨

明代京外有一座专门烧造官品的窑厂，窑主膝下有一儿一女，女儿叫玉瑶，嫁给了父亲的徒弟周少山；儿子叫玉虎，从小跟着父亲学烧窑，因为是独子，少不了被父亲和姐姐溺爱，养成了要啥有啥、爱耍小聪明的毛病。

这年，窑主突染恶疾，自知不久于人世，便把孩子们叫到跟前，交代后事。让玉瑶夫妇感到奇怪的是，父亲竟然把窑主的位子传给了周少山。要知道，窑主不是谁都可以做的，自古就有传男不传女、传内不传外的规矩，连精明能干的玉瑶都被排除在外。好在玉瑶聪明能干，学会了蒸馒头，开了家馒头铺，生意红火。周少山老实听话，聪明好学，也正是这点，才被窑主招了女婿，可终究是个外姓人啊！

玉虎一听急了，父亲最疼自己，再说能烧出皇家太庙专用极品供瓷的家传秘方，只传给窑主，于情于理这个窑主都非玉虎莫属，凭啥轮到周少山这个外人？就在大伙儿想问清楚原因时，窑主却一口气没上来，过世了。

有道是祸不单行，丧事刚办完，周少山闹开了肚子，吃了药不见好，弄得玉瑶好生烦恼。这天半夜，玉瑶刚迷迷糊糊睡着，外面响起了敲门声，玉瑶连问几声，却无人应答，开门一看却没人，但关上门敲门声又起。周少山以为玉瑶前天抓了两只偷鸡的黄鼠狼，同窝的来报复，让玉瑶在门口撒了点土。哪知等敲门声再响，开门一看，土上并没有脚印：看来不是黄鼠狼！接下来几天晚上都是如此。

转天来了个老道，自称路过此地见窑上有晦气。玉虎忙把人请进来，老道听完经过，又打量了周少山一番，然后让玉瑶拿个碗，从随身的葫芦里倒出一些酒，用嘴一吹，酒竟慢慢变黄，老道说周少山把这酒喝下去，病就能好。

周少山见老道如此神奇，接过酒一饮而尽。老道点点头说：“病没事了，鬼还在，我马上给你捉！”说完，他披散头发抽出木剑，口中念念有词，念着念着一指床下：“鬼在此处。”他一掀床单，众人果然看到床下有“鬼火”闪动！

老道拿出张符，用火点着，插在木剑上，朝鬼火刺去，没几下将鬼火刺灭。周少山见状长出口气，问：“鬼为啥会找上我？”老道擦擦汗说：“恕我直言，可能您拿了不该拿的东西，惹怒家中祖先，劝您赶紧放手，否则后患无穷！”

周少山听出缘由是自己不该继承窑主，顿时沉默不语。老道见状，说：“您心中一片混沌，我点盏指路的灯吧。”说完，他拿出粉笔在墙上画了根蜡烛，一打火镰竟把蜡烛点着了。别人都惊讶不已，玉瑶却“扑哧”笑了：“你要不点蜡烛我就信了，敢情是骗子，这是在墙上涂了樟脑才点着的吧？”老道大惊失色，玉瑶继续说：“我卖馒头，遇上走长途一时手头不便的，就送他几个。里面有江湖人，为了报答我，就支了我一些防骗的招儿，就有你这招儿。”玉虎听完很生气，把惊得目瞪口呆的老道往外推：“你个骗子，还不快滚！”

哪知玉瑶一把揪住弟弟的耳朵，数落道：“你别演丢卒保车的戏了，人是不是你找来的？用这戏法，樟脑必须事先弄碎抹在墙上，这屋除了我和你姐夫，也就你常来，还不说实话！”

玉虎从小怕姐姐，只好道出实情，原来他对父亲把窑主和绝技传给周少山很不服气，一直想夺回来。一天，他在镇上遇上老道，便出钱问计。老道让他先在周少山的茶里下点泻药，等天黑后在门上涂点糖水引来飞虫，蝙蝠来捉飞虫，撞到门上像人敲门。酒变色、捉鬼都是江湖骗术，就是为了吓唬周少山。

真相大白，老道抱头鼠窜，玉瑶抄起擀面杖想教训玉虎，被周少

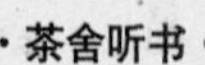

山拦了下来。周少山握着玉虎的手说："咱是一家，姐夫只是代管，家业早晚还是你的。"玉虎只当是托词，而玉瑶觉得这话里有话，但又听不明白。

转年，老皇帝驾崩，新君登基，督窑官来传旨，要烧制九套极品瓷器供奉在太庙先帝灵前，并送来调制色釉的专用颜料，周少山接旨后开始烧造。九套瓷器每套九样共八十一件，每件要单烧一窑，而且每件都要周少山单独调色上釉，一来是交别人不放心，二是为了不让家传绝技泄密。

哪知一窑窑烧下去，周少山不仅频频腹泻、全身骨头疼，烧到六十窑时竟然病倒了。玉瑶知道丈夫不至于累成这样，再一瞧发现周少山嘴唇、指甲发黑，就揪住玉虎喝问："你姐夫十有八九是中毒，是不是上次你没得逞，又想害他？"

玉虎当然不承认，玉瑶急得抄起擀面杖说："不说实话，今天揍烂你屁股！"玉虎吓得东躲西藏，一个劲喊："姐夫救我！"

周少山一着急，喊道："这次真不是他！是我烧窑……"话没说完，周少山意识到失言了，掐断了话头。玉瑶追问，周少山就说："自古规矩就是男子不上灶台，女子不下窑，窑上的事你就别掺和了。"

这下玉瑶火了："快没命了，还一根筋守门规，你不说我也能知道！"她说着三下五除二打开装被褥的柜子，从最里面拿出个小匣子。敢情周少山放啥东西都瞒不过她，里面装的是张羊皮纸，上面写着：调制颜料，须加入碱水，搅拌后用嘴尝，无味即可。

玉虎凑过去一看恍然大悟：御用颜料闻起来是酸的，碱放多了碱味大，放少了酸味还在，尝不出味道恰巧是碱放得正好，瓷器烧出来颜色才正！这下他高兴了，假惺惺地说："姐夫病了，我也知道绝技了，窑上的事交给我算了。"

周少山知道不能再瞒了，无奈说出实情。原来御用颜料烧造前有毒，加了碱水只有用嘴尝才能检验出调制是否合适，虽然不会一次致命，时间长了也会慢性中毒。老窑主得病后私下向周少山吐露实情，恳求他接掌窑主，为自家留条根，周少山为报恩答应了。

玉虎一听这秘技能要人命，愣住了。玉瑶喃喃自语道："怪不得祖父烧完太庙供瓷很快就过世了。"要说这事明着是愿打愿挨，但父亲也太欺负老实人，知道老皇帝活不长，新皇登基后要烧制太庙供瓷，

在竹签上边用火烤边说："调制正好的颜料和在面里，用火烤熟了，味就出来了。这味道我一闻就能记住，往后调完颜料混在面里烤，只要味道闻着和这一样就是调对了，我蒸馒头试碱多碱少就这样！"

玉虎如梦方醒："对啊，姐姐蒸馒头一绝，鼻子比我们这嘴管用多了，但这么好的法子，老辈们怎么没想到呢？"周少山想想说："还不是老规矩闹的，'男人不上灶台'，不知如何蒸馒头；'女子不下窑'，不知窑里的事，当然想不到这俩还能互通。看来以后咱也得学学蒸馒头，窑上的事也多和你姐商量商量。"

后来，周少山照玉瑶说的调完色上釉试烧了一窑，结果一举成功。出窑这天，三人聚在一起，周少山不禁对玉瑶深施一礼说："多谢夫人救我性命，也为咱家解决了这世代难题，能娶到你真是我几辈子修来的福！"玉虎也说："有姐和姐夫这样的能人和好人，我愿意安心打下手。"说完，三人相视而笑。

（**发稿编辑**：田 芳）

（**插图**：陶 健）

周少山烧完供瓷，即便不死，人也废了，这真是为儿子豁出了姑爷！

周少山挺想得开，说："我这命本来就是父亲给的，想当初我逃荒到此，要不是他老人家收留了我……不说老话了，还是八十一窑供瓷要紧。"说着，他就挣扎着要下床。玉瑶拦住他，说："烧完你就没命了，不就是碱多碱少，我想个法子。"玉瑶让玉虎拿点颜料用碱水调好后，说："你替你姐夫尝这一次。"玉虎怕玉瑶，又想着尝一次也不致命，便尝了一口，觉得味道正好，不酸也不苦。

玉瑶听了这话，赶紧和了块手指大小的面，把颜料混在面里，穿

在世界最好的厨房工作

奥格威到巴黎皇家酒店学习烹饪。这天，厨师长脸色阴沉地走进后厨，他端着一盘食用过的蛋糕，很不客气地问糕点师："榛果黄油为什么没有过滤？"糕点师的脸一下子红了，他嗫嚅着说："今天客人有点多，榛果黄油加热后没有来得及提取澄清液。"厨师长非常生气："所以你制作的蛋糕口感不够丝滑。你根本不配留在这里，请你马上离开！"

奥格威年轻气盛，忍不住替糕点师求情道："蛋糕有一点榛果渣，也不是什么大问题，就是口感差一点而已，看在他勤勤恳恳的分上，原谅他一次吧。"

厨师长的眼光扫过厨房内每一个人，意味深长地说："你们在世界最好的厨房工作，那就是世界最好的厨师，倘若有一个人不认真、不称职，其他人就会受到影响，长此以往，这里将变成一个普普通通的厨房！"厨房里安静极了，大家默不作声，却都在用心体会厨师长的一番话。

后来，奥格威创立了奥美公司，无论产品推销、文案创作，还是企业管理，奥格威一直固守厨师长的理念，他说："凡事都要精益求精，以'世界最好'为目标，这样才能日渐壮大。相反，如果总是得过且过，一定会日落西山，并最终走向末路。"

(**作者**：侯美玲；**推荐者**：筋斗云)

看起来幸福

李姐在朋友圈发了一组照片：在精心布置的包房里，李姐捧着一大束玫瑰，面前是一大桌美味佳肴，旁边的爱人正奉上特意准备的生日礼物。

见到李姐时，同事羡慕地称赞，并忍不住开始吐槽："没想到李哥这么浪漫，不像我家那位，完全没有一点仪式感。""你李哥也是这样的。"李姐接口道，"这是我为自己布置的。"李姐解释说，自己内心浪漫、敏感，注重仪式感；而李哥性格豪放，根本不在意细节。一开始，李姐有过失望与纠结，后来她发现，其实李哥对她很好，踏实、能干、顾家，照顾老人和孩子尽心尽力，挣来的钱也都给了李姐，由她任意支配。只是他确实粗枝大叶，玩不来那些小浪漫。想明白了以后，李姐就不再勉强，既然他给不了仪式感，那就自己给呗。

“可是……这不是自欺欺人吗？只是让别人看起来幸福而已。”犹豫半天后，同事还是问出了这个问题。李姐豪爽地笑起来：“算是吧，但我是真的感觉很幸福。钱在自己手里，买的都是自己最喜欢的东西，身边的人也愿意配合你展示幸福，这难道不算是一种幸福吗？”

李姐说得不无道理，这算是一种与家人、与自己和解的方式吧，简直是生活里的大智慧呢！所以有时候，看起来幸福其实也是一种幸福吧！

（**作者**：张君燕；**推荐者**：一　一）

失约

一周前，女儿兴奋地对父亲说自己要毕业了，周一下午三点会举办毕业典礼，让父亲一定去参加。当时，父亲笑着回应她，却本能地躲开她的眼神，说：“我需要问问我的助理。你知道的，我有很多事情要做……但我会尽量赶去参加的。”周一下午，父亲按照日程赶去参加一个会议。在他的眼里，参加这个会议可比出席一个幼儿园的毕业典礼重要多了！后来，父亲假装忘记了女儿的邀请。事后，他以为女儿会大哭大闹，但女儿只是在他回家后，默默地看了他一眼。

如果不是搬家时翻出一个日记本，看到上面的文字，父亲可能不会记起这件事。把日记本拿给女儿时，父亲装作不经意地问：“这是什么时候的日记本？”“大概是幼儿园的时候吧。就是那一年，你没有参加我的毕业典礼。”女儿淡淡地说。听到这句话，父亲不由得浑身一颤！自己早已不记得那时是在跟谁开会，但女儿却永远记得他没有出现在她的毕业典礼上。

这让父亲明白，很多在你看来非常重要的事情，其实远没有陪伴家人重要。而失信对一个孩子的伤害，比你想象的要深得多。

（**编译者**：乔凯凯；**推荐者**：桃花朵朵）

（**本栏插图**：张恩卫）

·情节聚焦·

换钓位

□ 赵功强

老李是个钓鱼迷。这天，他坐在河边，叼着烟，持竿静待鱼儿上钩。这时，一个男人带着钓具走了过来，在老李左边不远处坐下。

老李是个内行，知道男子选的那个位置根本不适合钓鱼，河里有旋涡，鱼儿难以停留，上鱼的机会很少。果然，男子好半天都没有钓到一条鱼。尽管如此，男子却一脸沉醉，眯着眼，时不时吸吸鼻孔，似乎在享受郊外的清新空气。

过了一会儿，老李钓上了一条鱼，把鱼放进了脚边的桶里，等抬起头，发现左边没了动静，扭头去看，男子早已不在那儿了。再一看，老李却见对方不知何时，把钓位挪到了自己右边不到三米的地方。那里的河水倒是平缓，可是河岸倾斜，非常不适合坐着。男子坐在小马扎上歪歪斜斜的，屁股往后顶着，吃力地维持着身体的平衡。老李暗自观察，发现那男子竟然一点儿都不嫌别扭，还是时不时地吸吸鼻孔，眯着眼，一脸陶醉的模样。

因为身边有这么个奇怪的人，老李老是走神，他只好收拾钓具，打算把钓位挪到远离男子的地方。

于是，老李收了鱼竿，提起小马扎，正准备走时，男子突然扭头对他说："大哥，别走啊，再钓会儿！"

老李不解地说："我走了，你正好占我的钓位，坐着就不那么难受了。"

男子摇摇头，有点不好意思地说："钓位不重要，我只是……想挨着你钓鱼……"

老李诧异极了："为啥？"

男子叹了口气，说："大哥，你有所不知，我老婆前几天逼着我戒烟，甚至拿离婚威胁。挨着你钓鱼，我就能找下风处嗅嗅你抽的烟，好过过烟瘾啊……"

（**发稿编辑**：朱　虹）

雷·布雷德伯里，美国著名科幻小说家，代表作有《华氏451度》《火星纪事》等。本文根据其短篇小说改编。

时光倒流狩猎公司

这是2155年，市面上有家“时光倒流狩猎公司”在猎奇之人中口耳相传，公司号称能带顾客到过去任何年代狩猎，眼下最受欢迎的是回到恐龙时代。埃克尔是个富翁，正觉得生活无聊，于是他来到了这家公司。

埃克尔问接待他的职员：“你们能保证我活着回来吗？”职员摊了摊手：“除了恐龙之外，我们什么都不能保证。你需要签一份免责声明，如果违反规定，发生任何事情，我们概不负责。但是只要你按向导说的去做，就不会有危险。喏，你的支票还在这里，现在反悔还来得及。”

参观了那个货真价实的时间机器后，埃克尔很激动，他决定无论如何都要体验一下时间旅行，他签下免责声明，又兴奋地对职员说：“昨天的大选，假如多伊彻赢了，现在肯定会有很多人想逃到过去！谢天谢地不是他当总统。”

“是啊，”职员说，“不是开玩笑，好多人打来电话，说要是多伊彻成为总统的话，他们就逃回上世纪避难。好啦，

现在我们不用担心这个了。你们这个狩猎团的向导是特拉维斯先生，他会告诉你射击目标和射击位置，如果他说别开枪，你就不要开枪。”

埃克尔领了一支枪，问：“这枪能打死恐龙吗？”向导特拉维斯说：“如果方法得当，可以的。前两枪要射中眼睛，把它搞瞎，然后再打脑袋。”

于是一个小型狩猎团进入时间机器，除了埃克尔和向导，还有向导助手和其他两名付费参加的队员。他们戴着氧气头盔，坐在加厚的座位上，手握长枪。机器轰然一响，千千万万个太阳和月亮随即向后飞闪而去。好像没过多久，感觉时间机器慢了下来，隆隆声变成了咕咕声，太阳也停止了飞闪，停驻在空中。他们来到了远古时代。

一条金属走道展开去，伸进绿色的荒野，悬浮在散发着热气的沼泽地上。特拉维斯说：“这是我们公司特制的抗引力金属走道，离地面仅有15厘米，你们一定要待在上面，任何情况下都不要偏离，不能触碰下面的东西，哪怕是一草一木。因为我们不属于这里，假如无意中弄死了一只昆虫，甚至一朵花，都有可能毁掉一条重要的生物链，从而影响未来。”

埃克尔说：“嗯……能不能说得详细一些？”

“好吧，”特拉维斯继续说，“比如说我们不小心杀死了这儿的一只小老鼠，那这只老鼠的后代便全不复存在了，对吧？所以你一脚踩下去，杀死的可能是成千上万只老鼠！那么靠吃老鼠生存的狐狸可能会饿死，靠吃狐狸生存的狮子可能会饿死，靠吃狮子的各种虫子和秃鹫也可能遭遇毁灭。然后过了很多很多年，山顶洞人出来打猎，因为猎物稀少也饿死了。他不是可有可无的一个人，他的子孙后代可能是未来的一个种族！没有这些人，或许罗马从未建立，或许欧洲永远是一片黑暗的森林。你一脚踩死的小老鼠，经过时间的放大效应，可能会改变我们未来的地球面貌。”

埃克尔理解地点点头，说：“这就是蝴蝶效应吧。”

特拉维斯说：“是的。踩到某些植物，都可能会导致一亿年后世界的生态失衡。当然，这还是个理论，但我们必须小心。这机器、这走道、你们的衣服，在出发前都是经过消毒的，我们不能把细菌携带到远古的空气里。”

埃克尔环顾着周围陌生的巨大

蕨类植物，问：“那我们怎么能猎杀恐龙呢？”

“可以被猎杀的恐龙，身上有红色颜料标记，”特拉维斯说，“每次猎杀前，我的助手都会提前到这里来跟踪恐龙，记录恐龙的寿命和交配次数。这次我们的猎物是被一棵倒下的大树砸死的，助手记下了这件事发生的精确时间，然后朝它的藏身地发射红色的颜料。我们到达这里的时间也是算好的，这样我们就能在这只恐龙死之前与它相遇，把它杀死。它本来就没有交配繁衍的机会，所以我们的行动不会对未来产生任何影响。”

一队人走出时间机器，埃克尔努力在狭窄的走道上保持身体平衡。特拉维斯看了看腕表，说：“还有60秒，我们就要和那只恐龙相遇了，注意看红色的标记。我没发令之前，千万不要开枪。”

丛林里一阵嘈杂，突然，一切安静下来，丛林中走出一只巨型恐龙。它比很多树木还高，大腿交替着重重砸在地上，上身晃荡的两只前臂能把人类像玩具似的捡起来。

埃克尔看着它大踏步地走过来，惊叹道：“天啊，天啊！”

“嘘！”特拉维斯生气地推推他，说，“它还没看到我们。”

埃克尔颤抖起来，惊恐地说：“我们不可能杀死它，对它来说，这枪就像牙签……我太傻了，跑来这里，我要退出。”

“闭嘴！”特拉维斯命令道，“它看到我们了！你回时间机器里去，我们免你一半费用。”

埃克尔吓得转身就逃，此时，恐龙发出雷鸣般的声音，一步就跨出老远，其他四人赶紧举枪齐发。恐龙的牙齿在阳光中闪闪发亮，嘴里呼出的暴风将他们吹得东倒西歪。

埃克尔全身发麻，不敢回头看。他盲目地迈着脚，偏离了走道，双脚陷入厚厚的绿苔里。

枪声又起，猎人的惊呼声和恐龙的吼声混成一片。恐龙尾巴扫下的树叶和树枝如云一般落下，当它俯下身子时，猎人们抓住机会，慌忙朝它的眼睛开火。轰隆一声，如同雪崩一般，恐龙倒下了，一股鲜血从恐龙的喉咙喷射而出，猎人们瞬间全变成了血人。

恐龙的雷鸣声渐渐平息，丛林一片寂静。两名死里逃生的队员坐在走道上，开始呕吐。特拉维斯和助手握着冒烟的长枪，不停地诅咒。

等他们精疲力竭地走回时间机器，埃克尔已经在那儿了，他还在

不停地发抖。特拉维斯拿出棉纱布，让大家清理血污。

这时，外面一声巨响，一棵硕大无比的树木断裂了，打到气息奄奄的恐龙身上，最终结束了它的生命，与它的最初死因恰好吻合。

突然，特拉维斯站起来，用枪指着埃克尔，吼道："瞧你的鞋子！你临阵脱逃不说，还偏离过走道！我警告过你的，谁知道你这愚蠢的行为会造成什么后果，政府可能会因此没收我们的执照！"

埃克尔连声道歉。助手替他求情说："放松点，他不过是踢到了一些尘土。"

特拉维斯愤怒又无奈地摇摇头，打开时间机器的开关，千千万万个太阳和月亮又向后飞闪而去，一亿年的光阴被抛到了身后。

时间机器停下来时，特拉维斯对埃克尔说："要是情况有什么变化，我会杀了你。我的枪已经准备好了。"

埃克尔委屈地说："我是无辜的，我什么也没做！"

一出时间机器，特拉维斯便快速地扫视周围。一切和他们出发时的情景一模一样，同一个职员坐在同一张桌子后边，热情地说："欢迎归来！"

特拉维斯放松下来，对埃克尔说："出来吧。"

但埃克尔没有动，他坐在那儿嗅着空气，里面似乎有一丝化学污染的气息，非常微弱，一切和他们出发前一样，但又似乎不一样。他的目光落在墙上的招牌上，不知什么缘故，上面有些字母已经变换了，像是错别字。

他双手发抖，紧张地摸索着粘在自己长筒靴上的厚泥巴，自言自语说："不，不可能的，就这么一点儿东西。不！"只见一只闪耀着绿色、金色和黑色的彩色蝴蝶，嵌在泥巴里，非常漂亮，但已死亡。

埃克尔哭丧着脸说："就这么一个小东西！就一只蝴蝶，能改变什么！"泥巴从他手中掉落到地板上，像是一张多米诺骨牌。接着他颤声问道："昨天谁赢了总统选举？"

职员冷笑着说："你开什么玩笑，问这种问题？当然是多伊彻了，竞选对手是个软蛋，能干什么？你怎么啦？"

埃克尔呻吟一声，跪在了地上。

（**编译者**：欧阳耀地；**推荐者**：青　岚）

（**发稿编辑**：王　琦）

（**题图**：佐　夫）

这人是谁

瑞奇是个耿直憨厚的美国小伙子，住在明尼苏达州南部。一年夏天，他到明尼苏达州北部度假。这天，他正在一家冷饮店排队买冰激凌，突然有人拍了拍他的肩膀，他回过头，见身后有个印第安人正对自己微笑。对方说："朋友，你好啊！我们玩个游戏怎么样？我给你出个谜语，要是你能答上来，我就请你吃冰激凌；要是你答不上来，就请你给我买一杯冰激凌。"瑞奇见此人并无恶意，就答应了。

印第安人说："有这样一个人，他是我父亲的孩子，但不是我的兄弟，他又是我母亲的孩子，但不是我的姐妹。请问这人是谁？"瑞奇想了一会儿，耸耸肩说："我猜不出。"

印第安人笑道："这么快就放弃啦？再想想看。"但是瑞奇还是猜不出来，他尴尬地对印第安人说："我真的猜不出来。你告诉我吧，这人是谁？"印第安人："这人就是我啊！怎么样？这个谜语不错吧？"瑞奇点点头，并爽快地按照约定，为印第安人买了一杯冰激凌。

假期结束了，瑞奇回到了南部。这天，他在冷饮店门口遇到了好友，便决定用刚学到的谜语换一杯免费冰激凌。于是，他对好友道："我给你出个谜语。要是你能答上来，我就请你吃冰激凌；答不上来的话，你就请我，怎么样？"好友觉得很好玩，欣然答应了。

瑞奇问："有这样一个人，他是我父亲的孩子，但不是我的兄弟，他也是我母亲的孩子，但不是我的姐妹。请问这人是谁？"见好友也猜不出来，瑞奇笑着解释道："是北部的一个印第安人！"

（**编译者**：胡　英；**推荐者**：鱼刺儿）

（**发稿编辑**：田　芳）

（**题图**：豆　薇）

坏财主欺负老实人，最后只能搬起石头砸自己的脚……

斗财主

□汪培君

从前，有个人叫孙森，老实巴交，呆笨木讷。家里穷，老婆说要把一个铜钱掰成两半花，他真的就用手掰，掰不开还用牙咬，气得老婆直数落他，这事儿也常常被人拿出来嘲笑他。

人老实容易被欺负，这不，同村的林财主就常欺负孙森。林财主精明透顶，爱占小便宜。农忙时，林财主需要短工，就常找孙森，孙森干活实在，不像别的短工，干完活要管酒管菜管饭。孙森干完活，林财主就说："家里没菜了，多给你几个煎饼，回家和媳妇一块儿吃吧。"孙森憨厚一笑，接过煎饼走了。不料年底算工钱，竟然少给了一半，林财主解释说："你一个人干活，我管了两个人的饭，工钱自然得少给。"孙森这才知道被算计了，又急又气，却没有办法。

隔天，孙森家的门没关好，家里喂养的一头猪跑到了街上，正巧被林财主看到，一看四下无人，他便拿了些菜叶把猪引进了自家的猪圈，与自己的五头猪关在了一起。

孙森不见了猪，就挨门挨户打听寻找。来到林财主家，林财主说没看见。孙森走到猪圈门口一看，

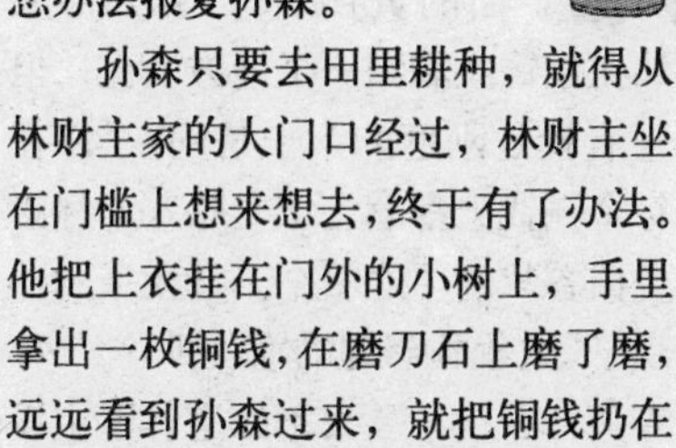

指着一头猪说："那一头就是我的。"林财主说："我一共六头猪，一头也不多，怎么会是你的了？"

一个说是，一个说不是，各执一词，孙森就去找县太爷告状。县太爷问孙森："你的猪是什么样的？"孙森回答："白嘴唇白尾巴梢。"可县太爷派人一看，林财主猪圈里的六头猪都是白嘴唇白尾巴梢，县太爷听说过林财主克扣孙森工钱的事，便想帮孙森，不生气反而耐心地提醒他说："那你家的猪是否还有别的特征？比如，猪耳朵上，猪蹄子上，好好想想。"孙森想了想，说："有了，我家的猪蹄上少了一点蹄甲。"接着告诉县太爷，前几天他在院子里剪脚指甲，猪哼哼着围着他转，拱他的脚。他问猪："你也想剪剪？"猪还是哼哼，他就真的把猪蹄甲剪下来一点，剪完了又心疼又后悔，就把剪下来的那点蹄甲放在了窗台上。

县太爷派人去找，很快就在窗台上找到了一点猪蹄甲，确与其中一头猪吻合。这下林财主傻眼了。县太爷一拍惊堂木说："街坊邻居，竟然做出这么龌龊的事，罚被告给原告十个铜钱。这一次只罚不打，若是有下次，又打又罚。"本想占便宜，却是丢人又吃亏，林财主气得咬牙切齿，发誓一定想办法报复孙森。

孙森只要去田里耕种，就得从林财主家的大门口经过，林财主坐在门槛上想来想去，终于有了办法。他把上衣挂在门外的小树上，手里拿出一枚铜钱，在磨刀石上磨了磨，远远看到孙森过来，就把铜钱扔在路中间，自己则躲到了大门后面。

孙森走过来，看到那枚铜钱，就捡了起来，这时，他听到有人喊："孙森，你偷我的铜钱！"孙森抬头一看，林财主从自家大门里走了出来，听他这么一喊，孙森也傻了眼。林财主又冲着街上喊："大伙儿都来看看，孙森偷我的铜钱了！"此时，孙森才想明白，林财主是故意陷害他，他气得咬牙切齿，还气鼓鼓地咬了一口那枚铜钱。街坊邻居听到叫声，知道是林财主欺负孙森，都不出来凑热闹。林财主喊几声见没有人出来，只好拉着孙森去县衙。

林财主告诉县太爷，他的上衣在大门外的小树上挂着，衣兜里有一枚铜钱，孙森从小树下走过，衣兜里的铜钱就没有了，却出现在孙森的手上。县太爷要过铜钱看了看问："你为何这么肯定这枚铜钱就是你的？"林财主回答："我的铜

钱被我磨过，可以看到下面的黄铜色。”县太爷果然在铜钱上看到一个地方发亮，但一看就是刚磨的，于是问：“你在每个铜钱上都磨上记号吗？”林财主回答只磨了这一个。县太爷问孙森：“这枚铜钱是你偷的吗？”孙森矢口否认，县太爷知道林财主设套陷害孙森，就故意对孙森说：“这上面可有你的记号？”孙森想到自己刚咬了一下，上面肯定有牙印，便回答上面有他的牙印。

县太爷仔细一看，隐隐约约还真有牙印，他有心偏袒孙森，对林财主说：“你为何单单只磨了一枚铜钱，偏偏这枚铜钱就落在了孙森的手上？而这枚铜钱上尚有孙森的记号，更证明了你有意陷害！”林财主一听急了，质问县太爷：“铜钱若是他的，怎么会被我刚磨掉一块？”县太爷冷冷一笑说：“他经常去帮你干活，铜钱掉在了你家，你捡到了不但不还，反而想利用这枚铜钱栽赃陷害他，以报上次之仇。我上次已经说过了，如有下次又打又罚，你竟然不改，这一次罚你二十个铜钱，打二十大板。”

明明是自己的铜钱，竟然输了官司，还又挨打又受罚，林财主气不过，发誓一定要出这口恶气！

孙森有枚传家宝玉扳指，白如凝脂，里面有头发般鲜红的血丝，断断续续，杂乱无章，却又非常好看。孙森把它视作命根子，即便日子再苦，都没舍得当掉玉扳指。林财主心想只要把玉扳指偷到手，让孙森知道却又要不回去，才能解心头之恨。

两个月后，林财主终于把玉扳指偷到了手，还收买了一个外地玉匠，让他在扳指内侧刻了一个“林”字。等完了工，玉匠领好工钱离开此地了，林财主才戴着玉扳指上街，逢人就炫耀。

孙森正找不着他的玉扳指，一听林财主到处炫耀玉扳指，就凑上去看，一看是自己家的，伸手就夺。这正是林财主求之不得的，他撒腿就跑进县衙大堂，跪在县太爷面前，说孙森抢他的玉扳指。孙森则说玉扳指是他家的，被林财主偷了去。县太爷听完，说：“老办法，说记号吧。”林财主得意扬扬地说：“这是我家祖传的宝贝，里面刻了我家的姓，一个林字。”

县太爷一看果然有一个“林”字，便问孙森：“人家的记号是自己的姓，你的记号呢？”孙森口气坚决地回答：“我的记号是我的名！”

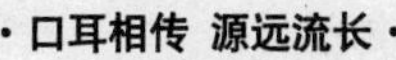

县太爷转动着扳指，边看边问：“上面有孙森二字？”孙森回答：“老爷，您看血丝里就有我的名字。”县太爷顺着孙森指着的方向看，看到里面的血丝长的长短的短，乱成一团麻，但是仔细察看，里面有三个木字，看到这里，县太爷也明白了几分，问：“难道这就是你名字得来的原因？”孙森连连点头。

林财主听闻这话，不由得大惊失色。这时，县太爷大喝一声：“大胆林财主，竟敢欺骗本官！”林财主吓得磕头如捣蒜，就全招了。县太爷宣判：林财主偷窃、刻坏孙森祖传的白玉扳指，罚铜钱四百赔偿；故意欺负老实人、欺骗官府，不知悔改，重打四十大板，关三个月的大牢！

林财主被衙役拖了下去，孙森在大堂上千恩万谢后，站在那里又不知所措。县太爷不解，孙森解释说：“现在玉扳指上有五个木了，可我的名字里只有三个木啊！”县太爷觉得好笑，说：“好办，从今往后你可改叫孙森林或者孙林森。不过，我不建议你改，毕竟名字只是一个人的记号，何况你的名字受之父母啊。”

孙森闻言，茅塞顿开，捧着玉扳指高兴地离开了县衙。

（**发稿编辑**：田　芳）

（**题图、插图**：谢　颖）

您手中有没有得意之作？本刊辟有二十多个原创性栏目，如新传说、我的故事和中篇故事等；您读到或听到什么有趣事可以和大家一起分享吗？3分钟典藏故事、外国文学故事鉴赏和脱口秀等都是本刊推荐性栏目。热忱欢迎来稿，可从邮局寄发，也可从网上传递。邮寄地址：上海市闵行区号景路159弄A座3楼《故事会》杂志社，邮编：201101；如为电子邮件，可发本期责任编辑信箱：greygrass527@126.com。

买媳妇

□ 张作鹏 整理

顺治年间，青州城益都东门外有个姓荣的掌柜，经营着一处酿醋作坊，生意还算红火。他膝下无子，只有一女，叫红莲。为了照料生意，荣掌柜招了两名学徒，一个叫德利，一个叫向喜，德利早几天，算师哥。在荣掌柜心里，两个徒弟其实就是未来女婿的人选。

一天，荣掌柜把德利和向喜叫到跟前，说："你俩跟着我也有七八年了，我一直把你们俩当自己的孩子。如今我老了，红莲也该嫁人了。我问过红莲，她中意德利……向喜呢，我也不亏待，我出钱给你找个媳妇。以后，醋坊的家什归德利，酿醋的秘方归向喜，你俩联手照应醋坊生意。"一席话，说得德利和向喜双双磕头。

没过几天，衡王府传出消息，说是要拍卖丫鬟仆妇。在明代，衡王府在青州属名门大户，传六世七王，显赫一时。现如今改朝换代后，衡王府被查抄，府中的丫鬟仆妇，无论老少丑俊，统统装进口袋，十两银子一个，当众拍卖。

荣掌柜听说后，便想给向喜买一个媳妇，于是暗中花钱探来了内情：装人的口袋，袋口朝外的，装

着年轻貌美的；袋口朝里的，装着人老珠黄的。

荣掌柜很满意，但恰好他要出远门，向喜又送货未归，于是他嘱咐德利把银子和口信转给向喜。

德利先把这事对红莲讲了。红莲转转眼珠说："向喜是外人，以后醋坊有一半掌握在他手里，我总觉得不安心，得想个法子让他离开，不如趁机……"德利等的就是这句话，两人一番嘀咕，有了主意。

等到向喜回来了，德利叮嘱他说："袋口朝里的，装着年轻貌美的；袋口朝外的，装着人老珠黄的，千万别搞混了！"

拍卖那天，向喜早早赶到"人市"，那里果然一字摆开了十几个鼓鼓囊囊的大口袋，袋口扎得紧紧的，有的朝里，有的朝外。他心中一喜，选了个袋口朝里的，扛回家，解开绳结一看，居然是个年过半百的老妇人！

本想买个媳妇，却买回一个娘！向喜恼恨自己不争气，浪费了荣掌柜的银子。更倒霉的是，刚买回的老妇人身子弱，经过一番折腾惊吓，一到向喜的小草房就病倒了。面对无家可归的老妇人，向喜只能问医抓药，悉心照料她。

十天后，荣掌柜回来了，红莲一见他，二话不说，张嘴就哭。荣掌柜催问几遍，红莲才哭哭啼啼地说："我中意德利，向喜怀恨在心……你叫他挑个年轻貌美的，他偏挑个年老貌丑的，羞辱我不如一个老太婆。他还在外边信口胡言，说爹爹想拿十两银子打发他！"

荣掌柜气不过，就去质问向喜。向喜心性善良，他一怕荣掌柜撵走老妇人，二怕荣掌柜再多花钱给自己买媳妇，所以矢口否认了。

荣掌柜冷笑道："那你把新媳妇领来，给我看看！"

向喜苦着脸推三阻四，荣掌柜顿时火冒三丈："向喜，我一向拿你当亲儿子看待，你却背后拆我台。你走吧，我这庙小，容不下你！"

向喜有口难辩，垂头丧气回了家。老妇人见他愁眉苦脸的，问明了缘由，想了想说："和你过了十几天，我也看出来了，你是个老实厚道的后生。冲着咱俩这缘分，我也不藏着掖着了。在王府这些年，我存了些体己钱。"说着，她从内兜摸出一支金钗，递给向喜。

第二天开始，老妇人便张罗着把向喜的三间草房修葺一新，买回不少吃的穿的用的，又瞒着向喜，雇下马车，打听去杭州的路程方向，

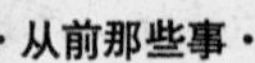

特别是钱塘江观潮楼的位置。

老妇人大手大脚的开销，让向喜的眉头皱得更紧了："除了酿醋，我不会干别的，又让荣掌柜辞了。虽然您有金钗，但只出不入，这日子……"

老妇人微微一笑，说："你不说我倒忘了，衡王府的醋，你听说过吧？我在王府专管酿醋，咱娘俩就开个醋坊吧。"

说干就干。老妇人坐镇，向喜忙前忙后，搬进八个大缸，十几袋小米，以及谷糠、麦曲，再租下一家临街店铺，挂起招牌，大张旗鼓地宣传"王府醋坊"的名号。

这天，老妇人对向喜交代完生意上的事，就说要出门找两个人，少则几天，多则十几天回来。向喜想细问，老妇人却只回一句："到时你就明白了。"

谁知没等老妇人出门，前堂小伙计忽然领进一个十六七岁的姑娘，说找老妇人。一见老妇人，姑娘便哭着喊娘，老妇人则哭着叫云凤，两人抱头痛哭。

原来云凤就是老妇人要找的两个人中的一个，另一个则是衡王府的朱小姐。朱小姐性格豪爽，独爱钱塘江大潮。每年这时候，她都会早早预订观潮楼的客房，带着情同手足的丫鬟云凤一同前往。

因为这个嗜好，朱小姐躲过了一劫，但是面对家破人亡的消息，她万念俱灰，投了钱塘江。云凤本想追随小姐而去，却放心不下母亲，于是连夜赶回青州，多方打听后，得知青州城益都开了家"王府醋坊"，就找了来。

老妇人悲喜交加，一手拉着云凤，一手拉着向喜，说："这真是不是一家人，不进一家门啊！"

向喜忙点头，对云凤说："没错，往后，你叫我哥吧。"

老妇人"扑哧"笑了："送上门的媳妇，你还让她喊你哥？"向喜和云凤一愣，对视一眼，不好意思地羞红了脸。

老妇人酿造的醋，味道纯正，吃过的都说好，名气很快传开了，眼见着就盖过了荣掌柜的醋。此时才知道真相的荣掌柜一病不起，撒手人寰。没了主心骨，德利和红莲更无力支撑，只好关门歇业。

"王府醋坊"越发红火。在老妇人的主持下，向喜和云凤成了亲，盖上新房，一家人和和美美地过起了日子。

（**发稿编辑**：赵嫒佳）

（**题图**：佐　夫）

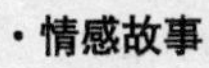

治脱臼

□ 崔建华

这事发生在早些年。杨大海是个羊倌，爹娘早逝，他有一手给胳膊脱臼复位的绝活，经常有人上门找他。他人长得周正，就是脾气大，二十多岁了还一人吃饱全家不饿。

这天一大早，杨大海刚把羊群赶出村口，村主任就在身后叫住了他。杨大海转身一看，村主任旁边站着一个脸上有刀疤的壮汉，看上去凶神恶煞。村主任说："这是邻村的小郝，右胳膊脱了臼，你就辛苦辛苦吧。"

杨大海眉头一皱，说道："按说村主任领来的人，本不该收钱，可最近手头确实有点紧，家里称盐打油的钱都没了。"

刀疤脸"哼"了一声："我兜里还有两块钱，有种你就自己拿吧。知道我这胳膊是怎么脱臼的吗？我刚刚撂趴下仨！"杨大海笑了笑，没说话，却直接走过去，伸手就要往刀疤脸口袋里掏。

刀疤脸身子一扭，眼一瞪："你敢？"杨大海看看他，把手缩回去，转身要走。村主任急了，一把拉住他："大海，别走啊。"然后又对刀疤脸说："还逞强呢？先治好胳

膊要紧。”刀疤脸许是胳膊疼得受不了了，咧了咧嘴，让村主任把钱掏走，塞到了杨大海手里。

杨大海也不客气，把钱塞进兜里，一双手就搭上了刀疤脸的右胳膊。只听“咔嗒”一声，刀疤脸虽疼得大叫，右胳膊却瞬间能动了，他活动了两下胳膊，作势就要对杨大海动手。杨大海毫不惧怕，冷冷地说：“我能让你的胳膊复原，就能让它重新脱臼，要不要试试看？”

刀疤脸一听，只好悻悻地走了。村主任对杨大海点点头，又摇摇头：“大海，你可真行。”

中午，杨大海把羊群赶在一个山坡上吃草，自己吃了点干粮，就用草帽盖了脸，躺在一棵树下。突然，他听到羊群有细微的骚动，就睁眼从帽缝里张望，只见一个十三四岁的男孩，正在牵他的一头大肥羊。呵，来了个小偷羊贼。杨大海没吱声，继续看男孩的举动。

那只羊正在吃草，突然被人牵了要走，自然不同意，就用力甩头，把男孩的手甩掉了。男孩生气了，又不敢声张，就悄悄从怀里掏出一根缝衣针，不知用什么手法，快速穿过了羊鼻子。那针上拴着一根线，男孩用这线牵着那只羊出了羊群。

杨大海再也不能装聋作哑了，从身边轻轻摸起一块小石头，甩手就扔了出去。杨大海平时为了让羊按他指定的路线走，早练就了一手飞石绝活。现在，他扔出的石头，不偏不倚正好打在了那男孩牵羊的手背上。男孩疼得“哎哟”一声，抬头朝杨大海这边一看，吓得转身就跑。

杨大海大喊一声：“哪里来的偷羊贼？给老子站住！”那男孩一听，更是慌不择路，摔进了脚下的一条土沟里。

杨大海赶到沟旁，发现男孩没啥大碍，只是被杨大海砸到的手背红肿了起来。杨大海一把揪住男孩说：“小小年纪不学好，回头让你父母送二斤鸡蛋来，要不然我非去学校告诉你老师不可。”

男孩咬着嘴唇，不吭声。杨大海又问：“那你叫什么名字？家住哪儿？”

“我叫虎子，我……没地儿去。”半天，男孩怯生生只吐出这句话。

杨大海说：“虎子，这名字好。要不，你就跟着我在山里放羊吧。”

虎子想了想，同意了。晚饭时，杨大海煮了锅地瓜，虎子狼吞虎咽吃撑了，躺在床上直哼哼。

这时，村主任又上门了，这回

他和自己的老婆一起，又领来个要治胳膊脱臼的。杨大海在屋里正要骂，抬头一看，跟着村主任两口子进来的，竟然是个俊俏姑娘，他立马噤了声。

虎子一见这姑娘，一骨碌就从床上爬了起来，嘴里说着："姐，你咋来了？"原来这姑娘是虎子的姐姐，叫小玉，今天到处找虎子时，不小心摔了一跤，胳膊脱了臼，听村主任说杨大海这儿刚收留了一个偷羊的孩子，这才赶过来看看，顺便治治胳膊。

小玉说，自己住在邻村，弟弟虎子早上跑出去玩，不知道溜到哪里去了，一整天都没回去，家里人分头到处找他，小玉最后找到了这里。没想到这小子竟去偷羊，幸好杨大海不跟他计较，还收留了他。

说完，小玉要杨大海给自己的胳膊复位。可是这次不知怎么了，杨大海的手开始微微发抖，双手抬起来好几次，又都放下了。

小玉急了，催促道："怎么了？你倒是快点啊。"

杨大海这才一咬牙，把手伸了出去。可是等双手接触到小玉的胳膊，他却把眼一闭，把头扭到了一边，更奇怪的是，杨大海在小玉胳膊上捏了几下，就放手了："你的胳膊没脱臼，我治不了，还是另请高明吧。"

"哼！算你聪明！"小玉说着，胳膊忽然能动了，"听说你早上给人治脱臼，收了两块钱，我就想看看，我这没脱臼的，你怎么给治，会不会也借此收我两块钱？"

村主任扭脸对小玉说："这不是瞎胡闹吗？"

杨大海却说："没事，只要胳膊没事就好。别人怎么看我，那是他们的事，对我来说无所谓。"见小玉要走，杨大海张口说道："你等等。"接着，他去里屋拿出来一贴膏药，让小玉晚上睡觉时贴在胳膊上消肿，又说："你那胳膊虽然没脱臼，但肿得挺厉害，这膏药消肿管用。"

虎子在旁边嚷嚷："我怎么没有膏药？"

杨大海一瞪眼："你用不着。"虎子吓得一伸舌头，没敢再吱声。

因为时间已晚，村主任让老婆带小玉去自己家住，而他和虎子就在杨大海这儿将就一晚了。

等虎子睡下了，村主任问杨大海，刀疤脸那样的凶汉他敢要两块钱，怎么到了小玉这儿，她拿没脱臼的胳膊试探杨大海，他不但不生气，反而还倒贴了一贴膏药呢？一贴膏药也值好些钱呢，能买四个鸡蛋了。

杨大海说，刀疤脸那样的，一看就是好打架的，收他两块钱，是让他长点记性，少打架斗殴；至于小玉，她的胳膊虽然没脱臼，可是也伤着了，给她膏药是让她给胳膊消肿的。再说，她一个姑娘家，为了找走失的弟弟，跑了一天，不容易，怎么能借治脱臼收她钱呢？不但不能这样做，膏药也倒贴了。

村主任一听，笑了笑，"吧嗒吧嗒"抽了口旱烟，没说啥。

第二天一大早，小玉就来把虎子领走了，杨大海盯着两人的背影，直到看不见，还挪不开眼睛。

村主任蹲在杨大海身后，抽着一锅旱烟，笑道："咋了，舍不得了？"杨大海"嘿嘿"干笑了两声，摸了摸头，一时不知道说啥好。

"要是相中了，就找个媒人上门提亲去。"村主任磕磕烟灰说，"我可听说，小玉还没找婆家呢。"

杨大海不好意思地说："就我这臭脾气，小玉……她能相中我吗？"

村主任笑了笑说："试试吧，不试怎么知道不行？"说着，他缠好旱烟袋，倒背着双手走了。

杨大海和小玉结婚时，杨大海杀了羊招待前来贺喜的乡亲们，满满当当坐了十几桌。大家这才发现，原来小玉和虎子姐弟俩叫村主任"姨夫"，刀疤脸也来了，他竟然是小玉和虎子的大哥。

晚上，客人都散了，杨大海对小玉说："那天你们一家仨人都来找我，咋像安排好的呢？是不是你那当村主任的姨夫安排的？"

小玉笑着点了点杨大海的鼻子："我大哥胳膊脱臼能是假的啊？至于其他的嘛……你就自己琢磨吧！"

（发稿编辑：王　琦）

（题图、插图：豆　薇）

不怕死，但不愚直；不贪财，但不清廉。怕死当不了好官，找死当不了好官，贪财更当不了好官。

四不知县

□吴 嫡

1.知县难当

话说明朝时，有一天，皇帝接到一封吏部的奏章，说有个知县的空缺，难以委任。皇帝一下子就火了，如果是重要省份的知府，或是京城各部侍郎这种级别，问问皇帝还算正常，一个小小的知县竟也要皇帝亲自费心？他二话不说，把吏部官员都叫过来臭骂了一顿。

吏部官员们等皇帝发完火，才由侍郎带头诉苦。只听侍郎对皇帝说："万岁您有所不知，地方官比京官吃香，很多人是愿意干的。唯独这个临海县的知县，没人肯干。"

皇帝不解地问："我还是头一次听说没人肯当官呢。想来是因为地方贫苦，是个苦差。越级提拔就是了，谁还不想升官啊？"侍郎叹了口气说："临海县地处沿海，盛产鱼盐，百姓安宁，虽不算美差，也算中上。但近年来倭寇来犯，临海县有个海湾，成了倭寇登岸的最佳位置。当地乱成一团，凡是去上任的知县，没有干满三年的，多则两年，少则数月，都纷纷出事。"

皇帝大惊："怎么，是被倭寇杀害了吗？"侍郎摇摇头说："不全是。有被倭寇杀害的，也有贪赃枉法被朝廷砍头的，总之没有活着卸任的。因此当官的都把这地方当作送死之地，没人肯去。"

皇帝更不解了："被倭寇杀害，

加强防卫就行了。贪赃枉法又是为了什么？”

侍郎说：“临海县古怪就古怪在这里。要说苦差，那真是苦到极点，倭寇横行，凶案不断；要说肥差，也真是肥到不行，别说本地盐商贿赂，就是倭寇，也愿意花钱买路。因此很多官员都把持不住，贪赃枉法，最后被人举报，也是个死字。而且加强防卫是守备的事，现在临海县不仅知县没人干，守备也没人肯干，要么跟倭寇拼命，要么通匪受贿，死得比知县还快呢。”

皇帝越听越火：“枉费这些官员都是读书人出身，真是丢尽脸面！你们就硬派，我看谁敢不去！”侍郎苦笑着说：“委任文书前脚到，后脚就有人生病。大家都说，宁可丢官，不可丢命。再说，本来倭寇祸患不轻，真派个无能之辈，恐怕整个沿海都受影响。”

这么一来，皇帝也没词了。想不到一个小小的知县竟然让皇帝也一筹莫展了，他怒视着吏部官员，呼哧呼哧地喘着粗气。就在场面十分尴尬之时，一个年轻的吏部协办走出来说：“万岁，微臣愿意去临海县任职。”

皇帝精神一振：“你叫什么？是什么官衔？”那人回答：“微臣沈平，吏部协办，从六品。”

皇帝一愣：“知县是正七品，你这是降了半级啊。不过你放心，只要你当得好，以后大有前途。只是别人都不敢去，你为何敢去？”

沈平朗声说：“别人不敢去，是因为做不到‘四不’，微臣敢去，正是自信能做到‘四不’。”

皇帝顿时来了兴趣：“什么‘四不’？”

沈平侃侃而谈：“微臣看了每一任知县的卷宗，总逃不了几个原因。要干好这个知县，第一不能怕死，那里有个海湾，风平浪静，正是倭寇登陆的理想之地。和倭寇近在咫尺，命悬一线，怕死就干不好。第二不能贪财，正如侍郎大人所说，当地有盐商，都是大富之家，为保自家平安，贿赂的事在所难免。倭寇为了保住这个登陆点，用抢掠的巨资贿赂官员，也很平常。因此贪财干不好。”

皇帝听得入了神：“你继续说，还有哪两不？”

沈平接着说：“第三不能愚直，在这种地方当知县，各方势力混杂，民多通匪，商多通寇，军队归守备直管，知县调动还要会商，捕快战斗力有限。不搞好方方面面的关系，只靠正直，是干不好的。第四不能清廉爱名。”

此话一出，不但皇帝变了脸色，所有吏部官员都大惊失色，心说这小子是不是疯了。皇帝问道：“自从朕当皇帝以来，还从没有哪个官员敢当着朕的面说不要清廉的，你不知道大明律法吗？”

沈平毫无惧色：“万岁，清廉本来是好事，但为了名声，耻于谈钱，最后什么事也干不成。须知万事无钱办不成，朝廷给的钱只够维持，不从地方上想办法开财源，哪里能办大事？”

皇帝摇摇头说：“这第四点，朕不同意。不过朕还是愿意让你去试试，只要你不辜负朕，朕也不辜负你。”

沈平磕头说：“微臣还有个请求，望万岁恩准。微臣有个好友张凌，武艺不错，也懂兵法，可惜只考中了武举人，虽说举人也有当官的机会，不过太渺茫了。既然知县、守备都没人干，微臣想给朋友求个职位。”

侍郎都要吓晕过去了，心说这沈平是不是疯了，刚才明目张胆地说不要清廉，现在又给朋友要官。

想不到皇帝愣了一下后，竟然笑了：“反正也没人当，既然是举人，七品官也不算不合规矩，你现在还在吏部呢，走之前自己办了就是了。”

沈平又磕了头说：“微臣还有个请求，请万岁恩准。将来若是有人告微臣有罪，望陛下能破例在朝堂上亲自审问微臣，而不是交给刑部审问。”

侍郎急得都顾不上礼仪了，喝道：“沈平，你还有完没完？什么时候知县也能上朝堂审的？”这次皇帝看了沈平很久，最后点点头说：“朕答应你。”

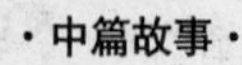

2.巧取豪夺

就这样，沈平走马上任，去了临海。他是降半级就任，又当过吏部的京官，因此地方官吏都很给他面子，连知府见他也很客气，更别说本地的乡绅了。

自上任第一天开始，各大盐商、渔头就轮流请客，沈平一概不推辞，吃吃喝喝，一派和气。席间，盐商们就提出了要求："大人，我们在苏杭一带也安置了家业，但毕竟这里是我们祖宗之地，不愿放弃。现在倭寇经常袭扰，还望大人跟守备说说，把军队多放在我们宅院附近，我们必有重谢。"

沈平满口答应，但回去跟张凌一商量，张凌满脸为难："这不好办。这些盐商都住在城内，就算有倭寇窜进城来，也是抢了就跑，其实危险不大。沿海登陆点和城外的渔村，才是倭患重灾区。咱们的兵力本来就不足，哪来的人马去驻防盐商家啊？"

守备和知县平级，都是正七品。不过明朝文官比武官尊贵，因此守备应称知县为大人。不过俩人既是朋友，也就省了这一套。沈平觉得张凌的话无可辩驳，于是跟盐商们商量："朝廷的人马、俸禄都是有固定数额的，本来就不够用，我也不敢有太明显的调动。不过我倒是觉得，倭寇猖狂，本官有责任保护大家安宁。为此本官决定成立民间团练，只是这是地方上的事，跟朝廷要钱只怕不妥。"

盐商们何等聪明，自然知道沈平是要钱，只是沈平以建民团为由，要的钱肯定不会少，他们一时都有些犹豫。沈平冷笑一声："诸位都是家财万贯的人，要真是倭寇进城，抢走多少先不说，临走放一把火，再杀几个人，本官无非是落个罢官流放，各位可是已经没命了。我身为朝廷命官，当以百姓为重，明天我就让守备把兵马都派出去剿匪，城里留下人马够保护县衙的就行了。"

盐商们吓了一跳，再也不敢犹豫了，都说愿意出钱组建民团。沈平立刻换了副笑脸，连连夸奖盐商们通情达理。有了盐商们的钱，沈平开始招募青壮年男子加入民团。海边的很多渔民纷纷加入，一时间民团声势很大。盐商们都是从钱眼里钻出来的人，都看出来他们捐的钱，最多只用了一半在民团上，剩下的一半大家心知肚明是被沈平贪污了，但他们反而踏实了，不怕官贪，办事就行。

但渔头们不乐意了，虽然民团不是全职的，但那些渔民要进行训练，势必会影响出海打鱼，他们找到沈平，诉苦说渔民不出海打鱼，他们这渔头也没法当了。

沈平嘿嘿一笑：“你们当我不知道吗？你们这些渔民，平日里打鱼哪里能用心？海上倭寇的快船往来劫掠，那些渔民性命都不保，还能用心捕鱼？”

渔头们面面相觑。渔头中有个实力最强的，人称临海渔王，他挺身而出，掏出一张银票塞进沈平手中，赔着笑说：“还请大人给出个主意。”

沈平看了一眼银票，眼睛一亮：“这样吧，我给你们出个主意，不想让渔民在城里训练也行，把渔民编成队伍，十船一组，保证每艘船上都有加入民团的渔民。我让张凌借给民团军械武器。这样他们既能训练，又能打鱼，两不耽误，遇上倭寇也能抵挡一番，可好？”

渔头们面露难色：“大人，这些渔民扎堆，不好管理啊。”沈平脸色一沉：“你们是说本官的主意不好吗？本官组建民团是为国分忧，既然主意不好，我也没办法。”

渔头们想了想，他们都是占了海面，靠渔民打鱼交份子钱发财的，让渔民能出海打鱼才是最关键的。至于倭寇他们倒不放在心上，一来渔民出海打鱼，船上除了鱼，啥财物也没有，倭寇是轻易不会抢劫渔船的；二来倭寇要在海岸登陆，也怕渔民报告官府，不愿让渔民恨得太深。因此，渔头们都表示赞同。

沈平的这些做法，自然逃不过当地官员的眼睛。时间一长，这些事自然就传进京城了。吏部不敢隐瞒，如实上报给皇帝，皇帝皱皱眉头，挥挥手说：“不用管他，随他去吧。”侍郎心想，看来皇帝对这个县放低要求了，只要不过分，有人肯干就行了。

京城里没有动静，地方官员自然也不管沈平，沈平在县城里可谓说一不二。他很快又召集盐商说：“要保你们平安，光靠有兵还不行。现在这县城的城墙不够高，也不够厚，万一倭寇来犯，是很不安全的。本官有意加固城防，但朝廷不给钱，咱们还是得自己的事自己操心啊。”盐商们咧咧嘴，心说这位县太爷要钱的理由倒是层出不穷，无奈之下，也只能各自拿出银票认捐。

虽然沈平要钱的名气越来越大，但不可否认的是，民团的建立以及渔民组团打鱼的方案，客观

上形成了民间的海防力量，加上张凌整天不停歇地训练官兵，四处巡逻，一时间临海县的治安大为改善，平时来往如履平地的倭寇，竟然都不敢登陆过境了。

3.瞒天过海

这天，临海渔王带来了一个客人。此人一副商人打扮，个头虽不高，却很健壮。见了沈平，弯腰施礼，语气略显生硬地说："沈大人，我是经商的，船队经常在贵县靠岸，还望大人多多照应，这点银子不成敬意。"说完，他拿出一张银票，竟然有一万两！

沈平先不接银票，上下打量着那个商人，问："你做的是什么生意？"那商人弯着腰说："瓷器、丝绸生意。"沈平继续问："你的船多久靠一次岸？"商人愣了一下，看着沈平，沈平笑了笑说："瓷器、丝绸，都是最赚钱的生意，我不知道你多久来一次船，如何能算出你赚多少钱，又如何能照应你呢？"

那商人松了口气说："我每个月都有船来，不敢让大人费心，只要大人约束士兵，不要骚扰就行了。"

沈平慢悠悠地说："一个月一趟船，钱可不少赚啊。"那商人顿时明白了，连连拱手："大人放心，今天只是见面礼，以后还有。"沈平皮笑肉不笑地说："我这人心急，而且最近朝中对本官的流言蜚语也不少，这些事，都得用钱摆平。以后的事，谁说得准呢？"

那商人咬咬牙，从怀里又掏出一张银票，竟然有两万两！沈平眼睛一亮，伸手接过，笑着说："好说，好说。不过你的人靠岸，可不能进城啊。本官为朝廷守护县城，如果不得平安，朝廷怪罪下来，本官也

扛不住啊。”

那商人会意地笑了：“大人放心，我们只是在此靠岸过境，生意嘛，我们是要到其他地方做的。”三个人都哈哈大笑。

沈平果然言而有信，第二天就命令守备的军士只可在城内巡视，不要去海边，理由是县城里的盐商们愿意捐钱加固城防，需要守备的军士们协助修建。同时又告诉民团，只须训练和打鱼，不用沿海巡逻，每月到县衙领钱就行。

临海渔王从此也成了县衙的红人。沈平三天两头找他来饮酒作乐，喝醉了就住在县衙里，关系十分融洽。有了沈平的撑腰，临海渔王原本只是实力最强，现在俨然成了渔村领袖了。他也真舍得花钱，把各种奇珍异宝送给沈平，说是渔民们从海里捞上来的，献给知县老爷。沈平自然一一笑纳。

很快，沈平又推出一条命令，让住在海湾旁边的渔民通通迁走，或分散到别的渔村，或安置在城内工作。渔民们不愿意，沈平强行推动，一边派军队恐吓，一边多给搬迁银两，最后渔民们胳膊拧不过大腿，只得从了。临海渔王为此又给沈平送了两万两银票，说是那商人感谢他的大力配合。

就在此时，出了一件大事。沈平的老家来人，说沈平的母亲去世了。按照官场规矩，沈平必须立刻上书请假三年，回家为母亲守孝，这叫丁忧。盐商们听到消息，纷纷跑来慰问沈平，请沈大人节哀顺变。沈平悲痛地看着盐商们说：“我知道你们的意思，你们刚喂饱了我，我这么一走，你们的钱就白花了。放心吧，我沈平做事童叟无欺，既然收了你们的钱，就会保护你们的安全。我朝中有人，无须丁忧，大家放心就是。”盐商们这才放心。

两个月后，临海渔王又被沈平找去喝酒赏月，两人都喝了不少，沈平把临海渔王留在县衙过夜。这一夜正是十五，满月当空，海面明亮如镜。十多艘中型的渔船，快速接近岸边，其中一条船最快，率先靠岸，另外的船都在远处等待。那船上下来十多个人，四下看了一阵，见没有动静，就冲着远处的船打个呼哨。那些船迅速靠岸了，每个船上都有十来个人。迅速编队，向黑暗中进发。

忽然间火光冲天，一百多人愕然回首，只见海边的渔船已经烧成一片，紧接着，一片锣鼓声响起，大队的官兵、民团从四周隐蔽处冲

了出来，把这一百多人团团围住。为首的人大叫一声“中计了”，接着用倭语喝令众人抽刀突围。

这一场战斗打得十分惨烈，那一百多个倭寇都有武艺，战斗力很强。但官兵和民团都有所准备，所持的都是长矛，不肯近战，只是排成阵型，拼命往前扎，让敌人不能近身。几十个骑在马上的弓箭手，围着包围圈边跑边射箭。有倭寇拼着性命挨上一枪，冲上来砍倒一个长矛手，另一个马上补了上去；也有的倭寇冲出包围圈，跑回海边，但海边的渔船已经烧成焦炭，他们只能跳海，转眼就被海浪卷走了。半个时辰后，倭寇死伤过半，剩下的扔刀投降了。民团死了十几人，官兵死了几十人，遍地鲜血。

天色大亮，沈平的县衙里挤满了人，有被捆绑的倭寇，有押解的官兵，更多的是来看热闹的百姓。平时倭寇都是二十来人一队行动，像这样的一百多人很是少见。

沈平领着临海渔王慢悠悠地走上大堂，对县衙内外的人们微笑着。当看到领头的“商人”此时正满身血迹被捆绑着跪在地上时，沈平转头对面如土色的临海渔王说：“这里有咱们的老相识呢。”临海渔王支撑不住，“扑通”一声跪在了地上。

那倭寇头领忽然大喊：“你这狗官，收了我五万两银子！你是贪官，皇帝会杀了你的！”

沈平也不生气，淡淡地说：“我当然要收你的银子，不收银子，我哪有钱去搬救兵啊？倭寇个个武艺高强，我这一个县的兵力，就是加上民团，也只能打个平手。得三个县的兵力，才能围剿了你们。”

倭寇头领不可思议地看着周围的官兵：“不可能，你不过是个知县，凭什么调动其他县的官兵？”

沈平点点头说：“问得好，当然是凭钱。我告诉周边两个县，说我要修城墙，人手不够，跟他们借士兵修墙，饷银加倍，另有厚礼。在这沿海边陲之地，官兵调动没那么严格，只要知县和守备同意了，就没问题。士兵多挣钱，他们也有钱拿，有什么不愿意的？这些士兵一到，我就告诉他们，表面是修城墙，其实是要打倭寇。若打了胜仗，每人赏银五十两，受伤的赏一百两，战死的赏五百两。重赏之下，必有勇夫嘛。”

倭寇头领恨恨地盯着沈平说：“你还真是大方，这样的赏法，三万两银子也未必够吧。”沈平笑了笑说：“你说得没错，前面搬救兵时已经花了不少。好在盐商们捐的修城墙的钱还有不少，加上这位临海渔王家里的财物，应该绰绰有余吧。这些年，你们四处劫掠，肯定送他不少钱。”

临海渔王吓得连连磕头：“大人，我实在不知道他是倭寇啊，我以为他是商人，只是要送礼给大人，才引荐的啊。”

沈平摇摇头说：“你当本官是傻子啊。我第一次见他都能看出他是倭寇，你常年管海，能不知道？我早就知道，渔民中必然有通匪的，否则倭寇难以从容登陆。这次组建民团，你管辖的渔村最不积极，反倒领人来给我送礼。什么生意能赚那么多钱，出手就是三万两？我故意和你亲近，一是防着你们狗急跳墙刺杀本官；二是为了行动时把你留在县衙，你不在海边，我才好设下埋伏。其实这埋伏并非只在今晚设下，我命令过，倭寇人数不过三十，就不搭理。倭寇们肯定胆子越来越大，果然这次一拥而来了。”

临海渔王无话可说，忽然咬牙切齿地说：“你也别太得意了，当心自身难保！这个县那么多任知县，没有一个能活过任期的，你以为你就能长命百岁？你可知道，朝中有多少文臣武将，收过倭寇的贿赂？你可知道，有多少高官富商雇佣倭寇杀人？你真以为这偌大的朝廷打不过流窜的倭寇，是因为他们武艺高强？”

沈平神色淡然道：“你还是担心你自己吧，本官不劳你费心。”

想不到那临海渔王说的竟然应验了。沈平让人把倭寇俘虏押解到京城，倭寇还没到呢，京城就来了圣旨，这可不是嘉奖令，而是因为有人告沈平罪大恶极，要抓他回京。

4.舌战群臣

沈平走的那天，民团、渔民、盐商、百姓，连守城的士兵都来送行。一个贪官有这么多人送行，堪称是大明朝头一遭。沈平面色轻松，冲大家连连挥手，好像不是被抓走的，而是要高升一样。

到了京城，沈平没被投进大牢，而是直接被带上了早朝大殿。皇帝坐在龙椅上，两边站满朝臣，皇帝竟然要亲自审问这个七品知县。

皇帝看着沈平，淡淡地说："你在这个知县的位子上，快满一年了，虽然不算是最短的，但也差不多了。"

沈平高声道："微臣知道，在任时间最短的知县，只当了四个月就被倭寇刺杀了。他刚直不阿，两袖清风，实在是让人痛惜。"

皇帝说："你对倭寇这一仗打得很漂亮，不过功过不能相抵。有人弹劾你，说你罪大恶极。当初朕答应过你，若有人告你，不送刑部，破例在朝堂上审你，朕不失信。"

沈平谢恩后，大声说："是哪位弹劾在下的？请说罪状吧。"

一个御史站出来，说："沈平，你上任之初，就对万岁口出狂言，要做四不知县。如今你却真成了四不知县，难道不知道朝野传闻，你不忠、不孝、不仁、不义吗？"

沈平转头看着御史，说："大人，沈平如何不忠、不孝、不仁、不义？还请明示！"

那御史说："你身为朝廷命官，不知廉耻，大肆收受贿赂。巧立名目，逼盐商捐钱，逼渔头捐钱，甚至还收受倭寇的贿赂！总数有数万两白银，按刑律该斩立决！这不是不忠是什么？"

沈平高声道："上任之前，我曾对万岁明言，太清廉难成事。那

县城临海而建，倭寇横行，不练兵何以自保？然而朝廷经费有限，我晓之以理，人民自愿捐款，我何罪之有？我收的每一文钱，都用在民团和练兵上。说我贪污，你们尽管搜查我的私财，若有超过俸禄的钱，我当场认罪！”说完，他拿出随身携带的一张财物清单，呈给皇帝。

皇帝看了一遍，让太监传给下面的众大臣看，大臣们面面相觑，一时无语。这时，户部侍郎大声说：“万岁，沈平看似不贪，实则不然，臣有证人，请旨上殿。”皇帝应允，于是外面几个侍卫拖着一个人上殿来，沈平一看，吃了一惊，竟然是本该关在大牢里的临海渔王！

此时，临海渔王抖擞精神，指着沈平说：“万岁，草民看了这张清单，沈平虽然记载了所有银票的来龙去脉，但草民曾送给他许多奇珍异宝，他却一样也没写进去！”

户部侍郎得意地看着沈平说：“故意做出姿态，隐瞒贪污事实，还用清单欺瞒万岁，这不是不忠是什么？”

沈平没有回答户部侍郎的问话，而是一直看着临海渔王，冷笑着说：“当日你在县衙口出狂言，果然是朝中有人啊。大牢里的人都能弄出来当人证，看来收你礼的人不少啊。”户部侍郎脸色大变，大喊沈平血口喷人。沈平却微微一笑：“你以为只有你们懂得送礼吗？我也会送礼啊！那些奇珍异宝我都送礼了，只是没写在清单上罢了。”

此言一出，满朝震惊。官员们私下里送礼收钱一直是存在的，但像沈平这样明目张胆地在朝堂上说自己行贿，简直是不可思议！户部侍郎激动得跳了起来，说：“大胆！行贿还如此大言不惭，简直恬不知耻！你说，你行贿给哪个贪官？自然与你同罪！说不出来，你就要两罪并罚！”

沈平看着户部侍郎说：“你一定要知道我送给谁了？”户部侍郎大喊：“当然！”沈平无奈地看着皇帝，皇帝轻轻咳嗽了一声：“早在半年前，那些珍宝，沈平就进献给朕了。”

现场一片安静，户部侍郎面如土色，好几次想开口说话，都不知道该怎么措辞。吏部侍郎差点笑出声来，心知这是沈平故意下套，让临海渔王的同伙现身。

安静了半天，一个礼部官员站出来说：“就算你收钱情有可原，不算不忠，但你母亲病逝，你没有按制度丁忧，还大言不惭说朝中

有人，无须丁忧，这不孝可是千真万确的，此罪难容！”

沈平泪如雨下，昂首道：“你们可知我为何要降级去这临海县为官？我父亲本是个商人，出海做生意时被倭寇杀害，我母亲因此抱恨终生。我设计杀倭寇正是最关键的时刻，此时若因母亲去世半途而废，母亲九泉之下岂能原谅？我杀倭寇一报父仇，二报国家，这正是大孝之道！”

那礼部官员一时语塞，忽然想到了什么，接着说：“就算你母亲原谅你，但你并未上报朝廷，这同样是欺君不忠之罪！”吏部侍郎看了皇帝一眼，心说这又绕回来了，这帮人不整死沈平不罢休啊。

5. 心愿已了

皇帝看看沈平，看看礼部官员，不知道在想什么。沈平突然大喊一声：“吏部侍郎大人何在？”吏部侍郎正在心里咒骂，闻言站出来说：“我在这儿呢。”沈平说：“侍郎大人，当年下官出京任职，文书等物都是下官自己经办的，对吧？”吏部侍郎点点头说：“当时你就是干这个的啊。知县和守备都是七品官，你有权经办。”

沈平笑了笑说：“大人，下官当年出京，任职书其实是守备，张凌的任职书才是知县。文书上写得清清楚楚，现在就可以查。”

此话一出，吏部侍郎大吃一惊，皇帝也十分意外：“这怎么会没发现？”吏部侍郎在心里把沈平大骂一通，苦笑着说：“万岁，七品官每年年底考评时才会调档案，平时哪里会注意这样的细节。再说了，他放着知县不当，为啥要降级当守备啊？”

皇帝也不解地看着沈平，沈平朗声说：“很简单，虽然都是七品，但守备是武官。按制度，武官带兵打仗期间，父母去世，当度情办差，不得丁忧，也无须上报朝廷。微臣离京之时，知道母亲常年抱病，随时可能去世，因此和母亲商议后，才出此下策。”

礼部官员得到了启发，大声说：“沈平，虽然你解决了丁忧的问题，可你跟万岁说要去当知县，却自作主张当了守备，这也是欺君不忠！”

沈平不搭理他，回头向皇帝磕头说：“万岁，您回想一下，当日下官可说过一句要去当知县？我只是说如果要当知县，该有四不。后来又说要和朋友一起上任，可从没说过谁当知县谁当守备啊。吏部侍郎大人当时也在场，可当旁证。”

吏部侍郎想了想，竟然真是这样！皇帝也忍不住想了想，嘴角一挑，不知是怒是笑。在朝堂之上一片议论声中，一个兵部官员站了出来：“你不经朝廷调令，擅自花银子调动邻县军队打仗，导致死伤惨重。你强行搬迁海湾渔民，不顾渔民生计。这难道不是不仁？”

沈平冷笑着说：“养兵千日，用兵一时！军队不打仗，难道天天混吃等死？兵贵神速，时机稍纵即逝，我要是向朝廷申请调兵，一来打草惊蛇，二来等批准到了，倭寇早已血洗附近的县城了！那些士兵为国而战，保护大明子民，正是仁者之军！有功者赏，死伤者重赏，也是仁！我迁走海湾渔民，是担心围剿之时倭寇狗急跳墙，杀害无辜，这是最大的仁义！何来不仁之说？”

兵部官员哑口无言，另一个刑部官员站出来说：“你用银子贿赂附近县城官员，调兵打仗，让他们成了收受贿赂之人，岂不是陷他们于不义？你带朋友上任，却是为了让他当你的挡箭牌，岂不是不义？吏部侍郎对你不错，你身为下属，偷改文件，使他在万岁面前出丑，岂不是不义？”

沈平看了他一眼，说：“附近的知县和守备，拿了我的银子不假，但他们的兵被我借走，自然也要组建民团防备倭寇，难道不需要用钱？他们明知要担责任，为了剿灭倭寇，还是和我合作，这难道不是大义所在？我朋友举人出身，正常情况下终身难以做官，他一身本领无法施展。我借此良机，让他一展抱负，报效朝廷，岂非真正的义气？吏部侍郎待我不薄，临海县知县和守备无人肯干，我挺身而出帮他解决难题，难道不是讲义气？”

吏部侍郎连连点头：“有道理，

有道理。”皇帝也忍不住点了点头。

沈平环视群臣：“所以，不管是知县，还是守备，我的四不，一点都没变！还有哪位认为我不忠、不孝、不仁、不义的，尽管讲出来！”

各部官员都不说话了。皇帝缓缓地说：“沈平，你有能力，有心计，不拘小节，不亏大义。刚才攻击你的人，朕会严查，若是为公义发声，朕不怪罪；若是受贿通匪，朕必严惩。只是这一次你得罪了太多的人，朕也抓不完，杀不尽。只怕以后你不管到哪里当官，都会被人构陷。朕能护你一时，护不了你一世。你行事不拘小节，总会被人抓住把柄的。”群臣吓了一跳，都心虚地躲闪着眼神。

沈平却坦然地笑道：“我为国尽忠，为父报仇，如今心愿已了。今天，我正式向朝廷申请，我要丁忧，为母守孝。”

众人无不意外地看着沈平，皇帝轻叹一声：“这样也好，你去吧。赐你一块免罪金牌，持此金牌者，无圣旨不得定罪。”

沈平摘下官帽，在众人复杂异样的目光中，摇摇摆摆地走出宫门，在夕阳的余晖中，越走越远。

（发稿编辑：朱　虹）

（题图、插图：杨宏富）

阿P修钢笔

□郭 西

阿P喜欢看晚报，只不过他嫌订报要花钱，不合算。所以想看报了，他就到邻居家去借上一天的旧报，看白报，白看报。

最近这一两年，晚报的副刊新开了一个专版叫“怀旧闲话”，非常吸引阿P。因为这里发的文章，都是用本地方言来讲述当年发生在本地的往事：弄堂里一大早生煤炉，小吃店的烧饼油条豆浆三大件，夏夜搭个竹床在马路旁乘凉听故事……这些都是阿P当年亲身经历的往事呀，所以他看得心旷神怡。看得多了，他有些心动，也准备投稿。可阿P不会用电脑打字，只能手写，写好后再塞进信封贴上邮票给晚报寄去。

还别说，几篇稿件投出去之后，真有一篇上了报，这下阿P高兴得像范进中举，他得意地对小兰说：“你看，你老公我还真是当作家的料呀！”

小兰也很激动，特地去买了支英雄钢笔送给阿P，告诉他：“阿P，我送你一支‘英雄’金笔，你可要用它好好写。说不准你还真能成为我们家的‘英雄’呢。”

捏着老婆买的钢笔，阿P更来劲了，每天晚上写呀写，可要发表还真是不容易，所以阿P心中那

个作家梦，还是一直悬在那里……

写着写着，阿P写出灵感了，几个月下来，中稿率开始高起来了，往往投出三篇就会中上一篇。可就在阿P得意的时候，他却碰到问题了，啥事？钢笔坏了！在那支钢笔的捏手处，不时地会沁出墨水来，阿P一写，手上就黑乎乎一片。怎么办？改用圆珠笔吧，可刚买来的那瓶墨水还有大半瓶，阿P舍不得呀，再说这笔是老婆送的，更舍不得了。突然，阿P想起以前有修钢笔的地方，不如去找找看。

第二天，阿P骑着自行车，把大街小巷逛了个遍，可就是找不到修钢笔的摊点。阿P很聪明，他想卖钢笔的地方可能会知道什么地方能修钢笔。于是，他走进了一家文具店，找到卖钢笔的柜台，问柜台里的小伙子："你知道哪里有修钢笔的吗？"

那小伙子一听，不禁笑出声来："修钢笔？大叔，这是啥年代了？坏了就买一支吧，这钢笔又不贵！"

阿P摇摇头说："我不是舍不得钱，而是我这支钢笔挺特殊的。小伙子，我这支可是'英雄金笔'呀，而且是我老婆送的，我要靠它实现作家梦，舍不得呀！"

小伙子笑着说："大叔，英雄钢笔普通型号才20多块钱一支，买支新的吧，就当你老婆又送了你一支。"阿P摇摇头，20多块钱，他还真舍不得呀，这笔修一修不就又好用了吗？

眼看阿P就要出门，小伙子又说："大叔，我想起来了，你可以去他们厂里看看，据说有个修理部。"阿P一听开心极了，忙问："英雄钢笔厂的厂址在哪里？"

小伙子说："你等下，我帮你去看下英雄金笔的包装箱，那上面肯定有。"说完便朝里间走去，不一会儿，他出来告诉了阿P一个地址。

阿P很开心，根据小伙子说的地址，骑上了自行车直奔而去。

一路上阿P骑得满头大汗，好不容易到那儿了，一问，果然有修理部。到了修理部，阿P掏出钢笔叫老师傅帮忙修一下。那老师傅拿起钢笔一看，嘴巴里蹦出两个字："不修！"

"不修？为什么呀？"阿P急了。

老师傅告诉他："你这支钢笔是冒牌货，不是我们厂里生产的，所以没法修。"

什么？这支钢笔是冒牌货？阿

P不信："我老婆不可能给我买冒牌货呀。"见阿P不信，那老师傅又拿起桌上一支正宗的金笔，比较给阿P看。这下阿P傻眼了，想不到我骑了整整一天的自行车想修支钢笔，到头来笔竟是个冒牌货，人家还不给修！

老师傅又对阿P说："你还是买一支算了，这种型号正宗的也不贵，也就20块钱。"阿P摇摇头，心想：我骑了这么多路，就是想修一下，如果要买，我在家门口就可以买呀！再说，要买新笔的话，这20元钱得让小兰出呀。

回到家，阿P当即去问小兰："你怎么给我买了一支冒牌的金笔呀？"小兰开始还不承认："谁说的？我这可是正宗的英雄金笔！"阿P气呼呼地说："别正宗了，我去过英雄钢笔厂了，厂里的老师傅说这支笔是冒牌货！"

小兰把双手往腰间一叉，冲着阿P瞪起眼睛，大声说："冒牌货又咋了？告诉你，我这笔的确是在地摊上买的冒牌货，5块钱，便宜呀！钢笔嘛，能写出字来就好了。再说，你还真以为你是大作家了？告诉你，你有这5块钱的钢笔用用已经不错了！"

被小兰一阵数落，阿P只好垂头丧气地回到了写字台前，想想自己真可怜，这辛苦了一整天，真不值得呀！

突然，阿P眼前一亮，不，这一天的经历很值得呀！不是说"生活是创作的源泉"吗？喏，我把这段修钢笔的经历写出来，寄到晚报去，说不定又有稿费进账了！这不是离实现"作家"的梦想又近了一步吗？

正在这时，邮递员送来一封信，阿P一看信封，是晚报寄来的。阿P当即拆开来一看，里面是一张打印的便笺，上面印着："尊敬的阿P先生，本报从即日起不再接受手写稿。今后给本报来稿，请您使用电子稿……"

阿P只觉得头晕目眩，天哪，我的运气怎么这么背呀！刚刚写稿找到了点感觉，这报社居然不收手写稿了，难道我还得去买电脑学打字？算了算了，这个作家梦不做也罢！

突然，他想起了之前老师傅要他买支新笔，可自己坚持没买。呵呵，我还真是有远见呀，要是刚才买了，那就亏大了呀！想到这里，阿P又得意地吹起了口哨……

（**发稿编辑**：朱 虹）

（**题图**：顾子易）

第三味药引

□ 江风徐来

南宋那会儿，瓶窑长命村翁家头有个翁老汉，他中年丧妻，又没啥手艺，全靠勤劳的双手在地里刨食，又当爹又当妈，把三个儿子拉扯大。

翁老汉的大儿子叫翁东，从小喜欢下河摸鱼捉虾，练就了一身好水性，母亲病逝时，他才十二岁，就知道帮父亲干些农活，一有空就捕鱼捞虾贴补家用；老二叫翁南，老三叫翁北，兄弟俩打小喜欢舞刀弄枪，弯弓射箭，长大就结伴进山打猎，成了远近闻名的好猎手。

翁老汉六十岁这年，忽然生了一场大病，吃了大半个月的药，病情反而越来越严重。这天上午，老大翁东刚给他喂了几口稀饭，翁老汉忽然头一歪，昏过去了。

老二翁南赶紧把村里的翁大夫请来，翁大夫给翁老汉检查了一下，摇头叹息说：“翁老哥恐怕是不行了，要想救活他很难，除非你们弄到两味药引……”

三兄弟齐声说：“哪两味药引？我们就是豁出命也给您找来！”

翁大夫一脸严肃地说：“一味是豹子胆，另一味是千年东海黑珍珠，这两样东西都是千金难求……”

翁家三兄弟相视一眼，老大翁东说：“二弟、三弟，论水性我比你们强，这千年东海黑珍珠就包在我身上了。”

老二翁南看了老三翁北一眼，点点头说："这豹子胆应该难不倒我和三弟。东海风高浪急，大哥一定要小心。"

翁大夫被这三兄弟的孝心感动了，拍着胸膛说："你们放心地去吧，我会开最好的药吊住翁老哥的命，至少……让他再活一个月。"

就这样，老大翁东只身一人骑马赶往东海，去捞千年黑珍珠；老二翁南、老三翁北带着钢叉和弓弩，一起奔赴天目山，去捕杀凶猛的豹子。

五天后，翁东就赶到了东海之滨，租了条渔船，然后乘风破浪前往大海深处，去打捞千年黑珍珠。开始的几天，海上风不大，他下了一网又一网，捞上来的鱼儿倒不少，就是没见到海蚌。翁东只好停靠小岛，潜入水底去找寻。这一找就是七八天，倒也收获了不少珍珠，有大有小，可就是没有黑珍珠，更别说千年份的了……

与此同时，老二老三也在天目山中风餐露宿，十几天过去，不知翻过多少座山，越过多少道岭，就是没见到豹子的踪影。这天，他们终于碰上了一头出来捕食的公豹。兄弟二人前后夹击，互相配合，脸上、身上都被公豹抓伤咬伤，流了不少血，翁北的右臂还被公豹撕咬下一大块肉，但幸好最终他俩还是将公豹捕杀，取出了豹子胆。

两兄弟只扒了豹皮，丢下价值不菲的豹骨豹肉，日夜兼程赶回了长命村翁家头，把豹子胆交给了翁大夫。可是大哥翁东还没有回来，翁大夫只好把豹子胆用药水浸泡起来备用，然后跟翁南、翁北一起，焦急地等待翁东的千年东海黑珍珠。

他们却不知道，翁东在东海碰上狂风巨浪，把他租用的渔船都掀翻了，幸亏落在一只万年大海龟的背上，才捡回了一条命。

转眼又过去了十天，翁老汉眼看就要不行了。翁大夫也没办法，让翁南翁北给父亲准备后事。就在这时，谢天谢地，九死一生的老大翁东总算精疲力竭地赶回了家，掏出一颗硕大无比的东海黑珍珠，让翁大夫赶紧救他父亲的命。

这颗东海黑珍珠有拳头大小，少说也有一千年的寿命。三兄弟兴奋不已，谁知翁大夫却为难地说："虽然我要的两味药引都齐了，但翁老哥现在这光景，未必能好过来。这颗千年东海黑珍珠价值连城，要是卖出去，你们兄弟三人娶媳妇根

本不在话下。你们看……”

正说着，翁老汉也回光返照，苏醒过来了，拼尽全力说：“卖……卖了黑珍珠，给……他们兄弟仨……娶……娶媳妇。”说完，他又昏死过去。

翁家三兄弟噙着眼泪，齐声道：“翁大夫，快救我爹！”

很快，加入豹子胆和千年东海黑珍珠的良药做好了，被一口一口地喂进了翁老汉嘴里。翁大夫一边喂药，一边好奇地问老大翁东，是如何找到这颗价值连城的千年东海黑珍珠的。

翁东一脸感激地说：“这黑珍珠不是我找到的，而是救我性命的万年神龟送给我的厚礼呀。那天我租用的渔船被巨浪打翻，我落在了一只万年神龟背上，它把我送到附近的小岛上，我哭喊着说捞不到千年黑珍珠就救不了父亲的命，不如死了算了。结果千年神龟就沉入海底，再上来时就吐出了这颗黑珍珠。后来，它还一口气把我送回海岸边……”

“这真是一只大仁大义的万年神龟呀，万物有灵，诚不欺我。”翁大夫一边感叹，一边把最后一勺药液喂入翁老汉口中。

可是一个时辰过去，翁老汉还躺在床上一动不动，翁大夫探了探他的鼻息，皱起眉头说：“还有气在，你们三兄弟先守着，我回医馆翻翻医书，看看还该加点什么药……”说完，他便脚底抹油走了。

等了好半天，也不见翁大夫回来，老三翁北一探父亲鼻息，发现他已经咽气了。三兄弟忍不住趴在父亲的身上，号啕大哭起来。

左邻右舍都赶来劝慰，说他们三兄弟舍命弄来豹子胆和千年东海黑珍珠，已经尽孝了，还是节哀顺变吧。

老三翁北闻言，想到自己兄弟三人九死一生取来的豹子胆和黑珍珠，却没能救活父亲，更是悲从中来，一怒之下，便要去找翁大夫算账。

就在这时，床上的翁老汉忽然咳了两声，接着居然慢慢坐起身来：“老三，你怎么总是这样蛮横呀？”

见父亲起死回生，兄弟三人抱着翁老汉，又哭又笑。

翁大夫也闻讯赶来，笑着说：“实在不好意思，我还忘了第三味药引，那就是孝子的眼泪！”

虽然在场的人都知道他在说谎，但大家都“扑哧”笑出声来……

（**发稿编辑**：赵嫒佳）

（**题图**：陆小弟）

将计就计

□玉　米

张强是个高三学生，学习成绩在班里名列前茅，大家都认为他将来能考上重点大学。

可过了不久，他家对面搬来一位漂亮的女孩，张强被她彻底迷住了，无心学习，成绩一落千丈。张强的妈妈不明就里，十分着急。

接下来的日子，一到晚上，妈妈就断网，还没收张强的手机、漫画书，看他还怎么玩，可是张强却早早地上床睡觉了，妈妈气得直跺脚。

过了几天，妈妈才发现问题的症结在于对面的女孩，她心生一计，对张强说："儿子，那女孩其实我认识，是我同事的女儿，要是你高考能考上重点大学，妈妈就托关系把她介绍给你，怎么样？"

妈妈这么一说，还真有了奇效：每天晚上，张强都会刻苦学习到半夜，像变了一个人。功夫不负有心人，张强顺利地考上了重点大学。

在庆功宴上，宾客们纷纷向张强敬酒，张强一高兴，喝得有点多了，一旁的妈妈拦都拦不住。等张强坐在椅子上休息时，妈妈有些愧疚地说："儿子啊，之前妈妈说给你介绍那个女孩，其实是骗你的。我根本不认识她，她也不是我同事的女儿，我这么说，目的是为了刺激你，让你好好用功学习……"

谁知张强摆了摆手，醉醺醺地说："我……我早就知道你是在忽悠我了……"

妈妈惊讶地问："那你为啥还愿意天天熬夜学习？"

张强苦笑道："那段时间，她一直上夜班，每天都要到半夜才下班回家，为了能看到她，我才熬夜学习到那么晚啊！"

（发稿编辑：朱　虹）

接班人

□ 一味凉

杰克是个森林消防员，他热爱这份工作，很希望儿子能接他的班。可惜，儿子七岁时就立志要当飞行员。杰克有些失望，决定再要一个孩子。

一年后，杰克的小儿子出生了，他高兴地对好友卢卡斯说："这下我有接班人了！"遗憾的是，小儿子长大后，却只想当厨师。

此时的杰克已经退休了，卢卡斯怕他承受不了，赶紧过来看他。杰克叹了口气，无奈地说："可能这就是天意吧。"卢卡斯见他想开了，才放心地离开。

一年后，卢卡斯突然接到杰克的电话，杰克在那头高兴地说："我又有接班人了！"卢卡斯大惊："是你的大儿子还是小儿子？他们改主意了？"杰克故作神秘道："是你没有见过的。"

"我没有见过？天哪，你……你妻子不是去世了吗？该不是偷偷找小女友生了老三吧？就算是为了有个接班人，这也太疯狂了吧！"

卢卡斯挂了电话，连忙赶到杰克家，只见他正将一群山羊往山上赶。卢卡斯说："怎么养起羊了，是生了老三，钱不够用了吗？"杰克一愣，随即哈哈大笑："没生老三，这些山羊就是我的接班人啊！"

卢卡斯惊讶极了："山羊？消防员？"杰克点点头，递给他一份报纸。卢卡斯打开一看，只见头版头条是《西部山火持续蔓延，山羊加入救火敢死队》。

杰克解释说："那俩儿子我是指望不上了，就养了这些山羊来接班。它们吃起草来那叫一个厉害，连草根都吃得干干净净。你想啊，当山火蔓延的时候，那些被山羊吃干净的地方，不就成消防通道了吗？"

（**发稿编辑**：赵嫒佳）

生意好好

□ 夏建清 编译

莫里斯是一个书店的售货员，人很木讷，生活乏味。他每天在柜台后站十个小时，每周六天，整整三年，都没有请过一次假，结果有一天，他发现自己的双脚疼痛不堪，才不得不去看医生。

医生给他检查后说：“你的问题就是站多了引起的。我建议你尽快休假，你可以到海边去，把双脚浸泡在海水里，浸泡一个礼拜，我保证你的脚就好了。”

莫里斯认真考虑了医生的建议，请了假，来到海边的一家旅馆住下，在附近买了两只大塑料桶。第二天一大早，他就提着两只桶，往海边去。

到了海边，莫里斯遇到一位救生员，便指着面前的大海问道：“两桶海水卖多少钱？”

救生员瞪着莫里斯，简直不敢相信自己的耳朵，他想了想，决定戏弄一下面前这个人，于是随口说：“一桶两块。”

莫里斯递给救生员四块钱，让他把两只桶装满，然后提回了旅馆。回到旅馆，他把双脚浸泡在海水里，泡了足足一个半小时，感觉确实不错。

下午，莫里斯将海水倒掉，提着空桶来到海边，又见到那位救生员，对他说：“再买两桶。”

“好嘞！”救生员接过钱，强忍着笑，打了两桶海水递过去。

莫里斯提着水桶走了一阵子，再回头看时，只见海水渐渐退潮了，他一脸惊奇，朝救生员大声说：“你的生意好好呀！这么一会儿工夫，你就卖了那么多海水！”

（发稿编辑：王　琦）

买房

□冯　凯

老王最近打算买房，这天，他走进了城郊一个精装楼盘的售楼部。

销售人员大刘接待了老王，不仅热情地把他请到接待室，还详细介绍了楼盘。从房型到装修，老王都很满意，但一说到价格，他就有些犹豫了：“这么贵？周边的房价没这么贵吧。”大刘笑着说：“一分价钱一分货嘛，我们是精装房，您拎包即可入住，省心省力，绝对物有所值。”老王想了想：“这倒是，不过我还要考虑一下。”

回到家，他虽然舍不得那个楼盘，可昂贵的价格让他纠结不已。没过两天，大刘打来电话问老王：“叔，想好了没？你要抓紧哦，房源已经不多了。”

老王听了这话，有点急了，赶紧跑去售楼部。大刘带着他，指着高楼说：“您看，很多人都已入住，您再不下手，我们的房子可就卖完了。”老王抬头一看，果然，楼上不少阳台都挂着衣服，看来的确是有不少人入住了，便下了决心，说：“好，我明天就来签合同。”

第二天，老王在儿子小王的陪同下，来到售楼部。大刘刚拿出合同，小王就制止道：“不急，等一下。”说完，他便掏出手机，一边看，一边在各楼层来回走动。

过了半小时，小王冷冷地说：“这里根本就没多少人入住，你们在搞饥饿营销吧？”“话可不能乱说啊！”大刘回答得理直气壮，但心里却在打鼓，因为楼盘确实弄虚作假，故意挂上衣服，冒充有人居住。

小王“哼”的一声冷笑，对大刘说：“现在几乎家家户户都会装wifi，既然有这么多户人家入住，可为啥我来回走了几趟，手机却只能搜到几个网络……你这不是明摆着在忽悠人吗？”

（发稿编辑：田　芳）

用麻将表白

□道　客

小周和大强同时追求公司的女同事丽丽，他俩颜值不相上下，丽丽一时不知道该选择谁，便想了个主意，让他俩都设计出一个富有创意的表白，看谁的表白更能打动她，她就接受谁。

小周苦思冥想了好几天，突然灵感迸发——他花了很长时间，将几副麻将牌制作成多米诺骨牌的样子，然后打开手机进行视频拍摄，只见他推倒其中一个麻将牌，其余麻将牌便顺势一个接一个地倒了下去，倒到最后，只见麻将牌“哗啦啦”地铺开组成了几个大字：丽丽，我爱你。这场面，看上去十分壮观。

随后，小周便把视频发送给丽丽，可丽丽看完后竟然不屑一顾，没作任何表示。小周心想：难不成大强设计了一个极其富有创意的表白？在小周的再三追问下，丽丽才把大强的表白图片发给小周，小周一看，没想到大强也是用麻将牌来表白，而他的表白仅仅是用一堆麻将牌拼成“520”这三个数。小周看后，不服气地问：“大强的表白，难度比我小多了，又没啥创意，凭什么他能获胜？”

丽丽说：“难度确实比你小多了，可是你仔细看麻将牌的旁边，有一张小字条。”

小周瞪大了眼睛细看，发现旁边确实有张小字条，字条上写着“存款数额”。小周不解地问：“存款数额？在哪里？”

丽丽微微一笑，说：“你看，大强用来拼‘520’的麻将牌全是‘万’字牌，这不正说明他的存款数额是520万嘛！”

看着这些密密麻麻的“万”字牌，小周突然明白自己输在哪儿了……

（**发稿编辑**：朱　虹）

就改一个字

□ 朱关良

王遥是分公司新上任的秘书，写材料特别快，很受领导赏识。

今年妇女节前夕，总公司工会下发文件，让基层单位推举一名女工，参加公司三八红旗手评选。王遥思考一番，选了个叫张艳的女工，很快加工出一篇文笔极佳的文字，给工会主席发了过去。

没过多久，工会主席发过来两个字："重写！"

王遥有些蒙了，小心翼翼地问主席，可否给些具体意见，自己也好知道修改方向呀。可主席那头一点动静都没有。

王遥坐在电脑前，又着急又上火，怀疑是不是得罪了工会主席，故意找自己麻烦。

这时，前任秘书老邢溜达过来，喊王遥陪他到活动室打乒乓球。

王遥愁眉苦脸地说："我这材料也不知道出了啥问题，主席也不肯明说，我哪有心情玩儿呀？"

老邢疑惑地说："不能吧？我帮你看看。"王遥连忙把电脑让给老邢，只见老邢手握着鼠标，一目十行地看了一遍材料，忽然笑了，然后飞快地在键盘上敲了两下："给你发走了，保证合格！"

王遥吃惊地问道："能行吗？没看你改啥呀！"老邢"嘿嘿"一笑："就改了一个字！"

两人正说着，就见工会主席发过来一个大拇指，后面跟着一句话："好好干！"

"邪门了！"王遥从头到尾看了好几遍稿子，这才找到了老邢改动的地方：原来的主人公叫张艳，如今被改成李艳了！

老邢拍了拍王遥的肩膀："工会主席下个月结婚，新娘就是咱单位的，你知道她叫啥名吗？"王遥疑惑地摇摇头。

老邢意味深长地笑了："李艳！"

（发稿编辑：赵嫒佳）

小毛病

□ 丁凯丽

老杨最近身体不舒服，被儿子从乡下接进县城，住进了医院。

接诊的是个小医生，他询问了老杨的病史，又做了体格检查，轻描淡写地说："大爷，你得了颈椎病，这是小毛病。"老杨天生胆小，听到这话，长舒一口气："那就好！"

第二天，副主任前来查房，详细地了解病情后，随口说："大爷，的确是小毛病，几天后就能出院。"老杨笑着说："好啊。"

之后几天，科室大主任多次来查房，特别关注了老杨，对他态度很好，言语也轻松，可老杨却变得心事重重。老伴问他咋回事，他却什么也不说。

接下来，其他科室的主任也纷纷来到老杨的病床前，亲切询问他："老人家，还有哪里不舒服？记得告诉我们。"老杨一看这阵仗，扯过被子盖住头，浑身发抖，竟猝然离世了。

老杨来到地府，阎王惊奇地问："你咋来啦？不过是小毛病，不至于没命啊！"老杨冷笑一声："别骗我了。我虽是个乡下老头，但也知道，如果是小毛病，大主任不会多次查房，更不会来这么多主任。这肯定是不治之症！不然，我怎么会死呢？"

阎王也很纳闷，想了想，说："那我让你回去找原因，速去速回。"老杨连声答应。

回到阳间，老杨看到儿子和院长正在谈话，只听院长说："老同学，节哀啊！"两人是老同学？这令老杨相当意外。

老杨的儿子叹口气说："我父亲明明只是颈椎病，到最后却死于心脏病……人生无常啊。无论如何，我都得谢谢你。我之前请你关照我父亲，你费心地请来这么多主任……"

老杨一下怔住了：原来，自己是想得太多，被吓死的！

（发稿编辑：王　琦）

证　据

□ 金孝凤

最近，大强公司里来了一个名叫倩倩的姑娘，长得颇有几分姿色，他就有些心猿意马起来。这天晚上，大强心里想着倩倩，怎么也睡不着，见一旁的老婆小芳睡得很香，还打起了呼噜，顿时来了气。他推了推小芳，没好气地说：“你老打呼噜，还让不让人睡啊？”

小芳迷迷糊糊地说了句“你才打呼噜呢”，说完又睡着了。

大强气坏了，心想：我把你打呼噜的声音录下来，看你到时还有什么话可说！于是，他拿起手机，打开录音功能，正准备按下录音键时，偏偏小芳突然翻了个身，竟不打呼噜了。

大强更气了，心想：反正我也睡不着，就不信逮不着机会。果然，过了一会儿，小芳又打起了呼噜。大强赶紧解开屏幕锁，按下录音键，可才录了几秒，小芳的呼噜声又消失了。

不知不觉间，大强折腾了半个多小时，此时，他终于感觉困意来袭了。于是，他将手机放在床头，并按下录音键，心说：我录你一整夜，就不信录不到你长时间的呼噜声，看你到时如何狡辩？渐渐地，大强也进入了梦乡。

第二天早晨，大强醒来时见手机还在录音，便赶紧按下了停止键。

这时，小芳也醒了，大强看着她，坏笑着说：“想不想听听精彩的乐曲？”

小芳瞪了他一眼，问道：“什么意思？你不会录音了吧？”

大强“哈哈”一笑：“对呀，这下没话说了吧？”说着，他就开始播放录音。

听着听着，突然，两人同时惊叫一声！只听录音里，大强正喃喃地说着梦话：“倩倩，我好喜欢你呀……”

（**发稿编辑**：朱　虹）

太不巧

□秦敏磊

小雨最近心情不好，男朋友小张就打算带她去北京玩。好不容易把行程都规划好了，车票、门票都弄好了，出发前一天，北京突发疫情，他们只好放弃出行，但退票又花掉不少手续费，这让小雨很沮丧。小张安慰小雨说："长途玩太累，还是短途比较舒服。再说待在上海比较安全，要不咱去迪士尼玩吧！"

周末，小张带小雨去了迪士尼。人很多，一天玩下来，小雨只觉得累得不行。回去的路上，小张开着车，小雨陷在座位上刷抖音，突然，她叫了起来。小张吓了一跳，忙问她怎么了。小雨大惊失色地说："不得了啦！浦东出现了新冠肺炎确诊病例了！还离迪士尼这么近！"小张一边开车，一边安慰她说："别担心，你要是不放心的话，明天我们去做个核酸检测？"虽然小雨答应了，但她开始浑身不自在，好像已经被传染了一般难受。

几天后，检测报告出来了，小张对小雨说："我们都是阴性，这下你能放心了吧！"小雨点点头，松了一口气，但她再也不愿意出门了，可待在家里又无所事事，很无聊。小张出主意说："电视台在搞有奖斗地主，咱们试试手气？"

小雨平时还是蛮喜欢打牌的，就报名了。一开始，小雨有输有赢，几局后，她连连取胜，连小张都惊呼："你太厉害了！"小雨也很开心，眼看着就到了最后一局，小雨打得很顺，其他三位一路叫着"要不起"，小雨也只剩下最后一张牌了，这张牌打出去了，就能锁定胜局！小张和小雨都既紧张又兴奋，就在小雨出牌时，她发现操作失败了，仔细一看，气得大叫道："怎么搞的！怎么断网了？！"

（发稿编辑：田　芳）

真正的绝招

□ 滕建军

小程是平安锻压厂小件车间的工人。因为车间里经常有人夹带私活，所以厂长在车间门口安装了金属探测仪。这下小程急了，他刚刚帮别人干完一件私活，要是带不出去，不就白干了吗？

这天，小程忽然听说，他们车间的小赵不知道用了什么办法，现在竟然还能把私活带出厂。小程听了半信半疑，就密切留意着小赵的一举一动。后来，他发现小赵每天上下班都拎着一把很大的不锈钢电水壶，说是装水喝，其实水壶底座经过了改造，放一些精巧的小件绰绰有余。每次金属探测仪报警的时候，保安检查水壶，只发现里面是半壶白开水，于是就放行了。

小程依葫芦画瓢，也改造了这么一个电水壶。这天，他拎着水壶，信心满满地出厂，却被保安队长看出了端倪。只见保安队长拿着水壶端详了一会儿，将水倒掉后又掂了掂分量，接着就拿来螺丝刀卸下了底座，小程直接被抓了个现行。上报后，厂长为了杀鸡儆猴，又是扣工资又是罚款，把小程折腾得不轻。从此，厂长规定不许任何人再带金属水壶进出厂。

这下小程把小赵也得罪了，他借口给小赵赔不是，请对方喝酒，并借着酒意不甘心地问："你也这么做，怎么一次也没被抓到？"

小赵喷着酒气不满地告诉他："你只偷学了个表面，没学到真正的绝招，当然要被抓了！"

小程一听赶紧又敬了他几杯，然后虚心地请教："那真正的绝招到底是什么呢？"

只见小赵大着舌头说："你得先给……保安队长……意思意思，把人搞定了！"

（**发稿编辑**：田　芳）

（　**本栏插图**：顾子易 小黑孩）